Garotas de vestido branco

JENNIFER CLOSE

Tradução
Camila Mello

1ª edição

BERTRAND BRASIL

Rio de Janeiro | 2016

Copyright © 2011 *by* Jennifer Close
Publicado mediante acordo com Alfred A. Knopf, um selo da The Knopf Doubleday Group, uma divisão da Random House, Inc.

Título original: *Girls in white dresses*

Texto revisado segundo o novo
Acordo Ortográfico da Língua Portuguesa

2016
Impresso no Brasil
Printed in Brazil

CIP-BRASIL. CATALOGAÇÃO NA PUBLICAÇÃO
SINDICATO NACIONAL DOS EDITORES DE LIVROS, RJ

Close, Jennifer

C578g   Garotas de vestido branco / Jennifer Close; tradução de Camila Mello. – 1ª ed. – Rio de Janeiro: Bertrand Brasil, 2016.

Tradução de: Girls in white dresses
ISBN 978-85-286-1818-1

1. Ficção americana. I. Mello, Camila. II. Título.

16-33400

CDD: 813
CDU: 821.111(73)-3

Todos os direitos reservados pela:
EDITORA BERTRAND BRASIL LTDA.
Rua Argentina, 171 – 2º. andar – São Cristóvão
20921-380 – Rio de Janeiro – RJ
Tel.: (0xx21) 2585-2000 – Fax: (0xx21) 2585-2084

Não é permitida a reprodução total ou parcial desta obra, por quaisquer meios, sem a prévia autorização por escrito da Editora.

Atendimento e venda direta ao leitor:
mdireto@record.com.br ou (0xx21) 2585-2002

Para M&D
com amor

Sumário

As regras da vida | 9

Salsicha de verão | 33

JonBenét e outras tragédias | 51

As pavoas | 62

Cega | 79

Um animal chamado presunto | 97

Cigarros à noite | 113

Diamante preto, quadrado azul | 127

O dia em que capturaram os pombos | 144

Os chás | 156

Esperança | 168

Porquinhos | 191

Placenta | 205

Botão | 212

Jesus está chegando | 223

Willard descarga abaixo | 239

Até a minhoca girar | 257

As regras da vida

Molly, irmã de Isabella, escolheu dez madrinhas para o seu casamento, todas usando vestidos florais azuis da Laura Ashley abaixo dos joelhos. Isabella achava que era o casamento mais lindo que qualquer pessoa jamais teria. Ela tinha 12 anos.

— Está mais bonita que a princesa Diana — disse a mãe para Molly naquela manhã, enquanto a ajudava a se vestir.

— Preciso de mais grampos de cabelo — respondeu Molly.

Isabella estava sentada na cama, com os cabelos em uma trança francesa firme. Naquela manhã, bem cedo, o cabeleireiro havia eriçado e torcido os seus cabelos para trás; prendeu flores mosquitinho e gastou uma lata inteira de spray. De lado, parecia que uma planta crescia de dentro de sua cabeça. Ela tocava com cuidado para se certificar de que a trança permanecia ali, e, toda vez que fazia isso, surpreendia-se com a sensação dura.

— Isabella — disse Molly —, se ficar mexendo no cabelo, vai arruinar tudo. — A menina colocou a mão sobre as pernas e viu Molly apalpar os próprios cabelos endurecidos. Molly se olhou no espelho até o rosto ficar pálido.

— Estou me sentindo estranha — disse ela. — Meio enjoada.

Isabella foi para o andar de baixo, onde viu a mãe correndo como louca e o pai andando com força, tentando parecer ocupado para não levar bronca.

— Molly acha que vai vomitar — anunciou. A mãe subiu de dois em dois degraus para ver a moça. O pai deu um sorriso sem mostrar os dentes e continuou a andar de um lado para o outro.

A família Mack se preparava para esse casamento havia mais de um ano. Só falavam sobre ele, só pensavam nele. Começava a se tornar cansativo. Os pais de Isabella queriam que tudo fosse perfeito. Mandaram pintar os ornamentos dos cantos dos tetos de novo e refizeram o jardim.

— Pra quê? — perguntava Isabella. — Ninguém vai ver a casa. — Os pais apenas balançavam a cabeça e Molly revirava os olhos.

Eles fizeram dieta. Caminhavam todas as manhãs e comiam peixe no jantar. Quando o pai pedia bife e colocava manteiga em cima, a mãe balançava a cabeça e dizia:

— Ai, Frank.

— Que diferença faz? — perguntava Isabella. — Ninguém vai ficar olhando pra vocês. — Assim que disse isso, sentiu-se mal. Não percebeu que as palavras soariam perversas antes de saírem de sua boca, e recentemente isso acontecia bastante. Isabella se surpreendia com a capacidade de ser má sem sequer se esforçar.

*

A mãe de Isabella colocou a foto do casamento no hall de entrada. Era a primeira coisa que as pessoas viam quando entravam no lar dos Mack. Olhando rapidamente, era apenas um borrão de vestidos azuis e enormes penteados. Com o passar dos anos, começou a se assemelhar a uma foto que você veria em uma revista, em um artigo intitulado "Erros de Moda no Começo da Década de 1990". Até os rostos da foto mudaram. As madrinhas começaram a parecer constrangidas por estarem naqueles vestidos azuis, mas não havia nada que pudessem fazer. Estavam presas ali, emolduradas para o mundo todo ver.

— Nossa — diziam os amigos de Isabella quando viam a foto.

— Eu sei — respondia a menina. — É horrenda.

*

Antes de Isabella se mudar para Nova York, a mãe fez com que arrumasse o armário.

— Tem coisa ali que você não veste há anos — disse ela. — Vamos fazer uma limpeza e eu levo tudo para o Exército da Salvação — falou isso com um tom animado, como se fosse uma atividade divertida. — Você vai se sentir bem melhor depois disso — adicionou a mãe.

— Duvido muito — retrucou Isabella.

Ela vasculhou cadernos antigos e sapatos. Jogou fora as camisetas dos times da escola e as colagens feitas no último ano. No fundo do armário, encontrou a besta azul floral. Era pior ainda em pessoa. Isabella achou que a cor teria se esvaecido com o passar dos anos, mas estava mais vívida do que nunca. Segurou o vestido no ar por um instante e depois o levou para a cômoda no quarto de brinquedos. Talvez as sobrinhas gostassem de brincar com ele. Ela o amassou na gaveta junto com as fantasias de piratas e princesas, e o esqueceu.

*

Nova York em setembro foi conturbada, como se todo mundo estivesse com pressa de voltar à vida real depois de um verão preguiçoso. Isabella gostava da sensação de pressa e se deixava levar pelas multidões nas calçadas. Andava rapidamente, trotando ao lado dos milhões de pessoas como se também tivesse algo importante a fazer, como se participasse da produtividade da cidade, quando de fato estava apenas indo à Bed Bath & Beyond comprar cortina para o chuveiro.

Isabella decidiu se mudar para Nova York porque não tinha planos, e Nova York pareceu um bom plano. A amiga Mary estava se mudando para lá a fim de estudar Direito na Columbia. Quando Mary lhe deu a notícia Isabella ficou chocada.

— Você passou pra Columbia? — perguntou. — Como?

— Muito obrigada — disse Mary, mas Isabella sabia que ela não levava tão a sério. Não era o caso de achar Mary burra, Isabella só não sabia quando a amiga encontrava tempo para fazer um planejamento de vida, estudar para os exames, candidatar-se para faculdades. Isabella mal tinha acabado o projeto final de fotografia do terceiro ano.

— Não foi isso que quis dizer — falou ela. Pensou por um instante e acrescentou: — Talvez me mude pra Nova York também. — Isabella não tinha pensado nisso antes, mas, assim que disse a frase, soube ser uma boa ideia. Tinha companheira de quarto e cidade escolhidas, e isso já era alguma coisa.

Isabella contou aos pais que estava de mudança para Nova York. Esperava que eles fizessem mais perguntas, quisessem saber os detalhes do que planejava fazer lá. Isabella, entretanto, era a mais jovem de seis, e os pais não se sentiam nostálgicos quanto aos filhos saindo de casa. Cada vez que um deles partia, outro voltava, e começaram a achar que jamais ficariam sozinhos de novo.

— Nova York é uma ótima ideia — disseram para ela. — Ajudamos com o aluguel até você arrumar um emprego.

Isabella se sentiu quase insultada, mas compreendeu. Queriam que ela saísse de casa e cuidasse de si mesma para não acabar que nem o irmão Brett, que se formou na faculdade e depois voltou para a casa dos pais por dois anos, onde passou a maior parte do tempo jogando videogame de pijama. Naqueles dois anos, os pais conversavam frequentemente em sussurros, e o pai dizia coisas do tipo:

— Cinco anos pra se formar e o moleque vai ficar sentado tirando meleca? Não enquanto eu estiver aqui.

O apartamento que Isabella e Mary encontraram era um pouco maior do que o quarto de Isabella, mas a agente imobiliária afirmou ser o melhor possível.

— Neste bairro — disse ela —, com porteiro, é esse o tamanho que vocês devem esperar. — Parecia entediada, como se fizesse o mesmo discurso para milhares de meninas como elas, todas chocadas com a quantidade de dinheiro que teriam de pagar para ocupar um cantinho decadente na cidade. Para a agente, não fazia diferença se elas aceitassem ou não porque sabia que tinha uma lista grande de meninas como elas, novas na cidade e desesperadas por um lugar para morar. Se não aceitassem, outras aceitariam.

Isabella e Mary assinaram o contrato de aluguel e se mudaram para o apartamento com paredes cinza que deviam ser brancas e uma rachadura no teto que se estendia da porta de entrada até as janelas dos fundos. Quando Isabella entrava no banheiro, conseguia ouvir as vizinhas de cima escovando os dentes e falando sobre o dia. Eram de algum lugar no Sul e seus sotaques faziam com que tudo ficasse mais interessante. Isabella se pegou várias vezes sentada na beira da banheira com a escova de dente na mão, absorta, escutando uma das meninas falando sobre um encontro com um cara. Às vezes, as vizinhas fumavam cigarros no banheiro e a fumaça viajava pelo tubo de ventilação e entrava no banheiro de Isabella, fazendo com que o ar ficasse nublado.

Colocaram espelhos nas paredes para o apartamento parecer maior e penduraram cortinas amarelas para distraí-las do cinza. Colocaram uma parede falsa para fazer o quarto de Mary, um retângulo fino que continha cama e mesa e não muito mais do que isso. A parede era fina, então Isabella conseguia escutar quando Mary espirrava ou virava uma página. A colega estava sempre trancada no quarto estudando, o que enlouquecia Isabella.

— O que você está fazendo? — perguntava do outro lado da parede.

— Estudando — respondia Mary, sempre.

— De novo? — perguntava Isabella. Mary suspirava.

— Sim. De novo.

Depois do primeiro mês, Mary começou a ir mais para a biblioteca.

— Eu me distraio muito fácil — disse para Isabella. O apartamento ficava mais quieto com a ausência de Mary, mas Isabella nunca se sentia sozinha. E, se isso acontecesse, ela ia para o banheiro e escutava a conversa das vizinhas, respirando a fumaça e rindo com elas quando diziam coisas do tipo "Vocês sabiam que ele era um paspalho" e "Muita calma nessa hora!".

*

Isabella conseguiu um emprego de assistente de dois altos executivos em uma empresa de correio eletrônico. Não sabia direito o que eles faziam, mas sabia que a chamavam de "assistente executiva", e que a sua tarefa principal era pegar um bolinho de milho com geleia de framboesa para Bill e um bolinho com pedaços de chocolate para Sharon. Bill pedia o bolinho, Sharon não. Era parte do jogo. Toda manhã, quando Isabella colocava o bolinho na mesa da Sharon, ela dizia:

— Ai, eu não devia comer isso! — Mesmo assim, comia.

— É que fui pegar o bolinho do Bill e achei que você fosse querer um também — respondia Isabella. Contanto que fizesse isso, eles pareciam felizes.

Os dias e as semanas caíram em uma rotina, mas Isabella sempre sentia que devia estar fazendo alguma outra coisa, que algo melhor esperava por ela. Em algumas tardes de sábado, ela e Mary iam ao parque no outro lado da rua e comiam cachorros-quentes sob o sol. Mary sempre levava livros didáticos, anotava coisas e lia. Isabella ficava apenas olhando para as pessoas.

— É o meu primeiro outono sem estudar — disse Isabella certa vez.

— Um-hum — respondeu Mary. Virou a página e destampou o marcador de texto.

— Talvez por isso eu me sinta estranha o tempo todo — falou Isabella.

— Talvez — disse Mary. Encheu a página toda de borrões amarelos. Isabella sentiu inveja dela. Não queria estudar Direito, mas Mary tinha um objetivo e provas, e era isso que Isabella invejava. Tudo o que ela tinha era dois chefes que só queriam bolinhos. E geleia de vez em quando.

*

Kristi e Abby, amigas da faculdade, viviam no mesmo prédio. Foi Kristi quem recomendou o lugar.

— Vocês têm que morar em um prédio com porteiro — disse para Isabella como se fosse uma coisa que todo mundo já sabia. — Senão não é seguro. — Isabella saía com elas de vez em quando, mas as duas a deixavam exausta. Kristi e Abby sempre queriam se produzir para comer sushi ou para ir a uma festa onde você só entrava com nome na porta. Ambas trabalhavam com relações públicas e só falavam sobre eventos e RSVPs, que, por algum motivo, Kristi pronunciava "Risvips".

— Consigo colocar você na lista — dizia Kristi para Isabella frequentemente. Isabella não queria uma lista, só queria sair para tomar alguma coisa.

Às vezes, com sorte, conseguia convencer Mary a sair. Geralmente iam ao Gamekeepers, o bar da esquina.

— Vamos — dizia Isabella —, é tão perto! A gente chega lá em dois minutos, toma um drinque e volta pra casa em uma hora. — É claro que ela sempre tinha esperanças de que, quando chegassem ao bar, Mary ficasse mais, mas convencê-la a sair de casa era o primeiro passo.

O Gamekeepers era um bar cheio de luzes, com sinais em neon nas paredes e ladrilho preto e branco no chão. No salão dos fundos, havia uma parede inteira de prateleiras com todos os jogos de tabuleiro do mundo. Eles tinham os mais famosos — Palavras Cruzadas, Perguntas e Respostas, Banco Imobiliário — e alguns mais antigos também, como Operação, Parole, Jogo da Vida e Com Licença!

— Nossa — disse Mary quando as duas pararam na frente das prateleiras. — Que loucura. — Em volta delas, todo mundo jogava nas mesas longas de madeira, rolando dados e batendo cartas.

— Ai, meu Deus — falou Isabella e pegou uma caixa. — Olha isso, eles têm Pig Mania. Não acredito.

— O que é isso? — perguntou Mary analisando a caixa.

— É um jogo dos anos 1970, eu acho. Você joga esse dado em formato de porco e junta os pontos.

— Bizarro — disse Mary.

— Os anos 1970 foram bizarros — respondeu Isabella. — Vamos jogar este.

Jogaram os porcos, mas Isabella viu que Mary não se sentia entusiasmada. Dois rapazes se juntaram a elas, o que no começo foi um incentivo, mas depois eles começaram a fungar e berrar quando os porcos caíam em alguma posição que parecia indecente.

— Tirei Bacon! — berrou Isabella, e os dois fungaram ainda mais alto. Um deles estava tão bêbado que ficava esbarrando na mesa, derramando bebidas e mudando as posições dos porcos.

— Acho melhor a gente ir — disse Mary olhando para um dos fungadores. — Tenho que acordar cedo amanhã pra estudar.

— Tá bom — concordou Isabella. Entregou os porcos aos rapazes para que brincassem sozinhos.

— Estão indo embora? — perguntou o bêbado. Fechou os olhos, Isabella achou que estivesse dormindo. Abriu os olhos e repetiu a pergunta. — Estão indo embora?

— Estamos — respondeu Isabella. Mary esperava perto da porta.

— Tenho muita coisa pra fazer amanhã — disse. — Dia muito cheio.

*

Isabella conheceu um cara chamado Ben e saiu com ele. Queria alguma coisa para preencher os fins de semana vazios quando Mary ficava estudando e Kristi e Abby faziam coisas que lhe não interessavam, como ir à academia ou fazer compras no SoHo. Isabella foi à academia com elas uma vez. Kristi estava de brincos grandes e colar enquanto corria na esteira, o que irritou tanto Isabella que ela nunca mais quis voltar.

— Nunca tive um encontro amoroso — disse Isabella para Mary enquanto ela se arrumava naquela noite.

— Você já saiu com caras várias vezes — falou Mary.

— Não. Eu já saí pra comer com caras que eram meus namorados, mas isso não é um encontro amoroso. É só alimentação paralela.

Mary olhou para Isabella e inclinou a cabeça para o lado.

— Alimentação paralela — repetiu. — Hum. Às vezes, acho que você devia ter virado advogada.

Isabella e Ben começaram a passar bastante tempo juntos, mas ele nunca queria fazer nada. Contentava-se em ficar sentado no sofá do apartamento delas.

— Talvez fosse legal a gente sair? — sugeria Isabella. — Ir ao museu ou ao zoológico ou alguma coisa do tipo? — Ben gargalhava e dava um tapinha no joelho dela.

Ben e Isabella frequentavam bares com mesas para jogos e juke-boxes que tocavam Neil Diamond. Dançavam em bares com chão de serragem e tomavam bebidas com nomes inteligentes, como Baby Guinnesses ou Mamilos Macios. Nos dias de semana, arrastavam-se para sair da cama, compravam roscas na esquina e iam para o trabalho em linhas diferentes do metrô. Nos fins de semana, ficavam na cama a maior parte do tempo e se levantavam no meio da tarde para tomar brunch.

Costumavam ficar no apartamento de Isabella porque o de Ben fedia a sopa de macarrão e chulé, e ainda tinha uma placa sobre a porta que dizia "Cuidado: Ladrões e Mulheres Soltas". Ben tinha dois colegas de quarto, dois caras gigantescos que estavam sempre de cueca no sofá comendo tigelas enormes de cereal e assistindo a ESPN. Pareciam não se importar com a presença dela, e de fato nem percebiam que estava ali. Qualquer conversa que tentava iniciar com eles geralmente terminava em um rosnado, então Isabella ficava contente por Ben preferir o apartamento dela.

Ele dormia tranquilamente na cama de Isabella, boca aberta, sem coberta. Ela acordava com dor de cabeça de vez em quando e o detestava por conseguir dormir. Às vezes, ia para o quarto de Mary e se deitava com a amiga.

— Ele está roncando — sussurrava. Mary resmungava e virava de lado.

Mas, quanto mais Ben ficava no apartamento, mais Mary ia para a biblioteca. O apartamento que mal tinha espaço para duas pessoas não suportava três. Isabella sentia que Mary se chateava cada vez mais com ela. Vivia ressaltando que o lixo estava cheio, dizendo coisas do tipo "acho que vou ter que ir comprar mais papel higiênico, de novo" e fechando a porta do seu quarto com força extra quando chegava em casa. Uma vez no meio da noite, Ben deixou o acento da privada levantado e Mary afundou o traseiro quando se sentou. Isabella tentou compensar limpando o banheiro e comprando balas. Percebeu que Mary ficou agradecida pelo esforço, mas o apartamento ainda assim estava lotado, e de vez em quando Mary continuava suspirando bem alto ou bronqueando por causa da louça, dependendo do dia.

Isabella se surpreendeu com sua habilidade em trabalhar em um estado constante de ressaca. Não tinha certeza se era uma descoberta maravilhosa ou um sinal de que devia fugir. De qualquer maneira, os relatórios sobre o desempenho dela eram sensacionais.

— Fica comigo mais um ano e você vai longe — Bill sempre dizia a ela. O homem tinha uma barriga grande e comia salada grega no almoço todos os dias, o que fazia com que sempre cheirasse a cebola. Segundo Bill, salada grega era super saudável e por isso Isabella acabava se apiedando do pobre homem. Mas mesmo assim preferiria que ele não cheirasse tão mal.

Sharon era menos direta.

— A minha meia-calça puxou um fio — anunciava. Ela se levantava e ficava olhando para Isabella com cara de *o que vamos fazer quanto a isso?* até que ela se oferecia para comprar uma nova.

Parada na Duane Reade escolhendo meia-calça para outra pessoa, Isabella pensou "isso está acontecendo de verdade". Pegou o pacote de uma meia modeladora e foi até o caixa.

*

No final de outubro, Molly, a irmã de Isabella, levou as duas filhas para passarem o dia na cidade. Chegaram no trem que vinha de Filadélfia. As duas usavam pulôver quadriculado e seguravam bonecas American Girl. Molly insistiu em conhecer o apartamento de Isabella. Ficaram paradas na sala e olharam em volta. Missy e Caroline foram ao banheiro e depois se sentaram na cama de Isabella.

— É bem eficiente — disse Molly e pegou as coisas para ir embora.

Descendo a rua, Missy, a mais velha, contou sobre a viagem para Isabella.

— Tinha um homem dormindo do lado de fora da estação de trem — disse ela. — Ele fez umas escolhas ruins na vida.

— É mesmo? — perguntou Isabella e deu uma olhada discreta para Molly.

— É — respondeu Missy. Pegou o braço de Caroline e começou a dar conselhos. — Cuidado com cocô de cachorro na calçada — disse ela. — Não olha pra ninguém, senão vão levar você.

— Missy, ninguém vai levar vocês — falou Isabella. Missy, que tinha 9 anos, balançou a cabeça como se Isabella fosse burra.

— Eles contaram tudo pra gente na aula, tia Iz. Tem sequestrador em todo lugar, principalmente em Nova York.

Todos os sobrinhos e sobrinhas de Isabella a chamavam de tia Iz, um apelido ridículo que o irmão mais velho deu quando teve o primeiro filho. Parecia que ela era uma tia má em um conto de fadas, como um personagem esquecido de *O Mágico de Oz*.

Missy franziu os lábios e abriu bem os olhos como se quisesse avisar Isabella sobre os perigos de Nova York. Missy era um clone de Molly e às vezes, apesar de ter apenas 9 anos, era difícil gostar dela. Isabella se curvou para Caroline.

— Ninguém vai levar você — sussurrou no ouvido dela. Caroline sorriu.

Andaram no American Girl Place, assistiram a um filme, compraram alguns modelitos e tomaram chá com as bonecas. A boneca de Caroline tinha um moicano na frente, onde ela tentara cortar uma franja.

— Queria tirar a franjinha dela — explicou Caroline. Tocou a própria testa. — Que nem eu.

— Por isso ela não vai ganhar nenhuma outra boneca por pelo menos um ano — disse Missy servindo um pouco de chá para a sua boneca. — Porque crianças de 5 anos de idade não sabem cuidar delas.

Depois do chá, Ben se encontrou com elas no Central Park e perseguiu as meninas como se fosse um monstro. Molly e Isabella se sentaram em um banco.

— Ele parece ser um bom partido — disse Molly. Cutucou Isabella com o cotovelo. — Talvez esse seja o cara?

Isabella suspirou. Molly vinha tentando arrumar um marido para ela desde o sétimo ano.

— Sabe, Isabella, você precisa se certificar de que ele ainda respeita você. A única coisa que uma menina tem é a sua reputação.

— Ai, meu Deus — disse Isabella. — Molly, para, por favor.

— Você pode me escutar agora ou aprender sozinha mais tarde — respondeu a irmã.

— Se você falar sobre as vacas e o leite, não vou mais ouvir — disse Isabella. — Você parece a mamãe.

Missy veio correndo na direção delas com os cabelos escapando do rabo de cavalo e as bochechas vermelhas. Estava uma gracinha e por um instante, Isabella quis pegar a menina e dar um abraço enorme nela. Então Missy disse:

— Ben é tão engraçado. — Ela se virou e sorriu para Isabella. — Espero que você se case com ele.

Missy se aproximou de Molly e sussurrou alguma coisa. Parecia preocupada, mas Molly disse que não se preocupasse. Missy voltou correndo para Ben, que levantou os braços e começou a andar com força na direção dela. A menina gritou e correu.

— Missy acabou de me perguntar se você é pobre — falou Molly. — Perguntou se você precisa ir morar com a gente. Disse que nunca viu um lugar tão pequeno pra se morar. — Molly jogou a cabeça para trás e gargalhou com a boca tão escancarada que Isabella pode ver suas obturações.

*

Isabella sempre achou que Nova York não teria animais, mas não era verdade. Estavam em todos os cantos, só que eram os tipos de animais que você não queria ver.

— Li em algum lugar que em Nova York você nunca está a mais de um metro e meio de algum tipo de animal. — disse Mary. Essa noção perseguia Isabella. O prédio disponibilizava um cartaz para adesão ao serviço de dedetização uma vez por mês, e toda vez que a lista aparecia era imediatamente preenchida com descrições em letras grandes e sublinhadas dos tipos de animais dos quais as pessoas queriam se livrar. "RATOS!!!", dizia a lista. "BARATAS DE NOVO!!!", berrava.

Isabella e Mary ouviam sons de arranhões dentro das paredes e tinham certeza de que era um rato, embora nunca o tenham visto.

— Dá para ouvir o danado — dizia Isabella. Batizaram o rato de Brad e fingiram que era o único do prédio. Quando ele arranhava à noite, Isabella se contorcia na cama. Se o escutava, permanecia acordada até de manhã com medo de encontrá-lo a caminho do banheiro. Mesmo que precisasse fazer xixi, esperava. O rato acabaria lhe causando uma infecção urinária.

Em virtude de fazer 37°C no apartamento todos os dias, era necessário deixar as janelas de correr abertas. Não tinham tela, então era comum Isabella acordar com a bunda de um pombo bem na sua frente. Batizaram o pombo de Pete e tentaram desvendar por que ele aparecia apenas no quarto de Isabella. Pete parava ali quase todas as manhãs e fazia cocô no parapeito. Era a coisa mais nojenta que ela podia imaginar.

— Pete, vai embora! — berrava.

— Não grita com ele — dizia Mary. — Você vai assustar o bicho e ele vai entrar no apartamento.

Isabella achava que a amiga estava exagerando, até que certa manhã ela berrou com Pete e ele voou para dentro. Ela foi correndo buscar Mary, que pegou uma vassoura e fechou a porta do quarto de Isabella. Mary sempre mandava bem nessas situações.

— OK — disse ela. — Quando a gente abrir a porta, você corre pra janela e a escancara. Eu espanto o bicho pra fora.

— Você é tão corajosa — falou Isabella.

Levou quase uma hora e muita gritaria, mas Pete enfim encontrou o caminho para fora. As duas acabaram suadas e ofegantes, balançando a cabeça uma para a outra.

— Nunca achei que teria tanta vida selvagem em Nova York — disse Isabella.

— Nem eu — concordou Mary.

*

Ben pegou o trem para a Filadélfia com Isabella no feriado de Ação de Graças. Ele comeu peru e brincou com as crianças e foi fofo de uma forma que ela não sabia que podia ser. A mãe de Isabella insistiu em embrulhar um monte de sobras de torta para Ben. Pegaram o trem de volta juntos e ele manteve a mão sobre a coxa dela durante a viagem toda. Na semana seguinte, ele não deu sinal de vida. Isabella se perguntou se o feriado inteiro fora imaginação.

*

Esfriou, mas o apartamento delas permanecia na casa dos trinta e sete graus. No Rockefeller Center, famílias de cinco membros visitavam a árvore e andavam de mãos dadas em uma fileira, forçando Isabella a desviar delas a caminho do trabalho. Era como um jogo de Red Rover, e ela tinha certeza de que estava perdendo.

Isabella foi sozinha para casa no Natal com duas malas de roupas sujas. Na noite anterior à viagem, ela e Ben saíram para beber. Riram e se divertiram, e, quando pararam para comer pizza a caminho de casa, Isabella começou a achar que se enganara ao imaginar que havia alguma coisa estranha entre eles. Mais tarde naquela mesma noite, Ben mexeu nos cabelos dela na cama. Ela deu um suspiro feliz e ele disse:

— A minha ex-namorada me fazia mexer nos cabelos dela antes de dormir. — Isabella se afastou dele, mas os dedos estavam presos aos seus cabelos e Ben acabou puxando alguns fios. — Que foi? — perguntou ele.

— Nada — respondeu Isabella. Como explicar o que ele havia feito? Deixou que Ben ficasse ali deitado segurando os cabelos que tinha arrancado, pensando no assunto.

O Natal no lar dos Mack foi barulhento e agitado. Renas de pelúcia apareciam nos cantos da casa e havia fitas decorativas e broas para todos os lados. Os adultos se divertiam com jogos de tabuleiro enquanto as crianças corriam no andar de cima. Era mais seguro dessa maneira, Isabella sabia disso. As noites de tabuleiro dos Mack não eram para crianças.

Na noite anterior à véspera de Natal, jogaram Scattegories e as coisas já haviam começado a se complicar. John, o irmão de Isabella, estava chateado porque tinha levado Crânio para jogar, mas foi derrotado.

— Não acho que seja boa ideia um jogo com argila — disse Brett.

— É — concordou Isabella. — Pode ficar violento.

Eram 12 jogadores, portanto era impossível dizer se tinha alguém trapaceando. A parceira de Isabella, a cunhada Meg, encheu a cara de martini de maçã a noite toda e ficou provocando os outros times.

— Uuuh! — berrava. — Uhuuu! A gente vai acabar com vocês. — Levantou a palma da mão para Isabella bater.

A mãe de Isabella tinha banido todas as jarras de bebida preparadas em casa depois do incidente do martini de romã na Ação de Graças de 1998, mas alguém se esqueceu disso. Quando Isabella entrou na cozinha naquela noite, viu uma jarra de um líquido sinistramente verde.

— Martini de maçã — disse Meg com alegria. — Quer um? — Foi a última frase completa que ela disse naquela noite. O irmão de Isabella silenciosamente ignorou a esposa amante de martini de maçã, deixando que Isabella batesse sua mão na dela sozinha.

Brett mal falou desde que tentou submeter a palavra "quenga" na categoria "coisas pegajosas". A mãe de Isabella exclamou um "Jesus amado" e fechou os olhos em horror. Sem mencionar que a letra daquela rodada era C; a mãe de Isabella devia ter ficado mais preocupada pelo fato do filho de 27 anos não saber soletrar.

Molly falou sobre Ben, e Isabella se arrependeu de tê-lo apresentado à família.

— Ele foi tão fofo com as meninas — dizia Molly. — Simplesmente uma graça.

Isabella viu Caroline correr em um feixe de azul, e logo todas as crianças desceram correndo do quarto de brincar. A maioria vestia fantasias e segurava xícaras de plástico por motivos que nunca explicaram.

O Scattegories foi esquecido. Molly sugeriu que todas as crianças dormissem no quarto de Isabella, um privilégio — mas só se ela concordasse, é claro.

— A gente pode, tia Iz? — perguntaram para ela. — Dormir no seu quarto?

Isabella olhou para Molly, que não olhou de volta para a irmã.

— Claro — disse Isabella. — Vocês podem dormir no meu quarto.

Caroline vibrou e tropeçou no longo vestido azul que estava usando e começou a chorar. Isabella a pegou no colo. Caroline sempre foi a sua favorita. Quando tentava sussurrar, falava direto na boca das pessoas. Na Ação de Graças do ano anterior, quando derrubou uma coxa de galinha no chão, disse "Foda-se". E, quando Molly perguntou onde a menina havia aprendido aquilo, ela deu de ombros e respondeu que foi com a "vovó Kathy".

— Você comprou um presente pra mim, Iz? — perguntou Caroline.

— Caroline, isso é falta de educação — disse Missy. Fez carinho no braço de Isabella. — A tia Iz não precisa comprar presentes pra gente.
— Missy, ainda preocupada com a possível pobreza de Isabella, tratava a tia como uma mendiga que a família adotara.

Molly olhou pra as meninas e franziu os olhos quando viu a fantasia de Caroline.

— Esse é o meu vestido de madrinha? — perguntou Molly.

— Não — respondeu Isabella. — Esse é o meu vestido de madrinha.

Molly revirou os olhos para cima.

— Você entendeu o que eu quis dizer. Caroline, onde você arrumou isso?

— Na cômoda — falou Caroline.

Molly olhou para Isabella.

— Como é que isso foi parar lá?

— O que mais eu ia fazer com esse vestido? — perguntou Isabella.
— Nem a caridade quis levar. — Brett deu uma gargalhada no outro lado da sala e Molly apertou os olhos.

— Estava super na moda naquela época — falou Molly. — Você não se lembra, mas esses vestidos eram o máximo.

— Eu acredito — disse Isabella. — Falando nisso, esse vestido está naquela cômoda há anos. — Caroline observou Isabella e Molly conversando, virando a cabeça cada vez que uma falava.

Isabella percebeu que Molly queria dizer mais, mas ela se virou e deu um gole no vinho. Isabella levou as crianças para o segundo andar a fim de acomodá-las no quarto e ouviu Molly conversando na cozinha.

— Então, Missy achou que a Izzy era pobre — disse. Deu uma gargalhada bem alta. — Eu sei! Dá pra acreditar nisso?

*

Havia tantos corpos na cama de Isabella que ela teve medo de que a cama quebrasse. Eram partes pequenas de vários corpos para todos os lados. Quatro das suas sobrinhas foram colocadas na cama. Isabella acordou a noite toda com pés e mãos voando pelos ares. Quando finalmente caiu no sono, acordou em menos de uma hora com um berro. O sobrinho, Connor, fora trancado no armário.

— Gente! — disse Isabella, mas não tinha energia suficiente para brigar com as crianças, que eram sombras escuras no chão. Depois de resgatar Connor, mandou todo mundo ficar em silêncio e dormir.

De manhã, todas as crianças saíram do quarto, menos Caroline, que ficou sentada na cama conversando com o ursinho laranja e explicando como o Papai Noel entrava em casa. Isabella sorriu para ela.

— Cadê todo mundo? — perguntou.

— Eles desceram — disse ela. — Não queria que você ficasse sozinha. — Caroline tocou o topo da cabeça da tia com sua mãozinha fofa de bebê, e Isabella se perguntou como Molly conseguira produzir uma criança tão doce sendo a pessoa tão horrenda que era.

Havia uma ligação perdida de Ben no celular, mas ele não deixou mensagem. Isabella achou que se sentiria melhor em casa longe dele, mas não. Ligou de volta, porém ele não atendeu. Não deixou mensagem.

*

Na noite de Natal, a família toda foi para a St. Anthony's para assistir à encenação de Natal. Caroline estava nervosa vestida de vaca e ficou acenando com a pata para a mãe, que batia fotos que nem um paparazzo desengonçado. A igreja estava barulhenta, cheia de conversas e pessoas se mexendo, até que um Jesus do tamanho de uma caneca de cerveja e uma Maria mirim foram até a manjedoura e a igreja inteira ficou em silêncio.

Isabella ainda se lembrava de quando foi escolhida para interpretar Maria na quarta série. A professora pediu-lhe que trouxesse um boneco para ser Jesus e ela levou a missão muito a sério. Foi para casa e depois de pensar com muito cuidado escolheu o boneco Repolhinho. Pediu desculpas aos outros e explicou que o Repolhinho era pequeno e careca e perfeito para o papel. Seria um Jesus excelente.

Isabella lavava a cabeça de Repolhinho na pia toda noite, e depois a secava com cuidado. Vestia nele o pijama azul atoalhado e o botava para dormir ao lado dela.

— Você vai ser Jesus — sussurrava para ele. — Não fica nervoso — dizia. — Você vai se sair bem.

Na noite em que encenou Maria, ela se sentiu sagrada como se fosse um tipo de santa.

Foi o meu Natal mais sagrado, escreveu no diário.

No altar, a Maria mirim disse alguma coisa para Caroline e depois fez carinho nela como se fosse uma vaca de verdade. Caroline ficou olhando para o boneco na manjedoura e sentiu alguma coisa parecida com inveja. Depois da encenação, todo mundo saiu. Na noite gelada, as respirações das pessoas formavam nuvens brancas enquanto desejavam Feliz Natal umas para as outras; Isabella não sentiu nenhum clima de Natal. As crianças foram para as suas respectivas casas a fim de esperar o Papai Noel. Naquela noite, deitada em sua cama, Isabella sentiu falta do som da respiração de outras pessoas.

*

Em Nova York, estava tudo frio e cheio de neve derretida.

— Pelo menos a neve foi bonita por um ou dois minutos, não foi? — perguntou Isabella para Mary. A amiga negou com a cabeça e fechou a porta. Estava resfriada e tinha de lidar com novas aulas.

Ben aparecia cada vez menos, e, quando estavam juntos, só brigavam.

— Não aposta todas as fichas num galo só — aconselhou Kristi. — O cara não era pra você mesmo — disse isso com tanta autoridade que Isabella quase acreditou nela.

Isabella comprou botas de borracha que iam até os joelhos para caminhar até o trabalho. Quando viu as pessoas usando aquilo a primeira vez, achou que estivessem apenas tentando ter estilo, mas agora entendia que eram necessárias para as poças de noventa centímetros de água suja e fria que ficava em volta do meio-fio e que se acumulava nas ruas.

Sharon decidiu fazer dieta para o Ano-Novo, então o jogo do bolinho se tornou mais complicado.

— Tem certeza? — Isabella tinha que perguntar. — Não acredito que está de dieta. — acrescentava, às vezes. Na única manhã em que ela não comprou o bolinho com gotas de chocolate, Sharon fez com que ela organizasse os clientes por ordem de CPF. Isabella nunca mais cometeu esse erro.

Mesmo com as botas, os pés de Isabella sempre estavam úmidos e gelados. O apartamento estava muito quente, não havia nada que pudessem fazer para diminuir a temperatura. Tinham de manter as janelas abertas para não sufocarem, e Isabella não conseguia esquecer o medo que o pombo voltasse. À noite, acordava no apartamento suando e desidratada, batendo os braços para se proteger de pombos imaginários.

*

A impressão era de que a primavera jamais chegaria, mas chegou. E, misteriosamente, Ben começou a aparecer mais e mais. Não explicou onde esteve em todas aquelas noites em que ela tentou ligar para ele. Simplesmente voltou a aparecer o tempo todo com o boné branco de beisebol, sorrindo e rindo, pagando bebidas, dançando e acordando na cama de Isabella.

— O que você acha que aconteceu? — perguntou Isabella.

Mary levantou os ombros.

— Talvez ele estivesse hibernando — sugeriu ela.

Isabella recebeu uma promoção no trabalho e uma nova assistente foi contratada a fim de comprar bolinhos para Bill e Sharon. Quando Isabella estava treinando a nova assistente, Bill disse a ela:

— Você tem uma responsabilidade enorme. Essa aqui era demais. — Colocou a mão no ombro de Isabella. Ela sentiu o cheiro de cebola e torceu para que não impregnasse o seu casaco. Sharon desejou boa sorte, apertou a mão de Isabella e lhe deu um cartão com um escritório cheio de macacos. Dentro do cartão, escreveu "Vamos sentir a sua falta neste zoológico!". Isabella foi para o andar de cima e perdeu contato com eles. Às vezes, ela se via na padaria da esquina prestes a comprar bolinhos, mas então se dava conta de que não precisava mais fazer aquilo. Lembrava-se de Sharon dizendo "Ai, não posso" quando Isabella colocava o bolinho na mesa dela. Tomara que a assistente nova compreendesse as regras e se lembrasse do que tinha de fazer.

*

Mary começou a estagiar em uma firma de advocacia no centro da cidade, mas pelo menos tinha mais disposição para sair à noite. No Gamekeepers, enquanto jogavam Palavras Cruzadas, contou para Isabella que se mudaria no outono.

— Preciso do meu apartamento — disse ela. — Amo morar com você, mas tenho que estudar o tempo todo. E, além disso, preciso morar mais perto do campus. Você não quer morar lá longe.

— Eu sei — disse Isabella. — Eu distraio você.

Isabella encontrou um apartamento de um quarto em West Side. Ficou triste por não morar mais com Mary, mas o apartamento novo tinha tela nas janelas, o que já era alguma coisa.

*

Na última noite no apartamento, Isabella e Mary foram ao Gamekeepers com Ben e Mike, colega de quarto dele. Jogaram Lançadores e Com Licença!, e então Ben tirou o Jogo da Vida da prateleira.

— E este aqui? — perguntou ele. — Um bom e velho Jogo da Vida.

Giraram a roleta e coletaram empregos, contracheques e filhos. Há tempos que Isabella não jogava aquilo e achou um tanto chato. Mary e Mike perderam o interesse e foram pegar cerveja no bar.

— Sabe — disse Isabella para Ben —, quando eu era criança e meus pais jogavam esse jogo, tinha uma regra. Se um dos pinos caísse do carro, você perdia esses pinos. Isso era considerado um acidente de carro e o pino de plástico morria. Você precisava devolver ele.

— Sério? — Ben parecia entediado.

— Sério — disse Isabella. Ela já havia contado aquela história e as pessoas em geral riam. Ben apenas olhou para o bar.

— Você não acha que é uma regra meio cruel? — perguntou Isabella.

— Acho — respondeu ele, mexendo o gelo no copo. — Tenho que ir à lojinha comprar cigarro.

— Tá bom — disse ela. Quando Ben saiu, Isabella pegou um dos pinos dele e o deitou ao lado do carro dele.

A regra do pino morto costumava fazer com que Isabella chorasse. Por algum motivo, seus pinos nunca ficavam de pé, sempre caíam.

— É a regra, Izzy — dizia o irmão Marshall sempre que ela tentava protestar. Isabella achava que a maneira como todos gritavam e riam quando um pino caía era terrível, a forma como batiam palmas diante da tristeza e da falta de sorte do outro. Molly sempre fazia carinho nas costas de Isabella quando isso acontecia e dizia:

— Se você não consegue seguir as regras, então talvez não devesse brincar.

Ben voltou do bar, mas não notou o pino morto.

Isabella foi ao bar e pediu doses para ela e para Mary.

— Aqui — falou ela dando o copo para Mary. — Sem desculpas. É um momento de luto. Nunca mais vamos morar juntas.

— Não fala isso — disse Mary.

— É verdade — respondeu Isabella. Já podia perceber o sentimentalismo tomando conta de si, como sempre acontecia. De vez em quando, sentia saudade das pessoas antes mesmo de a deixarem e ficava deprimida com o fim das férias antes que elas começassem.

— Então tá, saúde — disse Mary. Elas brindaram, tocaram os copos no balcão e beberam.

— Você vai sentir saudade de mim — afirmou Mary. — Não vai ter ninguém pra levar a culpa das louças na pia.

— Exatamente —-falou Isabella.

Ben e Mike se aproximaram e sugeriram outro bar.

— Este lugar é sem graça — disse Ben. Inclinou-se para trás e alongou os braços.

— A gente não pode ir pra outro lugar — falou Isabella. — Ainda temos que terminar de arrumar as coisas. A mudança vem amanhã cedo.

— Tudo bem — disse Ben. — Falo com você amanhã. — Isabella notou que ele nem se ofereceu para ajudar na mudança, mas não falou nada. Ela e Mary tomaram mais um drinque e voltaram para o apartamento, que estava cheio de caixas e mil coisas espalhadas pelo chão.

— O que é isso tudo no chão? — perguntou Mary.

— Lixo — respondeu Isabella. — É tudo lixo. — Chutou um peso de ginástica rosa. — Quando foi que a gente levantou pesos aqui? — perguntou.

— Acho que comprei isso pensando em levantar pesos no meu quarto — falou Mary.

— E como foi? — perguntou Isabella.

— Não deu muito certo — respondeu ela. — Acho que é por isso que estavam embaixo do sofá.

— Aqui — disse Isabella. Pegou um objeto no bolso. — Roubei pra gente. — Abriu a mão e mostrou a Mary dois bonecos de pino do Jogo da Vida e dois porquinhos do Pig Mania. Deu um pino e um porco para Mary. — Somos nós — disse ela. — Colegas de quarto para sempre.

Mary riu.

— Quem é a porca? — perguntou.

*

No apartamento novo, Isabella colou o porco e o boneco de pino em uma cartolina e prendeu a cartolina na moldura da porta. As pessoas sempre comentavam sobre aquilo quando passavam. "Olha isso", diziam. Às vezes reconheciam o pino do Jogo da Vida e algumas até sabiam de onde vinha o porco, o que geralmente fazia com que rissem. Quando a cola perdeu a liga e o pino e o porco caíram, ela não os jogou fora. Em vez disso, colou os dois de novo e rezou em voz baixa para que fossem as duas únicas criaturas em seu lar.

Salsicha de verão

— A nossa amiga Ellen namora caras feios — Lauren costumava dizer. Falou isso durante a faculdade inteira. Era um aviso para os rapazes atraentes que se interessavam por Ellen. — Você não é o tipo dela — tentava explicar. — É estranho, sabe, mas você é bonito demais pra ela. — Na maioria das vezes, esses rapazes não davam ouvidos. Apenas concordavam com a cabeça e continuavam olhando para Ellen pensando em como chegar nela, enquanto Lauren continuava insistindo. — Ela namora caras feios.

Todas as amigas de Ellen aceitavam isso. Não se surpreendiam quando ela apresentava rapazes com início de calvície e casos brandos de rosácea. Não riam quando apontava para o único cara do bar que usava aparelho de dente e dizia "Olhem que gato!". Quando ficava sem ar e toda animada com um novo homem, elas todas se preparavam mentalmente para conhecer um cara com bigode pontudo e muita caspa. Até mesmo no primeiro ano, quando os únicos meninos aceitáveis eram Jon Armstrong e Chris Angelo, Ellen anunciava que gostava do tosco do Matthew Handler. Era sua natureza. Ellen namorava caras feios.

Isso surpreendia porque ela era bonita — e não só a beleza normal de quem é bem-cuidada e bem-vestida. O tipo de beleza que as pessoas notavam, o tipo de beleza que fazia com que as pessoas olhassem para ela quando passava. Tinha cílios longos e a pele parecia não ter poros. Havia um brilho nela, alguma coisa que sempre atraía os meninos na sua direção. Se Ellen fosse outra pessoa, Lauren talvez sentisse inveja de ser amiga dela. Mas não se importava porque Ellen sempre olhava para todos os seus admiradores reunidos, apontava para o sr. Gorducho e dizia "Escolho você". Lauren ficava com o resto.

Algumas amigas são fofoqueiras e outras não sabem beber. Se você gosta da pessoa o suficiente, vai ignorar essa característica e continuar a ser amiga. E era isso que faziam com Ellen — elas toleravam o seu gosto para homens.

*

Uma vez na faculdade, Ellen beijou um cara que morava no final do corredor delas. Era conhecido como Bestalôca por ser corpulento, ter uma juba encaracolada e fungar quando ria. Era o cara que ficava bêbado nas festas, tirava as roupas e fazia a dança da lombriga no chão cheio de cerveja. Todo mundo o conhecia. Todo mundo gostava dele o suficiente. Todo mundo ficou chocado quando Ellen anunciou que o beijara na noite anterior, quando ele a acompanhou até o quarto.

— Peraí — falou Isabella. — Por favor, volta a fita. Você ficou com o Bestalôca?

Ellen deu de ombros.

— Não foi planejado — respondeu ela. — Ele se ofereceu para me trazer no quarto e era muito engraçado.

— É claro que ele é engraçado — disse Lauren. — Ele é o Bestalôca. Os Bestalôcas são sempre engraçados. Mas os Bestalôcas não servem pra ficar.

Ellen não ficou constrangida. Apenas sorriu, ergueu os ombros e voltou para o quarto dela. As meninas se entreolharam e balançaram as cabeças.

— Ficar com o Bestalôca — sussurraram umas para as outras. — Qual vai ser o próximo?

Na maioria das vezes, os meninos de Ellen eram inofensivos. Sem mencionar que todos tinham personalidades vibrantes e muita inteligência, para compensar a aparência. É verdade que alguns deles não eram abençoados com nada. Mesmo assim, as meninas nunca objetaram as escolhas de Ellen.

— Cada qual com seu cada um — dizia sempre a amiga Mary quando Ellen levava outro para casa. Elas todas riam e deixavam a amiga ser quem era. — Que mal pode fazer? — perguntavam-se, e a deixavam ter a sua diversão feiosa.

Então ela conheceu Louis. E Louis era horrendo.

Ele pesava uns quarenta quilos, tinha cabelos louros lisos e finos e usou a mesma calça de veludo cor de ferrugem no primeiro ano inteiro. Era pretensioso e sofria de fobia social. Ellen era louca por ele. Louis se sentava no apartamento delas e fumava um cigarro atrás do outro ignorando todo mundo. Certa vez, quando Lauren pediu a opinião de Ellen sobre qual saia devia usar, Louis se intrometeu.

— Pode ser perigoso dar muita importância pra roupas. Você se torna superficial — disse ele. Pegou no bolso um exemplar de *Por Que Sou tão Sábio*, de Nietzsche, e começou a ler.

— Odeio esse cara — falou Lauren naquela noite. — É tão babaca.

— Relaxa — disse Isabella. — Não vai durar. Nunca dura.

Na primeira vez em que Louis deu um pé na bunda de Ellen, elas comemoraram em silêncio. Mas, na semana seguinte, o casal estava de volta e Louis apareceu no apartamento delas fumando e fazendo comentários sobre como as meninas eram bobas em geral. Louis terminou com Ellen várias e várias vezes, e ela continuava voltando para ele. Nenhuma das amigas compreendia.

— Ele parece o Ichabod Crane — disse Lauren uma vez. — Quer dizer, uma versão do Ichabod Crane que usa a mesma calça o ano todo, sabe?

— Só não consigo entender quando ele tem tempo de lavar as calças — comentou Mary. — Ele usa a mesma todos os dias. É simplesmente nojento. — Todas concordaram.

Depois da formatura, Louis terminou com Ellen de novo. Disse que não tinha como ficar preso, que viajaria sozinho pela Europa sozinho e que precisava de liberdade.

— Por favor, que seja definitivo dessa vez — disseram as amigas umas para as outras. É claro que agora Ellen estava destruída, mas ela conheceria outra pessoa, alguém que a faria mais feliz. Todas tinham certeza disso. Era melhor assim.

*

Elas passaram um ano depois da graduação morando com os pais em seus respectivos subúrbios juntando dinheiro e procurando emprego. Era péssimo dormir na pequena cama da infância, mandar milhões de currículos e tentar não se irritar com os pais perguntando coisas como "A que horas você vai chegar?" e "Nada de bebida aí em cima".

Lauren, Ellen e Shannon se mudaram para Chicago naquele verão. Ellen recebeu uma proposta de emprego em Boston, mas não aceitou afirmando que sempre quis morar em Chicago.

— É uma cidade tão divertida — disse ela. — O lago é tão legal. — Lauren e Shannon se olharam e reviraram os olhos. Sabiam que ela estava mentindo quanto ao lago. Louis era de Chicago e Ellen tinha esperança de que ele voltasse para lá em breve. Era muito triste. Até meio patético.

Mas não ligaram tanto assim. Um ano depois da graduação, finalmente estavam por conta própria. Alugaram um apartamento em Armitage com dois quartos e um escritório, um banheiro pequeno, um deque gigante e sem ar-condicionado. Era quase como na faculdade, exceto por precisarem se levantar todas as manhãs e trabalhar.

Aquele verão foi tão quente que ninguém conseguia ficar dentro da casa. Tentavam (só por serem adultas) não sair todas as noites.

Sentavam-se no deque de short e rabo de cavalo, liam revistas, faziam as unhas e tentavam imaginar a brisa do lago Michigan. Eventualmente, alguém sugeria uma cerveja ou uma taça de vinho. Elas permaneciam sentadas por algum tempo, e então alguém mencionava o bar da esquina só para uma bebida, só para ficarem um pouco no ar-condicionado. Quando se davam conta, eram 2h da manhã e elas ainda estavam escutando Karen, a barman louca sem dentes do Shoes Pub, falar sobre o Craig, um babaca que partiu o coração dela.

Lauren culpou a temperatura por grande parte do que aconteceu naquele verão. O calor fazia com que elas saíssem do apartamento e fossem para bares, feiras e shows. Fazia com que ficassem inquietas e irritadas enquanto esperavam que algo acontecesse. Todas sabiam que deviam se sentir diferentes naquela vida nova, mas sentiam-se as mesmas de sempre e isso as deixava no limite. Com calor e sem paciência, viviam para lá e para cá murmurando e perguntando umas às outras "E agora? E agora?".

*

Ellen ficou perdida sem Louis. Não chegou nem a flertar com nenhum cara feio desde que ele se foi para a Europa. Louis mandava cartões-postais de Paris e de Florença com dizerem do tipo *Seja você ou não seja* e *Viva humildemente, mas viva*.

Lauren e Shannon pegavam esses cartões da pilha do correio para ler as mensagens antes de Ellen. Era uma das maiores fontes de entretenimento das duas.

— Viver humildemente? — disse Shannon. — Ah, claro. Tenho certeza de que os pais estão pagando a viagem humilde dele na Europa.

Sempre colocavam os cartões de volta à pilha a fim de que Ellen pudesse levá-los para o quarto e ler as mensagens várias e várias vezes. Elas sabiam que a amiga ficava ali sofrendo por ele.

— A gente tem que fazer com que ela supere isso — dizia Lauren. Elas a levavam a bares e procuravam homens feios. Em algumas ocasiões,

Ellen até conhecia rapazes simpáticos, deixava que lhe pagassem bebidas e batia papo. Quando as meninas se aproximavam, entretanto, ouviam o papo de Ellen.

— Ele realmente partiu o meu coração — dizia ela. — E eu sinto muita saudade dele.

— O que a gente pode fazer? — perguntavam-se frustradas. Por que ela não conseguia simplesmente esquecer?

*

Elas conseguiram ingressos para um show na velha fábrica de aço no final da rua para ver um cantor jovem e bonito que escrevia letras atormentadas de amor e gemia sobre os problemas de ter 25 anos. Isabella estava visitando, vinha de Nova York, e chegou antes do show para tomar cervejas na varanda, mas tudo o que fez foi andar pelo apartamento e dizer:

— Este lugar é gigantesco. O apartamento de vocês é enorme.

— É, a gente gosta dele — disse Lauren.

— Não — falou Isabella. — Vocês não têm ideia. Vocês deviam ver o meu apartamento em Nova York. É minúsculo. E caro. Este lugar é uma mansão.

— Então se muda pra cá — propôs Lauren. — Vem pra Chicago! — Isabella apenas sorriu e continuou a observar o apartamento, maravilhada.

Lauren e Shannon andavam às turras desde que Shannon chamara Lauren de porcalhona.

— Isabella, você não acha nojento quando alguém deixa cotonete na pia? — perguntou Shannon. Isabella balançou a cabeça e permaneceu em silêncio.

— Você é que se senta no banheiro por uma hora e fica tirando sobrancelha com pinça — disse Lauren. — Se tem alguma porca aqui, é você.

Isabella apenas sorriu e ficou contente por não precisar participar daquilo. Lauren e Shannon, agora, sentadas na varanda soltavam suspiros e debiches para que todo mundo soubesse que não se falavam.

Ellen estava na cozinha enchendo uma taça de vinho quando Isabella perguntou:

— Então, você viu o Louis desde que ele voltou?

Foi como um filme: Ellen derramou o vinho, Isabella deu um pulo e Lauren e Shannon esqueceram que estavam se ignorando e se olharam com olhos arregalados.

— O Louis voltou? — perguntou Ellen.

— Voltou. — Isabella franziu o rosto. — Foi mal, Ellen. Achei que você soubesse.

Ellen negou com a cabeça e bebeu um pouco do vinho.

— Não — disse ela. — Não sabia.

— Desculpa — repetiu Isabella. — Simplesmente deduzi que ele teria ligado pra você. Vi o Phil no fim de semana passado e contei que vinha pra cá, aí ele mencionou isso. Ele chegou tem umas duas semanas. Tenho certeza de que vai ligar pra você.

Todas olharam para Ellen, que no momento bebia o vinho calmamente. Lauren percebeu que ela não estava chateada. Surpresa, sim. Mas não chateada. Conheciam Ellen havia tempo suficiente para decifrarem o seu estado de espírito só pela maneira como ficava de pé, e naquele momento ela estava ereta como um poste, alerta e animada.

— Merda — disse Shannon com calma.

— É — respondeu Lauren. — Exatamente.

*

Foram ao show, onde Lauren e Shannon fizeram as pazes e brigaram novamente quando Shannon se esqueceu de guardar o banheiro químico onde Lauren estava; um homem abriu a porta, porque a tranca estava quebrada.

— Todo mundo me viu com a calcinha abaixada — berrou Lauren.

— Qual a novidade? — perguntou Shannon.

Foram até um bar chamado Life's Too Short perto do conjunto habitacional Cabrini-Green. A área estava toda em construção e a rua tinha uma fileira de condomínios pela metade e esqueletos de casas. Por não ter ninguém naquela área, o bar ignorava as leis municipais e não fechava as portas antes das 4h da manhã. Os barmen deixavam todo mundo ficar na área externa do bar. Isso nunca dava certo, mas elas sempre voltavam.

Sentaram-se em um dos cantos do terraço de onde conseguiam ver todo mundo que entrava. Fascinadas, observavam Margaret Applebee, uma menina que conheceram na faculdade. Sempre foi meio gorda, mas perdeu cerca de vinte quilos e, naquele ano, de acordo com Shannon, estava "oferecendo o corpinho pela cidade". Conversava com o amigo delas, Mitch McCormick, e pressionava o corpo contra o braço dele. Elas esperavam que ele mandasse a garota embora.

— Quem ela pensa que é? — perguntou Shannon. — Como se o Mitch fosse algum dia se interessar por ela. É vergonhoso.

— Mas ela é persistente — disse Lauren. — Pelo menos isso não dá pra negar.

— Nem a reconheci — falou Isabella. — Perdeu uns vinte quilos? É outra pessoa.

Nenhuma delas viu Louis entrando. Estavam tão focadas no fiasco da Margaret Applebee que só perceberam a presença dele quando veio até a mesa delas e disse "Oi, Ellen". Ellen tentou sorrir, mas começou a chorar imediatamente.

— Ela está muito bêbada — disse Lauren para Louis.

Ele a pegou pelo braço e a afastou das amigas, que passaram a observar os dois. Estavam com as cabeças bem próximas e conversavam baixinho.

— Ai, merda — disse Shannon. — A Margaret Applebee foi embora. Perdemos o final. Cadê o Mitch?

Ellen veio até a mesa chorando ainda mais. Nem conseguia falar, mas elas sabiam o que tinha acontecido.

— Ele é um babaca — disse Lauren.

— Ele não vale a pena. — Isabella fez carinho nas costas de Ellen.

— Você devia simplesmente esquecer esse cara — disse Lauren.

— Acho que o Mitch foi pra casa com a Margaret Applebee — comentou Shannon.

*

Ellen estava de pé e na ativa antes de todas as amigas na manhã seguinte. Voltou para o apartamento com ingredientes para fazer Bloody Mary, um tijolo de queijo cheddar e um rolo de salsicha de verão.

— Desculpa, meninas — disse ela —, por ter surtado ontem à noite.

— Imagina — respondeu Shannon. A amiga já havia feito um Bloody Mary e agora cortava pedaços do queijo e da salsicha para devorar. Isabella estava deitada no sofá ouvindo a conversa. A ressaca era tanta que não conseguia se mexer, mas fez um barulho e indicou que queria queijo e salsicha. Lauren cortou pedaços e os levou para ela.

— Liguei pro Louis de manhã pra pedir desculpas — contou Ellen.

— Por quê? — perguntou Shannon.

— Porque quero ser amiga dele — disse Ellen. — Quero pelo menos ser amiga.

— Você acha que isso vai dar certo? — perguntou Lauren.

— Acho que é a minha única opção — respondeu ela. Todas ficaram em silêncio por alguns instantes.

— Salsicha de verão é uma coisa meio estranha — disse Shannon.

— Salsicha de verão é uma coisa bem estranha — concordou Ellen.

— Devia ser uma coisa nojenta — disse Lauren. — Tipo, você deixa ela embalada e sem refrigeração pra sempre, mas, quando abre o embrulho, ainda está uma delícia. É uma das grandes maravilhas do mundo.

— Acho que está curando a minha dor de cabeça — disse Isabella. Tentou se sentar, mas deitou-se novamente. — Retira o que eu disse — completou.

— Acho que vocês ainda estão meio bêbadas — falou Ellen.

Mais tarde, todas concordaram que Ellen era um desastre prestes a acontecer.

*

Lauren conheceu Tripp em um bar em Bucktown que tinha mapas em todas as paredes e mesas de sinuca no canto. Ele não era nada incrível, mas ela continuou se encontrando com ele. No aniversário dela, Tripp deu-lhe vale-presentes para o bar da esquina e um romance erótico desses que se compra em farmácia.

— Sei que você gosta de ler — disse para ela. O cartão dizia *Querida Lorin, feliz aniversário. Sinceramente, Tripp.*

— Você acha que ele sabe que escreveu o seu nome errado? — perguntou Ellen.

— Ele nem botou ponto de exclamação depois do "feliz aniversário" — disse Shannon. Olhou para o cartão e franziu o rosto. — Tão sério. Feliz aniversário... ponto.

— Só estou ligando porque estou entediada — explicou Lauren para as amigas quando ligou para ele.

— Deve estar mesmo — responderam elas.

*

Chicago estava pequena naquele verão. Independente de aonde iam, sempre cruzavam conhecidos: Tripp, Louis, e até Margaret Applebee estava sempre na área. Se não os via no Shoes or Kincade's, então era no

Big John's ou no Marquee Lounge. Se não em nenhum desses lugares, sempre no Life's Too Short.

De tempos em tempos, Ellen anunciava que queria conhecer alguém. Conversava com o primeiro cara que lhe oferecia bebida. As amigas sorriam do outro lado do bar para incentivar. Então Louis aparecia e Ellen parava de falar com o tal rapaz e voltava para perto das amigas.

— Ignora ele — diziam as amigas. Ellen assentia com a cabeça. Cerca de meia hora depois, decidia dizer oi para Louis.

— Tenho que ser civilizada — falava. Chorava um pouco e comentava que era difícil ser apenas amiga. Em algumas noites, ele curtia a atenção; era quando se afastava de todo mundo com ela e conversava intimamente. Em outras noites, ficava com raiva e dizia que não conseguia lidar com ela, então saía abruptamente do bar. Ela acabava voltando para o apartamento aos prantos quase sempre, ao passo que elas bebiam cerveja e comiam macarrão com queijo tarde da noite.

— Você vai encontrar outra pessoa — dizia Shannon para Ellen enquanto ela mastigava o macarrão alaranjado.

— Essa história está ficando previsível demais — falava Lauren.

Elas podiam, pensou Lauren mais tarde. Podiam ter tentado ir a algum lugar novo para que não encontrassem as mesmas pessoas repetidamente. Na ocasião, isso não passou pela cabeça delas.

*

A nova atividade favorita aos domingos era se sentar na varanda dos fundos, beber Bloody Mary, comer salsicha de verão e conversar sobre o fim de semana. Shannon estava ligeiramente obcecada por Margaret Applebee e queria falar sobre ela o tempo todo.

— Só porque ela não é mais obesa virou uma vagabunda? Ah, me poupem — disse Shannon.

— Talvez ela queira um namorado — sugeriu Ellen. — Não acho que ela já tenha namorado alguém. — Não gostava quando falavam da Margaret Applebee.

— Bem, ela certamente não tem um namorado no momento — disse Lauren. — Provavelmente o que ela tem é só herpes.

— Ai, Lauren. — Ellen olhou para ela como mãe decepcionada e balançou a cabeça. — O que está rolando com o Tripp? — emendou, na tentativa de mudar de assunto.

Lauren deu de ombros.

— Nada demais. Nos vemos quando nos vemos.

Tripp e Lauren às vezes passavam dias sem se falar. Ela achava que ou eles decidiriam começar a namorar sério ou parariam de se ver do nada. Mas as coisas continuavam indo como estavam indo. Na maior parte das vezes, ela não tinha motivos para mudar a situação. Certa vez, viu Tripp indo para casa com outra menina do Life's Too Short e foi como se alguém tivesse dado um tapa nela. Acabou, decidiu. No entanto, cerca de uma semana depois, ela o encontrou, mas não falou nada sobre o que vira. Ignoraria o fato, decidiu. Afinal de contas, eles não estavam em uma relação exclusiva nem nada. Ele era apenas uma boa forma de passar o tempo até que alguma coisa melhor aparecesse.

*

No final de julho, Sallie ligou para elas a fim de contar que estava noiva e ia se casar dali a um mês. E tinha mais uma coisa: estava grávida. Elas não sabiam direito o que dizer, então disseram apenas parabéns. Não acreditaram. Sallie e Max namoraram durante a faculdade, na época em que Max era conhecido por beber cerveja de cabeça para baixo até vomitar e Sallie de vez em quando se esquecia de que tinha namorado e beijava outros meninos na festa. Eles iam se casar? Iam ter um filho?

— Eu acho maneiro — disse Ellen.

— Você acha maneiro que a vida deles tenha acabado? — perguntou Lauren. Estava horrorizada.

— Mas você os conhece — falou Ellen. — Estão apaixonados.

Lauren deu uma risada.

— Vão se divorciar daqui a cinco anos — disse ela.

— Odeio admitir — comentou Shannon —, mas meio que concordo.

*

Lauren aprendeu uma coisa importante no casamento de Sallie e Max: não é bom ser a primeira das amigas a se casar. Caso isso aconteça, apenas aceite o fato de que o seu casamento vai ser um show de merda. A maioria das pessoas ainda está solteira, beber de graça ainda é uma novidade e não interessa o quão elegante se planejou que o casamento fosse, ele vai acabar como uma cena de *Girls Gone Wild*.

Elas quase não chegaram a tempo da cerimônia em si porque Lauren vomitou a manhã inteira.

— Por favor me esperem, meninas — dizia antes de voltar correndo para o banheiro. — Vou estar pronta em um minutinho.

As cinco amigas viajaram para a cidade em virtude do casamento. Acamparam no apartamento todo, nos sofás e em colchões infláveis. Quando as convidadas chegaram na noite anterior, as meninas fizeram o melhor para serem boas anfitriãs e apresentarem uma noite divertida para elas, mas acabaram voltando tarde demais. Só tiveram tempo de tomar banho e colocar roupas limpas.

— A missa vai ser muito demorada? — perguntou a amiga Mary. Já havia se arrumado e deitara no sofá para tirar um cochilo de vestido.

— Você vai se amarrotar toda — disse Ellen para ela.

— Eu realmente não dou a mínima — falou Mary. Manteve os olhos fechados.

Ellen era a única que parecia animada com o casamento. Não ficara na rua até tarde na noite anterior e estava descansada e com a roupa passada. Sentou-se na ponta de um dos sofás com os tornozelos cruzados e observou o resto das amigas se arrastando para se aprontarem.

*

O casamento foi uma zona. Todo mundo desembestou até o bar e pediu tequila, até que o pai da noiva ordenou aos barmen que parassem de servir a bebida. Isabella foi uma das madrinhas e informou às outras que a mãe da noiva havia chorado a manhã toda.

— Ficou dizendo "não acredito que isso está acontecendo" — contou Isabella. — Foi horrível.

O amigo delas, Joe, vomitou na pista de dança, que teve de ser isolada e limpa antes que pudessem voltar a dançar. Uma das madrinhas foi encontrada desmaiada na suíte da noiva e precisou ser mandada para casa. As pessoas se agarraram nos cantos, meninas caíram e tiveram os seus vestidos rasgados, até que finalmente a banda parou de tocar e todo mundo foi expulso. Decidiram ir para o Life's Too Short. Shannon ficou berrando:

— A vida deles está arruinada, sabe? A vida deles acabou.

Louis estava no casamento e elas sabiam que isso significava que Ellen acabaria chorando. Louis e Ellen dançaram juntos na festa e se sentaram a sós em uma mesa no bar. Elas tinham certeza de que ele se levantaria a qualquer momento e iria embora do nada, mas, toda vez que olhavam, Ellen e Louis estavam rindo e ele tocava o joelho dela.

Tripp estava no bar, e, quando viu Lauren, disse:

— Ei, você aqui?

— Viu? — falou Lauren para Shannon. — O cavalheirismo ainda não morreu.

Tripp não falou nada. Lauren teve a impressão de que ele não sabia o que "cavalheirismo" significava. Ficava cada vez mais claro que era burro. Ela teria de dar fim naquilo. Mas, antes que tivesse a chance de dizer alguma coisa, ele saiu andando.

— Que idiota — comentou Lauren. Shannon concordou.

A noite acabou quando Tripp e Margaret Applebee foram embora juntos. Lauren começou a chorar enquanto Shannon e Isabella decidiram que deviam ir ao restaurante para comer. Lauren pediu ovos e batatas cozidas com bife, encheu o prato de ketchup e não comeu nada.

— Ele não vale a pena — disseram a ela. Lauren foi para casa, deixou o vestido no chão, arrastou-se para a cama. Chorou até pegar no sono.

*

Quando Lauren acordou na manhã seguinte, a maioria das hóspedes já tinha ido embora. Só restava Isabella, sentada no sofá com Shannon. As duas estavam com caras péssimas.

— Cadê a Ellen? — perguntou Lauren.

Isabella encolheu os ombros.

— Não veio pra casa. A gente acha que ficou na casa do Louis.

— Não acredito que ela foi pra casa com ele — disse Shannon.

— Quem? Ellen ou Margaret Applebee? — perguntou Isabella.

— As duas, acho. Mas estava falando sobre a Ellen — falou Shannon.

— Será que dá pra gente não falar sobre a porra da Margaret Applebee? — pediu Lauren, e sentiu Shannon e Isabella trocando olhares furtivos.

*

Ellen chegou em casa no final daquela tarde com os ingredientes de sempre para um piquenique de Bloody Mary e salsicha de verão. Cantarolou enquanto fazia uma jarra de bebida e saltitou pela cozinha pegando copos e facas.

— Você parece feliz — comentou Shannon.

— Estou — disse Ellen e sorriu. — Meninas, tive uma noite muito boa. Louis e eu resolvemos voltar.

— Ah — exclamou Lauren. Esperou até que outra amiga desse apoio.

— Você não pode namorar esse cara — disse Shannon finalmente. — Ele é péssimo. Ele é péssimo com você e com a gente, ele é simplesmente péssimo.

— Ele realmente parece fazer você infeliz na maior parte do tempo — falou Isabella.

— Vocês realmente acham isso? — perguntou Ellen. Olhou diretamente para Lauren. — Lauren — disse ela —, você acha isso?

Lauren não saberia explicar por que disse aquilo. De vez em quando, ela pensa sobre esse momento e se imagina não fazendo o que fez. Culpou a ressaca, o casamento, a Margaret Applebee; mas de fato não tinha desculpa. O que ela disse foi:

— Ele é tão feio.

Ellen estava cortando a salsicha de verão quando Lauren disse isso. Todas as amigas viram a faca cortar o dedo dela. Sua mão ficou completamente coberta de sangue antes mesmo de ela abaixar a cabeça.

— Puta merda — berrou Shannon. Isabella foi pegar uma toalha e Shannon ligou para a emergência. Quando atenderam, ela pediu desculpas e passou cinco minutos ao telefone explicando por que não precisavam de uma ambulância.

— Vamos — disse Lauren —, a gente pega um táxi pro hospital.

O rosto de Ellen estava branco e ela se recusou a tirar a toalha para olhar o dedo.

— Acho que cortei o dedo fora — dizia ela sem parar. — Acho que arranquei o dedo todo fora.

Lauren garantiu que o dedo ainda estava preso ao corpo.

— Não se preocupa — falou ela. — Você só precisa de alguns pontos.

Tiveram de esperar duas horas para serem atendidas na emergência. Um homem estava sentado na frente delas com a cabeça encostada na parede. Quando foi chamado, deixou uma marca de sangue no local.

Lauren e Ellen não falaram muito enquanto esperavam. Ellen parecia que desmaiaria a qualquer momento, e Lauren achou que não era um bom momento para continuar a conversa. Talvez Ellen não tivesse nem escutado quando Lauren chamou Louis de feio. Era possível, pensou ela. Ficaram sentadas em silêncio até que o médico as chamou. Lauren foi até a sala de exame mesmo sem Ellen pedir.

A médica examinou o dedo de Ellen rapidamente e começou a anestesiá-lo para dar os pontos.

— Que corte feio — disse ela. — O que aconteceu?

— Uma faca — respondeu Ellen. — Foi salsicha de verão.

— O ataque da salsicha de verão — disse Lauren. Ellen olhou para ela com as sobrancelhas franzidas enquanto a médica costurava o dedo.

Lauren pediu desculpas, mas as duas sabiam que era tarde demais.

— Não sei o que é melhor pra você — falou Lauren. — Você é a única pessoa que sabe isso.

Ellen afirmou que entendia.

— Lauren — disse ela. — Eu compreendo. Vocês estavam apenas sendo boas amigas. Não se preocupe. Vou ficar bem.

*

Quando Ellen e Louis ficaram noivos, Shannon deu um berro.

— Bem — disse ela quando parou de berrar —, acho que algumas pessoas simplesmente querem ser infelizes. — Elas todas foram ao casamento e tentaram não parecer melancólicas. Afinal de contas, Ellen era amiga delas, e as meninas queriam que ela fosse feliz.

Acabaram perdendo contato com Ellen. Não de repente, mas de modo gradual, então elas só perceberam quando aconteceu de fato. Talvez fosse difícil para Ellen ficar perto delas sabendo que não aprovavam o casamento. Talvez a vida tivesse separado as amigas — Lauren e Shannon foram para Nova York e Ellen se mudou para uma casa no subúrbio. Às vezes, elas achavam que Louis estava por trás daquilo, que havia impedido Ellen de vê-las. No final, Lauren achou que devia ser uma combinação de tudo, mas tinha certeza de que elas jamais saberiam.

*

Lauren fala muito sobre aquele verão. Ele teve um propósito, um tipo de moral, mas ela ainda não sabia direito qual era. Quando as pessoas dizem que têm uma amiga que vai se casar com um cara que odeiam, ela responde "Sei muito bem o que é isso". Quando recebe cartão de Natal de Sallie e Max com uma foto dos dois filhos deles, mostra o cartão às pessoas e diz "tenho que contar sobre esse casamento". E, sempre que está em alguma festa e servem salsicha de verão, ela pergunta "já contei sobre a minha amiga Ellen?". Se a pessoa com quem está falando diz que não, ela responde "ah, tenho que contar. A gente tinha uma amiga, Ellen, e essa nossa amiga... bem, só namorava caras feios".

JonBenét e outras tragédias

Isabella não queria ir ao casamento. Eram os amigos de Ben. Ela não conhecia a noiva e o noivo, e, além disso, estava quase certa de que ela e Ben estavam prestes a terminar. Enquanto se arrumava naquela manhã, sentou-se na cama e disse:

— Estou com dor de cabeça.

— Você não precisa ir se não quiser — falou Ben. Experimentava a gravata sem olhar para Isabella. Ela sabia que ele realmente não daria importância se não fosse, e isso a irritava.

— A sua gravata está torta — disse ela, e se levantou para terminar de se arrumar.

*

Chegaram cedo à igreja, o que jamais acontecia com eles. Ben odiava casamentos. Durante a cerimônia, ficou revirando os olhos e, de vez em quando, soltava um "ai, meu *Deus*" se o casal lia os votos ou se começava a chorar.

Sentaram-se no banco da igreja e Isabella começou a folhear o programa.

— Sabe quem vai estar aqui? — perguntou Ben. — A namorada do Mike. Sabe quem? Aquela que se parece com a JonBenét.

Isabella escutava sobre essa garota havia meses, mas nunca a conheceu. Não muito tempo antes, Ben flagrou Isabella deitava no sofá assistindo a *E! True Hollywood Story: JonBenét.*

— Por que você está vendo isso? — perguntou ele.

— Não tem mais nada passando — respondeu Isabella. Menininhas desfilavam no palco com os rostos cheios de maquiagem. JonBenét estava de pé no meio delas girando um guarda-chuva e sorrindo.

— Isso é muito assustador — disse Ben.

— Eu sei. — Isabella não conseguia desgrudar os olhos da tela. Eram meninas tão novas, mas tinham cabelos tão gigantes.

— Conheço uma garota igual a ela — falou Ben.

— Igual a quem?

— A JonBenét — disse Ben.

Isabella se virou para ele.

— Você conhece uma *criança* que se parece com ela? — perguntou Isabela, e Ben negou com a cabeça.

— Não — respondeu. — Sabe o meu amigo Mike? A namorada dele é igual a ela. É bizarro pra caralho.

Isabella não acreditou nele.

— Pergunta pros meus amigos — disse Ben. — Juro, ela é igualzinha.

Todos os amigos dele confirmaram a história.

— Ela é a cópia da JonBenét — disseram e gargalharam. — E, além disso — contaram para Isabella —, ela é louca. É obcecada com a ideia de casamento e fala nisso o tempo inteiro. Ela se apresenta pras pessoas como "namorada e futura noiva do Mike". Vive mandando fotos de anéis de casamento pra ele. Compra revistas de casamento e as carrega para onde vai!

Isabella não sabia se acreditava naquilo tudo, mas mesmo assim mal podia esperar para conhecê-la.

Olhou ao redor na igreja para achar alguém que se encaixasse na descrição.

— É aquela ali? — sussurrou para Ben e apontou uma menina loura que se sentava na frente deles.

Ele balançou a cabeça e sorriu.

— Não — respondeu. — Quando você vir, vai saber. E vai morrer.

*

Ben ainda não havia se mudado oficialmente, mas estava entre um apartamento e outro, com suas coisas tomando o apartamento de Isabella. Quando o contrato de aluguel terminou no antigo apartamento de Ben, Isabella falou que ele podia ficar com ela até encontrar outro lugar. Desde então, eles nunca mais tocaram no assunto — três meses já haviam se passado.

— Não acredito que ele ainda está morando com você — disse Lauren certa noite. — Você só me deixou ficar no seu apartamento duas semanas.

— Nunca expulsei você — falou Isabella.

— Não, mas me obrigou a dormir no sofá depois dos dois primeiros dias — disse Lauren.

— Mas isso porque você me lambeu enquanto dormia — retrucou Isabella.

— Já falei que estava sonhando — respondeu Lauren.

— Isso não faz com que esteja tudo bem você me lamber — disse Isabella. — Enfim, tenho certeza de que o Ben vai arrumar um lugar logo.

— Talvez você devesse pedir a ele que fizesse isso — falou Lauren. Mas Isabella não queria, o que mostrava que realmente devia. Em vez disso, decidiu que, por enquanto, não se preocuparia com a situação.

*

Ben vendia suplementos médicos para uma empresa pequena com base no Tennessee. Isabella não sabia direito o que ele fazia, pois não frequentava nenhum escritório. Trabalhava no computador em casa e depois saía dirigindo, entregando produtos e fazendo apresentações. Seu horário de trabalho ia de mais ou menos 11h até às 15h, quando voltava para casa para ver *Os Simpsons* e fumar maconha.

Isabella estava doente em casa quando descobriu isso.

— Por que você chegou tão cedo? — perguntou ela. Por um segundo, achou que ele tivesse voltado para cuidar dela. Talvez tivesse comprado uma sopa ou um refrigerante.

— Geralmente acabo nessa hora — respondeu Ben. Ele se sentou no sofá e Isabella assoou o nariz em um lenço. Ela ficou ali de pé esperando ele perguntar se precisava de alguma coisa. — Que foi? — perguntou a ela.

Isabella balançou a cabeça.

— Nada. — Tomou um NyQuil e voltou para a cama. Teve sonhos confusos, até que Ben ligou a televisão do quarto e a acordou. Isabella ficou olhando para ele naquela noite enquanto dormia e tentou entender como Ben fora parar ali.

*

Isabella e Ben brigavam o tempo todo. Brigaram até na noite em que se conheceram, quando ele furou a fila na frente dela para ir ao banheiro em um bar. Ela berrou e continuou berrando do outro lado da porta fechada.

— Desculpa — disse ele quando saiu —, era uma emergência. — Ben era moreno, tinha cabelos desarrumados e sorriso branco. Isabella o perdoou e foi para seu apartamento naquela noite. Ele tinha luz negra e um *bong* de gravidade. Ben a fazia se lembrar dos meninos pelos quais foi apaixonada no Ensino Médio: era relaxado e inacreditavelmente seguro de si.

As brigas que tinham agora eram bem piores. Isabella nunca havia brigado com ninguém daquela forma. Com Ben, eram maratonas de brigas escrachadas e embriagadas que duravam horas. Tinha certeza de que os vizinhos achavam que eram malucos.

Isabella acordava na manhã seguinte a essas brigas com a garganta ardendo de tanto gritar e os olhos inchados de tanto chorar, certa de que havia feito mal às próprias entranhas. Ben era um idiota, um babaca, um imbecil. Mas exatamente quando Isabella achou que o fim estava próximo, sentiu um pequeno buraco de pânico se abrindo. Ele também era engraçado e capaz de ser fofo. Será que ela estava pronta mesmo para abrir mão disso? Ela também não tinha parte da culpa nas brigas?

*

A cerimônia foi uma missa completa. Ben ficou inquieto e bufando durante grande parte dela. Isabella olhava para ele a toda hora. Ela lhe lançava esses olhares frequência, o tipo que se dá em crianças para que saibam que o seu comportamento é inapropriado. Em geral, ele simplesmente a ignorava.

Depois do casamento, ficaram todos de pé fora da igreja esperando pela saída da noiva e do noivo. Ben fumou um cigarro e conversou com alguns amigos, enquanto Isabella observava as nuvens e tentava calcular quanto tempo mais até que estivessem na festa e ela pudesse beber uma taça de vinho. Seu sonho foi interrompido pela voz de Ben.

— Ei — disse ele. — Olha quem está aqui.

Isabella viu Ben bater a mão na do amigo Mike, dar-lhe um meio abraço com aperto de mão e alguns tapas nas costas.

— Mike, lembra-se da Isabella? — Ben sorriu para ela, ela sorriu de volta. Ben quase nunca se lembrava de apresentá-la. Estava apenas animado para que ela conhecesse JonBenét.

— Lembro, claro. Tudo bem? — Mike assentiu com a cabeça para ela. — E esta é a minha namorada. Vocês já se conheceram, né?

Isabella viu a menina baixinha surgir de trás de Mike. Ela era minúscula! Isabella nem notou que estava ali. Todas as suas feições eram pequenas; as mãos e os dedos, quase de criança. Isabella ficou olhando incisivamente. Não conseguiu evitar. Era JonBenét — a comparação não era exagero. Na verdade, eles não a prepararam para aquilo. Isabella sentia calafrios só de estar perto dela.

— Oi, Ben. — A voz de JonBenét era rouca e ofegante, parecia que tinha acabado de correr. — O casamento não foi lindo? Falei pro Mike no meio da cerimônia que, se mais alguém da fraternidade dele noivar antes da gente, acabou! — Ela riu e se virou para Mike. — Né, amor?

Mike a ignorou.

— Vocês querem ir pro salão de festa? Está marcado pra começar daqui a uma hora, mas talvez a gente consiga convencer o barman a liberar umas bebidas.

— Claro — respondeu Ben. — Querem uma carona?

*

Isabella deixou Mike ir no assento do passageiro para que fosse no banco de trás com JonBenét.

— Mike acabou de comprar um carro novo — disse ela para Isabella —, aí eu falei pra ele "que isso? Não tenho como colocar isso no dedo". — Ela riu e balançou o anelar esquerdo.

Isabella riu e trocou um olhar com Ben pelo retrovisor. Sorriram um para o outro.

A festa era em um Country Club em algum subúrbio de Nova Jérsei. Isabella se sentia como se tivesse ido a milhões de casamentos desse tipo. Naquela altura, todas as festas já haviam se transformado em um borrão de cadeiras cobertas com panos, guardanapos rosa e bolinhos de siri. Ela olhou em volta. Os enfeites de centro a entristeciam.

— Isso não é lindo? — perguntou JonBenét a eles. O tom de voz era de delírio, como se ela não acreditasse no que via. Mike apoiou a mão nas costas da namorada e ela sorriu para ele. Mike não a olhou. Isabella já havia assistido a um programa de TV chamado *Tarnished Tiaras* que mostrava a verdade por trás dos concursos infantis de beleza. A figura central era uma das mães que vendia spray de bronzeamento para criancinhas como meio de ganhar um trocado. Isabella ficou olhando para JonBenét e quis perguntar se ela já havia usado spray de bronzeamento. Conteve-se.

Os barmen ainda estavam organizando o bar. Ficaram preocupados quando viram os quatro chegando.

— E aí — disse Ben para um deles. Levantou o queixo em sinal positivo, o barman fez o mesmo. Isabella sempre ficava impressionada: as pessoas gostavam de Ben imediatamente. Estranhos em bares e pessoas nas ruas o tratavam como um velho amigo. Era bem-vindo aonde quer que fosse. Isabella achava que ele nem notava. Era apenas a maneira como as coisas aconteciam para ele.

— Tem Red Bull? — perguntou. O barman negou com a cabeça.

— Ben — disse Isabella —, você não pode pedir isso.

— Por quê?

— Você tem quantos anos, 15? Estamos num casamento.

Ben revirou os olhos para cima.

— Relaxa — disse ele. — Eles não têm mesmo.

— Mas você não pode beber isso num casamento — explicou Isabella.

— Você tem muitas regras — respondeu Ben. — Vou lá fora fumar um cigarro.

Isabella pediu vinho branco e ficou sozinha no canto do salão. Viu a noiva e o noivo chegando e torceu para que não viessem para perto dela. Eles não faziam ideia de quem ela era.

Quando Ben finalmente voltou cerca de dez minutos depois, estava segurando uma sacola de papel marrom e sorrindo de modo orgulhoso.

— Que foi? — perguntou Isabella.

— Red Bull — disse ele. — Comprei na loja de conveniência da esquina. Agora posso pedir vodca com gelo. Bem esperto, né?

*

Em algum momento entre o jantar e o corte do bolo, Isabella perdeu Ben de vista. Todos da mesa deles estavam dançando e socializando. Isabella permaneceu sentada bebendo vinho. Sentia-se uma idiota.

JonBenét sorriu para ela do outro lado do salão e foi até a mesa.

— Oi, Isabella.

— Oi — respondeu. Ficou feliz por não estar mais sozinha.

— Cadê o seu namorado? — perguntou JonBenét, sorrindo.

— Ah, sei lá... não sei mesmo. Não o vejo tem um tempo.

— Deve estar em algum lugar com o Mike arrumando confusão. Os meninos são uns merdas de vez em quando, né?

Isabella riu. JonBenét estava sendo muito gentil, mas Isabella tinha dificuldade de olhar para ela por muito tempo. Isso fazia com que os pelos do braço se eriçassem. Pensou na filmagem de JonBenét na competição de maiô em um concurso de beleza. Gostaria de nunca ter visto essa parte do documentário. Ela a assombrava.

— Então, como você e Ben se conheceram? — perguntou JonBenét.

— Em um bar — respondeu Isabella. De vez em quando, ela tentava melhorar a história um pouco, embelezar o enredo com alguns detalhes. Mas não estava nesse clima naquele momento.

— Eu e Mike nos conhecemos em um casamento — disse ela.

— Sério?

— Sério. O primo dele se casou com uma das minhas amigas de faculdade. Engraçado, né? A maneira como as coisas acontecem?

Isabella concordou com a cabeça.

— É, é engraçado.

Isabella percebeu que a forma como conheceu Ben poderia ter sido uma história fofa. Se acabassem juntos, ela talvez dissesse aos outros "Esse Ben! Tão impaciente, tão travesso!". Mas, para que isso acontecesse, Ben teria de ser uma pessoa diferente. E não era. Era apenas um menino insolente que não quis esperar a vez. Só isso. Tinha de ir ao banheiro. Essa era a história deles dois. Na próxima vez que alguém perguntasse "Como vocês se conheceram?", Isabella responderia "Ben tinha que mijar".

JonBenét continuou falando sobre pessoas diferentes na festa. Falou sobre o casamento de uma amiga no mês seguinte.

— Os vestidos das madrinhas são lindos — garantiu JonBenét. Isabella nunca conhecera uma pessoa tão apaixonada por casamentos. Tentou imaginar JonBenét como noiva, mas ficava vendo a JonBenét de verdade com um vestido exagerado.

Ben voltou cerca de vinte minutos depois. JonBenét se levantou.

— Acho que devo procurar o meu príncipe.

— Onde você estava? — perguntou Isabella. — Fiquei aqui quase uma hora sentada sozinha.

— Como assim, sozinha? Tem um bando de gente aqui.

— Eles não são meus amigos, Ben. Você me deixou sozinha. Todo mundo ficou olhando pra mim. Estava isolada antes de ela vir aqui.

— E daí? Você está furiosa porque ficou com a louca da JonBenét.

— Ela não é tão ruim assim, Ben.

— Ela é maluca — falou ele como se fosse um fato. Como se fosse algo que todos sabiam.

Isabella se sentiu mal por JonBenét por causa da forma como as pessoas no casamento falavam sobre ela, tal qual uma aberração. Ninguém sabia o que rolava no relacionamento dela com Mike. Ninguém sequer a conhecia direito. Talvez amasse Mike mais do que ele a amava. E isso não era horrível? Não era triste? Mas as pessoas se esqueciam disso. Não viam uma tragédia, viam apenas uma boa história. Para elas, JonBenét era apenas uma menina para quem apontavam e diziam "Bem, pelo menos a minha vida não é tão fodida quanto a dela".

— E daí que ela quer se casar? — perguntou Isabella. — Por que isso é a pior coisa do mundo? Não é uma ideia tão insana. Ela e Mike namoram há algum tempo. Não é mais estranho o fato de Mike evitar isso?

Ben encolheu os ombros. Tirou o canudo da bebida e virou o resto.

— Por que você se importa com isso? — perguntou ele.

— Só acho que é maldade a maneira como você e os seus amigos tratam a garota. Tipo, e o Mike? Se não quer se casar com ela, por que não termina o namoro?

— Nem todo mundo está morrendo de vontade de se casar, Isabella.

— Não estou dizendo isso. Mas ela obviamente quer. E, se ele não quer o mesmo, então não é melhor eles apenas terminarem?

— Por que você está brigando comigo? — perguntou Ben. Ela odiava quando ele fazia isso, quando jogava as coisas contra ela. Ele podia fazer o que quisesse, falar o que bem entendesse, mas, se ela criticasse alguma coisa, virava a pessoa má que instigou a briga.

— Não estou brigando com você — falou Isabella. Ela sabia que a noite já tinha ido ralo abaixo. Estava arruinada. Eles deviam simplesmente ir embora logo em vez de perpetuar uma noite de discussões e acusações.

— Jura? É o que parece. Preciso de outra bebida — disse Ben, e saiu de perto.

*

Ben amava um jogo idiota chamado *Topa ou não Topa*. Amava quando as pessoas tinham a chance de sair com muito dinheiro, mas tomavam a decisão errada e perdiam tudo. Ele gargalhava.

— Você não fica com pena delas? — perguntava Isabella.

— Não — respondia ele. — São burras. Elas merecem.

Quando Isabella o via rindo daquelas pessoas, sentia como se estivesse sentada ao lado do ser humano mais cruel do mundo.

*

Menos de uma semana depois do casamento, Ben saiu de casa. Finalmente terminaram, e foi tão horrível quanto Isabella achou que seria. Ela não conseguia dormir, então ficava olhando para a escuridão todas as noites. Estava só e sentia-se sozinha em tudo o que fazia. Isso, entretanto, foi só no começo. Depois passou. Ou então ela apenas parou de notar.

Ela nunca mais esbarrou em Ben, embora sempre tivesse a impressão de que o via em um bar ou andando na rua. Seus olhos a enganavam em todos os lugares aonde ia. Mas isso também passou, e depois ela só pensava nele quando sentia cheiro de maconha.

O estranho foi que, muito tempo depois de esquecer Ben, Isabella ainda pensava em JonBenét. Nem se lembrava do nome verdadeiro da menina, mas mesmo assim ela entrava em sua mente com uma frequência alarmante. Isabella se lembrou de como riu de JonBenét sem conhecê-la de fato e de como a garota foi gentil com ela naquela noite. Pensou nos outros fofocando sobre ela pelas costas, e se perguntou se a garota sabia disso. E, acima de tudo, Isabella tinha curiosidade em saber se JonBenét finalmente ficara noiva e se casara. Uma vez, quase mandou um e-mail a Ben só para perguntar. Isabella fazia um pedido para JonBenét sempre que jogava moedas em algum chafariz, quando soprava cílios e quando o relógio mostrava 11h11. Pedia que ela estivesse casada. Pedia que tivesse um casamento lindo. Pedia que fosse feliz.

As pavoas

A família de Abby era estranha. Ela sempre teve algum nível de consciência disso, mas, conforme foi ficando mais velha, isso ficou muito mais evidente. Quando Abby tinha 4 anos, o tio do pai faleceu e deixou o dinheiro todo para eles — bastante dinheiro. Em vez de o usarem para comprar uma casa ou um barco, como fazem as pessoas normais, os pais dela compraram uma fazenda em Vermont e passavam os dias fumando maconha e renovando móveis antigos. De vez em quando, o pai chamava a mãe de Coisinha, e, de vez em quando, eles deixavam o amigo Patches estacionar o trailer na propriedade deles e viver ali. Sim, os pais de Abby eram estranhos, a irmã ainda mais. Todos unidos eram demais para ela.

Abby não tentava esconder essa informação. Na verdade, costumava ser a primeira coisa que dizia às pessoas.

— Meus pais são estranhos — falaria assim que o assunto família surgisse. — São hippies — adicionaria. Na maioria das vezes, as pessoas assentiam com a cabeça como se entendessem e diziam "eu sei, os meus pais são uns loucos também". Se isso acontecesse, Abby tinha de continuar explicando.

— Os meus pais plantam maconha — diria. — A minha mãe cria galinhas pra gente comer. — Se isso não chamasse a atenção de ninguém, diria mais. — Meu pai sequestrou o pavão do vizinho uma vez. — E isso geralmente calava a boca de todo mundo.

Abby não estava reclamando quando contava isso para as pessoas. Só queria divulgar a informação. Aprendeu que era melhor contar logo do que esperar que perguntassem coisas do tipo "qual a linha de trabalho do seu pai?" para só então ouvirem a história toda.

Quando Abby tinha 13 anos, os pais a mandaram para um internato. Conversaram sobre mandá-la para a escola local, chegaram até a cogitar a ideia do Ensino Médio hippie que acontecia em um ônibus que viajava pelo país para ensinar experiências reais de vida às crianças. Mas, no final, optaram pelo Chattick, um internato bastante conhecido e esnobe em Connecticut onde todas as alunas tinham pais advogados ou banqueiros e onde todo mundo comprava frango em supermercados.

No internato, Abby aprendeu a estudar. Quando chegou no primeiro ano com uma sacola de pano com roupas e uma colcha artesanal de retalhos para a cama, teve a certeza de que seria difícil. Estudava muito e notava as pulseiras de prata que todas as meninas usavam e as malas esportivas com estampas coloridas que levavam para casa nos feriados. Fez listas e comprou essas coisas para si, rápida e silenciosamente a fim de que ninguém se lembrasse de que ela não tinha nada daquilo antes, a fim de que ninguém soubesse que tinha uma aparência diferente do que quando chegou ali. Às vezes, achava que devia ter se tornado uma espiã.

Na época em que entrou na faculdade, já estava tudo certo. Quando conheceu a colega de quarto também caloura, Kristi, parecia totalmente normal. Mesmo assim, contou a Kristi sobre a família assim que pôde. Abby havia aperfeiçoado o desabafo de cinco minutos sobre os pais, encenava-o bem. Kristi riu em todos os momentos certos e Abby teve a certeza de que seriam amigas.

No entanto, Abby tentava manter as amigas a certa distância. Era mais fechada do que as outras garotas, sempre ouvindo e olhando em volta para ver se devia estar fazendo alguma coisa. Era exaustivo, mas ela sabia que a outra opção era pior. No último ano, já havia se hospedado com as famílias de todas as colegas de quarto que teve. Foi para Chicago, Filadélfia e até Califórnia, mas nunca convidou ninguém para Vermont. E também incentivava os pais a não irem à Semana dos Pais.

— Não é nada demais — dizia sempre. — Ninguém vem. — É claro que era mentira, e se sentia mal por isso, mas não via outra saída. Uma coisa era ouvir sobre a família dela. Outra coisa era vê-la.

Foi Kristi quem tocou no assunto certo fim de semana quando as amigas todas tinham saído da cidade por vários motivos.

— Estou tão entediada que podia muito bem morrer — disse Kristi. Deitou-se de costas e suspirou. — Podia literalmente morrer.

A amiga Isabella riu.

— Imagina se você é dramática.

— Falando sério — disse Kristi. — Não dá pra gente ficar aqui este fim de semana. Não tem nada rolando. Vamos fazer alguma coisa.

— O que você quer fazer? — perguntou Isabella. Abby ficou em silêncio. Estavam no quarto dela, o que sempre a deixava nervosa. Depois do primeiro ano, independente de onde o grupo de amigas morava, Abby sempre arrumava um quarto só para ela. Sentia-se mais calma ao saber que pelo menos teria um lugar aonde podia fechar a porta e não se preocupar com ninguém a observando. Ela odiava quando os encontros aconteciam ali.

— Vamos viajar — sugeriu Kristi. Girou o corpo e se sentou. — Já sei! Vamos pra Vermont. — Apontou para Abby. — Vamos, a gente nunca esteve lá. Quero ver a sua fazenda. — Começou a pular na cama de Abby. — Vamos! Por favor! Vamos pra fazenda!

— Gente, é muito chato lá — falou Abby. Tentou permanecer calma. — Você acha que aqui está chato? Lá você vai morrer de verdade.

As meninas, entretanto, continuaram insistindo e Abby não queria protestar demais para não parecer esquisita. Não demorou muito para que as três estivessem no carro de Kristi a caminho de Vermont.

Assim que chegaram, Abby teve a certeza de que seria um desastre. A mãe abriu a porta com os cabelos desgrenhados, ceroula térmica e camiseta.

— Sejam bem-vindas, meninas — disse quando elas entraram. Abraçou uma por uma. Abby percebeu que a mãe não usava sutiã. — Estamos tão felizes que vocês puderam vir — falou ela. — Leonard está em algum lugar, mas vai voltar pro jantar. — As meninas concordaram e seguiram Abby para o andar de cima com as malas. Olharam para a fazenda pela janela. Abby queria ter crescido na cidade.

O pai não voltou, então elas começaram o jantar sem ele.

— Eu simplesmente não sei onde ele pode estar — disse a mãe repetidas vezes. Tinham quase acabado de comer quando ele chegou.

— Mary Beth, preciso da sua ajuda — falou ele, e viu a mesa cheia. — Ah, oi, meninas. Bem-vindas a Vermont. — Isabella e Kristi sorriram.

— Obrigada por nos receber — responderam, mas ele não estava escutando.

— Pai, que houve? — perguntou Abby.

— Os vizinhos estão negligenciando as aves exóticas deles — respondeu o pai. Parou à porta e bateu os pés no tapete que dizia bem-vindo. — Os vizinhos estão negligenciando as aves exóticas deles — repetiu. A mãe apenas concordou como se fosse uma coisa normal a se dizer.

— Eu sei — falou. — É muito triste.

— Os vizinhos simplesmente soltaram as aves. Elas estão vagando pela propriedade e precisamos ir buscá-las. Mary Beth, me ajuda a achar a lanterna e uma bolsa onde caiba um pavão?

Abby quis morrer. Era pior do que ela poderia ter imaginado. Isabella e Kristi ficaram em silêncio e a mãe se levantou para coletar os suprimentos.

— Os vizinhos têm umas aves — Abby começou a explicar.

— Aves exóticas — disse o pai.

— Isso — concordou Abby. — Aves exóticas. E eles não cuidam muito bem delas. — Olhou para o pai. — Você vai roubar os bichos? — perguntou.

— Não — respondeu ele —, vamos só convencê-los a virem pra cá. O Bob do final da rua está me ajudando.

— O Bob é veterinário — explicou Abby para Isabella e Kristi. Sentiu como se fizesse tradução simultânea.

— Temos que esperar até escurecer — disse o pai. — Os pavões são cegos à noite, então é só pegar o bicho e colocar na caçamba. As pavoas são fáceis. Elas seguem os pavões, sabiam disso?

— Curiosidades da fazenda — falou Abby baixinho.

— Toma cuidado — disse a mãe. — Não quero você preso por causa de aves. — O pai assentiu, pegou a sacola e saiu. Abby olhou para as amigas e tentou pensar em alguma coisa para dizer.

*

— Os seus pais são tão maneiros — sussurrou Isabella para Abby naquela noite. Estavam deitadas na cama depois de terem fumado a maconha do pai na varanda dos fundos. Kristi estava desmaiada na outra cama. Abby ofereceu a maconha assim que terminaram o jantar. Achou que era o mínimo que podia fazer depois do show das aves exóticas.

— Não são, não — disse Abby. — Eles são terríveis.

Isabella riu.

— Isso não é verdade — falou ela. — Você só não enxerga porque são os seus pais.

— Você não acharia isso se fossem seus — disse Abby. — Acredite em mim.

Quando Abby foi à casa de Isabella, a mãe da amiga fez espaguete com almôndegas, e elas comeram na mesa da cozinha com a família toda. Assistiram a filmes no porão e Abby dormiu no quarto de hóspedes, que tinha edredom florido combinando com o detalhe do papel de parede do quarto. A mãe de Isabella ficou de sutiã o tempo todo. Foi o fim de semana perfeito.

Mais tarde, Abby ouviu o carro do pai vindo pela rua. Ela se levantou e foi para a frente da janela. Isabella se levantou e ficou de pé ao lado da amiga. Kristi roncava ao fundo.

— Que houve? — perguntou Isabella.

— Acho que o meu pai pegou as aves — disse Abby.

Elas viram o pai abrir a caçamba do carro. Ele deu um passo para trás e começou a fazer barulhos altos.

— Ai, meu Deus — falou Abby. — Ele está fazendo barulho de ave.

— Como ele sabe fazer isso?

— Ele não sabe. — Mas as meninas viram um pavão sair do carro e seguir o pai de Abby até o galinheiro.

— Nossa! — disse Isabella. — Nossa! — As duas pavoas pularam do carro e foram atrás. — Olha isso — falou ela. — Olha só, elas estão seguindo ele!

As duas ainda estavam um pouco chapadas; ficaram olhando as aves entrarem no galinheiro novo. Lá dentro, o pavão abriu as penas em um gigantesco arco de azuis e amarelos. As pavoas ficaram cada uma de um lado. Eram bem brancas, o que fez com que as penas dele se tornassem ainda mais reluzentes.

— Uau. — Isabella parecia ter presenciado um milagre. Kristi ainda roncava.

— Não conta isso pra ninguém, tá? — pediu Abby.

Isabella concordou, mas não tirou os olhos do pavão.

— Tá bom, claro.

Abby perguntou para a mãe certa vez por que a enviara para estudar naquela escola. Por que não a colocaram em uma escola pública?

— A gente só queria que você tivesse uma boa educação — respondeu a mãe. Abby achava esse motivo idiota. Não sabiam que ela ficaria só? Não sabiam que, assim que a mandassem para longe, ela se separaria deles e jamais conseguiria voltar de verdade? Não sabiam que não podiam colocá-la naquela escola e entrar na cozinha dizendo "Os vizinhos estão negligenciando as aves exóticas deles", achando que estava tudo bem?

*

Quando Abby conheceu Matt, teve a certeza de que ele a salvaria. Claro que ele era a resposta, o fator que a faria verdadeiramente normal. Trabalhava na Morgan Stanley, era de um bairro bacana de Boston e gostava do Red Sox. Ele era tão normal que o coração dela disparava.

— Ele é um bom partido — disse-lhe Kristi. Abby sabia disso, e, pela primeira vez, não ligava para a aprovação da amiga.

Nova York fazia Abby feliz. E achava que isso acontecia porque ela não era nem de longe a pessoa mais estranha ali. Cada dia que passava na cidade a fazia relaxar um pouco mais, e logo ela parou de olhar em volta e se perguntar o que as pessoas achavam dela. Saía do apartamento sem se olhar no espelho cem vezes, e, quando tropeçava na rua, nem ficava constrangida.

Abby e Matt foram morar juntos depois de alguns meses de namoro.

— Essa foi rápida — disse Kristi. Mas Abby não ligava. E, quando ficaram noivos, sabia que todas as amigas ficariam surpresas, mas, novamente, não deu a mínima. Estava caminhando em direção a uma vida normal e queria chegar nela o mais rápido possível.

Matt foi à casa de Vermont apenas uma vez. Havia se encontrado com os pais de Abby duas vezes antes, quando foram visitá-la. Fora do habitat deles, quase pareciam normais. Mas, depois do noivado, Abby decidiu que era hora de levá-lo até sua casa. Avisou-lhe que os pais eram diferentes quando já estavam ali.

— Abby — disse ele, revirando os olhos —, já entendi, tá? Não me importo se os seus pais curtem nudismo. Eu me viro.

— Como você sabe sobre o nudismo? — perguntou Abby. Ele olhou para ela por um instante e sorriu.

— Você se acha muito engraçada, né? — perguntou. — Relaxa. Vai dar tudo certo.

A irmã de Abby, Thea, também foi para casa no mesmo fim de semana.

— Acho que devo conhecer o seu pretendente — disse Thea ao telefone.

— Claro — concordou Abby —, também acho.

Thea chegou com a sua nova filhinha, Rain. Thea e Rain viviam em uma fazenda orgânica em Vermont.

— Nós trabalhamos na fazenda e vivemos do que plantamos — explicou Thea a Matt naquela noite. Estava amamentando Rain e deixava os seios balançarem quando a trocava de lado. Abby viu que Matt tentava não olhar para eles.

— Você fica constrangido com isto? — perguntou Thea.

Matt balançou a cabeça.

— Não. Não, tranquilo.

Thea sorriu.

— A amamentação é a coisa mais natural do mundo, Matt. Esqueço como as pessoas de fora se sentem. Na fazenda, se Rain tem fome e eu não estou por perto, outra mãe lactante vai dar de mamar pra ela.

— Que tipo de fazenda é essa onde ela mora? — sussurrou Matt para Abby na cama mais tarde. Fumaram maconha juntos andando pela fazenda, e agora ele estava todo risonho. — Parece as paradas do Jim Jones — disse ele. — Mãe lactante... que porra é essa?

— Então, você não quer se mudar pra lá comigo? — perguntou Abby, e ele riu.

— Eu me mudaria pra qualquer lugar com você — disse ele colocando a mão na barriga dela por baixo da camisa. Apoiou a cabeça no seu pescoço. Abby achou que Matt estivesse dormindo quando sentiu os ombros dele balançando. — Mas não vou tomar suquinho natureba — conseguiu dizer mesmo gargalhando. Levantou a cabeça e olhou para ela. — Nem por você, Abby. Nem por você eu vou tomar o suquinho natureba das mães lactantes.

*

Depois da visita de Matt, Abby se sentiu voltando no tempo. Demorava horas para escolher os sapatos, e, quando por fim escolhia, imediatamente se arrependia da escolha. As roupas pareciam ter outro caimento, ficavam apertadas onde nunca foram apertadas, ficavam soltas onde costumavam apertar. Ela puxava o pano e tentava entender por que nada lhe caía bem. Perguntava constantemente "estou bem?". Olhava para si mesma no espelho até deixar Matt impaciente, ele dizia que ela estava bem mesmo sem olhar para ela.

Abby não conseguia controlar o que estava acontecendo. Precisava de Matt por perto o tempo todo, sentia-se confusa quando ele ia embora, seguia-o no apartamento — os dedos dos pés de Abby chegavam a bater no salto dos sapatos dele quando ele parava de repente.

— A sua necessidade — disse ele certa noite — é devastadora. — Foi poético, mas Matt não era uma pessoa poética. Uma noite, ela acordou segurando a camiseta dele. Matt ficou olhando para ela no escuro e depois sacudiu os ombros como um cachorro faz quando está molhando e se virou de costas para ela. Abby soube então que ele iria embora em breve.

*

Três meses depois de Abby acordar segurando a camisa de Matt, ela chegou sozinha à casa dos pais. Quando estacionou, pensou "os vizinhos estão negligenciando as aves exóticas deles". Isso não era incomum. Desde o incidente com o pavão, a frase vinha à mente de Abby nos momentos mais estranhos. "Os vizinhos estão negligenciando as aves exóticas deles", queria dizer quando havia algum silêncio em um jantar, ou quando uma amiga anunciava a gravidez. Então não se surpreendeu quando, na noite em que foi contar aos pais que não mais se casaria, isso lhe passou pela cabeça: *os vizinhos estão negligenciando as aves exóticas deles.*

E isso não era mais estranho do que as coisas que tinha de contar: o casamento foi cancelado, Matt estava em outra e provavelmente eles não seriam reembolsados. Ela desligou o carro e pensou nas opções. "Os vizinhos estão negligenciando as aves exóticas deles", disse em voz alta a ninguém. Sua respiração formava pequenas nuvens no ar de inverno. Ela permaneceu sentada no carro até que estivesse frio demais para suportar, só então entrou na casa.

*

— Mãe, não vou mais me casar — informou Abby. A mãe estava lendo um livro no sofá e marcou a frase com o dedo antes de levantar a cabeça.

— O quê? — perguntou.

— Não vou mais me casar. — Abby não fez o movimento de tirar o casaco e entrar na sala.

— Entendi. Tudo bem — disse a mãe. — Por que você não entra e conversamos sobre isso? — Colocou o livro no sofá e se levantou. — Quer chá? — perguntou. Abby assentiu.

A mãe de Abby nem parecia surpresa em vê-la. A filha veio lá de Nova York, entrou na casa sem avisar e a mãe agiu como se esperasse por ela. Abby nunca conseguia chocar a mãe. Certa vez, durante a faculdade, Isabella perguntou:

— Imagina se você tiver que contar pra sua mãe que está grávida? — Ela tremeu depois de perguntar isso, e Abby emitiu um som em sinal de simpatia, mas de fato não conseguia sentir o mesmo. Abby poderia contar à mãe que fora presa por posse de heroína e que tinha um caso lésbico, e ela teria aceitado e sugerido que conversassem.

— E então, vocês ainda vão dar a festa? — perguntou a mãe. Estavam sentadas à mesa da cozinha tomando chá. Abby levou um minuto para perceber que a mãe se referia ao casamento. É claro que os pais de Abby nunca se casaram oficialmente, então talvez a mãe tenha pensado que eles apenas decidiram não fazer a parte judicial, que apenas viveriam juntos para sempre.

— Não, mãe — disse Abby. — Sem festa, sem casamento.

— Então você e Matt estão...

— Separados. Nós terminamos. — Ela assentiu, assoprando o chá.

— Que pena, querida — disse a mãe. — É uma pena.

Abby quis que ela berrasse ou chorasse ou pulasse na mesa. Lágrimas de frustração tomaram seus olhos, e Abby os fechou com força.

— Ah, minha lindinha. Ah, Abby — falou a mãe. — Vem aqui. — Abby deixou a mãe puxá-la para o seu colo como se fosse uma menininha. Chorou por dois minutos e depois se sentiu uma idiota sentada no colo da mãe. Levantou-se e voltou para onde estava sentada.

— Estou bem — falou Abby. — Foi melhor assim.

— Então foi a coisa certa a ser feita — disse ela.

— Mãe, você acha que a gente vai conseguir o dinheiro de volta? — perguntou Abby. — Faltam só três semanas. Não sei o que vão fazer.

A mãe já estava balançando a mão.

— Você não tem que se preocupar com isso. Dinheiro é apenas dinheiro. — Abby se perguntou, não pela primeira vez na vida, se a mãe ainda pensaria que dinheiro era apenas dinheiro caso não tivesse muito dele.

— Tenho que ficar aqui uns dois dias enquanto Matt tira as coisas do apartamento — falou Abby.

— Claro — respondeu a mãe. — Você precisa de ajuda com mais alguma coisa?

— Agora não — disse Abby. — Mas acho que tenho que começar a ligar pras pessoas em breve e avisar que o casamento foi cancelado. Acho que é isso que eu preciso fazer.

— Posso fazer isso — falou a mãe. — Essas coisas acontecem o tempo todo. Não é nada de mais. Vamos dar um jeito em tudo.

— Obrigada — agradeceu Abby. — Posso beber alguma coisa de verdade?

— Claro, querida. Vinho ou vodca?

— Vodca — disse Abby. — Acho que a ocasião pede vodca.

*

Na manhã seguinte, Abby desceu até a cozinha e encontrou o pai fritando ovos. Ele a viu e deu um abraço na filha.

— Sua mãe contou o que houve, filha. Sinto muito que isso tenha acontecido — disse ele.

— Obrigada, pai.

— Quer ovos? Estrelados ou mexidos?

— Quero — respondeu ela. — Acho que mexidos.

O pai concordou, virando-se para o fogão. Assobiava enquanto quebrava os ovos e os mexia com um garfo.

— Se quiser, pode me ajudar a dar de comer pras aves quando acabar — disse ele quando colocou o prato na frente de Abby.

— Claro, pai — respondeu ela. Esperou até que ele saísse da cozinha, e então se levantou e jogou os ovos mexidos no lixo.

Abby calçou as botas de borracha que estavam perto da porta dos fundos e pegou o casaco de inverno da mãe emprestado. Ainda de pijama, arrastou-se pela neve até o galinheiro. Pensou em arrumar os cabelos, mas não havia necessidade. Abriu a porta do galinheiro e sentiu o cheiro de cocô e sujeira de aves.

— Pai? — chamou.

— Aqui atrás, filha.

Passou pelas gaiolas torcendo o nariz para as aves sujas. Os pais de Abby começaram a criar aves quando ela tinha 12 anos.

— Comemos tanta carne branca — explicou a mãe. — As pessoas estão começando a falar sobre como essas aves são tratadas. Isso é muito mais humano, Abby. Sabemos que as aves são alimentadas direito e tratadas bem.

Os pais não matavam as aves com as próprias mãos. Contratavam uma pessoa para fazer isso e para preparar a carne. Abby nunca vira isso acontecer, mas, menos de um ano depois de construírem o galinheiro, ela parou de comer carne.

— Abby, não seja ridícula! — dizia a mãe. — Isso é bom pra você. A carne é deliciosa!

— Fico enjoada! — respondia ela. E ficava mesmo. A ideia de mastigar uma galinha dava vontade de vomitar. Quando tentava comer carne branca, ela se recusava a descer pela garganta. Uma vez, conseguiu engolir um pedaço até a metade e logo vomitou no prato.

— Está bem — disse a mãe depois disso. — Não precisa mais comer galinha.

O pai estava passando as sementes de um saco para uma tina.

— Quer começar a dar de comer pra elas? — perguntou ele. Abby pegou um jarro plástico que tinham ali e o encheu de sementes. Colocou a quantidade certa em cada uma das vasilhas das aves. Toda vez que uma ave vinha cacarejando para ela, Abby mostrava a língua.

*

Thea ligou naquela tarde.

— Fiquei sabendo do que houve — disse ela. — Mamãe ligou e deixou uma mensagem. Que droga.

— É — falou Abby. — Pelo menos você não precisa mais ser madrinha.

— Pois é. — Abby a escutou acendendo um cigarro e dando um trago.

— A mamãe e o papai estão bem calmos — disse Abby à irmã. — É como se nada tivesse acontecido.

— Você sabe como eles são — comentou ela soltando a fumaça e tossindo de leve. — Além disso, eles nunca gostaram do Matt.

— Gostaram, sim. — Abby se sentiu magoada ao ouvir isso.

— Abby, não estou dizendo que eles odiavam o cara. Mas você sabe como é. Ele não era o seu tipo.

— Por quê? Porque ele tomava banho e usava roupas limpas?

— Não, porque ele sempre achava que sabia tudo. Dava pra sentir isso nele. Não que eu me importasse com ele. Tinha uma energia realmente interessante.

— Tá bom.

— Quer dar oi pra sua sobrinha? Ela está bem aqui.

— Claro, bota ela no telefone.

Abby ouviu alguns barulho e depois Thea falou:

— Diz oi pra tia Abby. Diz oi pra ela!

— A sua mãe é uma retardada — disse Abby ao telefone e desligou.

*

— A gente devia fazer *snowshoeing* — disse a mãe no terceiro dia de Abby em casa. — Vai fazer bem sair e pegar ar fresco.

— Tá bom — concordou Abby.

— Você é tão jovem — disse a mãe conforme andavam com o sapato de neve. — Você vai ver que o que aconteceu foi pro bem.

— Tenho 25 anos — falou Abby. — Na minha idade, você já tinha a Thea.

— Mas não era casada.

— Então você acha que eu devo engravidar?

— Ai, Abby — disse ela. — Odeio ver você tão triste.

— Thea ligou — comentou Abby. — Contou que você e o papai nunca gostaram do Matt.

— Isso não é verdade. Gostamos de todo mundo que você traz pra casa. Gostamos de qualquer pessoa que você gostar.

— Mas não é a mesma coisa. Vocês gostavam dele de verdade? Estão felizes porque não vamos mais nos casar?

A mãe suspirou.

— Abby — disse ela —, você sempre soube o que queria. Nunca duvidei de você. Mas as coisas acontecem por um motivo, e, se havia problemas, então, sim, estou feliz por você não se casar mais.

— Não falei que havia problemas.

— As pessoas não cancelam casamentos se as coisas estão perfeitas. — O nariz da mãe estava escorrendo, e ela o secou com a luva. Abby olhou para a neve e pressionou os sapatos para a frente. — Vamos — disse a mãe —, temos que voltar, seu pai vai ficar preocupado.

Abby viu a mãe dar tapinhas no seu braço, mas não sentiu o toque embaixo das camadas de roupas. Observou o *tá, tá, tá* na manga do casaco. Então a mãe se virou e saiu na frente, batendo o sapato especial na neve fresca. Abby esperou até que ela estivesse dez passos à frente, e então a seguiu.

*

Antes de Abby sair de Nova York a fim de ir para casa, mandou um e-mail a todos os amigos dizendo: "O casamento foi cancelado. Não há um motivo único, apenas várias razões menores. Explico direito mais tarde. Abby".

Ela tinha certeza de que os amigos vinham ligando e escrevendo e-mails, mas o celular não funcionava na casa dos pais. Pela primeira vez sentiu-se aliviada com isso. Geralmente ficava furiosa, subia em cadeiras ou levantava o aparelho para captar algum sinal.

— Vamos lá — dizia ela para o telefone. — Algum sinalzinho.

Dessa vez, Abby nem tirou o celular da bolsa. Sabia que, eventualmente, teria que voltar a Nova York e encarar a realidade. Teria que ver as amigas, beber vodca e ouvir todos lhe dizendo que foi melhor assim, que seria mais feliz no futuro. Ficaria exausta saindo quase todas as noites, desconstruindo cada parte do relacionamento com Matt até que não fosse mais dela. Faria isso, mas não por enquanto.

— Ainda podemos morar juntos — disse Matt depois que anunciou a sua decisão sobre o casamento.

— Não — falou Abby. — Não podemos, não.

*

Os pais de Abby não tinham TV a cabo, então ela assistia a filmes antigos até achar que estava pronta para dormir. Leu os livros que estavam em seu quarto: *Anne de Green Gables, Mulherzinhas, A Day No Pigs Would*

Die e *Ponte para Terabítia*. Não se lembrava de que eram tão tristes. Eram todos muito tristes.

Abby não queria a mente livre nem por um segundo porque, quando isso acontecia, ouvia Matt dizendo "Abby, não tenho certeza quanto ao casamento".

— Não tem certeza do quê? — perguntou a ele.

— Não sei se consigo — respondeu. Nem soou perverso quando disse isso. Na verdade, soou um tanto apologético, como se estivesse com pena do que fazia. Como se estivesse com pena de arruinar a vida dela.

Quando não queria mais ler, ela escrevia. Criava listas de coisas a fazer quando voltasse para a cidade. Uma lista de coisas para comprar para o apartamento agora que Matt tinha ido embora. Uma lista de programas a que poderia assistir agora que ele não estava mais lá. Escreveu nomes de pessoas que passaram por coisa pior do que ela: a tia Eda, a viúva de guerra; a amiga Crystal, cujos pais morreram em um acidente de carro; Helen Keller; a bebê Jessica.

Quando tentava dormir, a cabeça se enchia com as coisas estranhas que as pessoas tinham falado para ela. Deitava-se e as escutava, até que finalmente se levantava e as escrevia. Achava que, se colocasse os pensamentos em papel, eles parariam de incomodá-la. Pegou um bloco de anotações. *Os vizinhos estão negligenciando as aves exóticas deles*, escreveu. E depois *Não vou tomar suquinho natureba*. Depois *É uma forma mais humana de sacrificar as aves*. Depois *A gente ainda pode morar juntos*. E *Não vou me casar*. Leu as frases repetidas vezes, até que não fizeram mais sentido. Depois fechou os olhos e caiu no sono.

*

Abby acordou com o som de uma criança berrando e se sentou na cama com o coração disparado. Estava tendo um pesadelo, mas não se lembrava sobre o que era. Foi até o andar de baixo e encontrou a mãe olhando pela janela da cozinha.

— É o pavão — disse ela sem se virar. — Ele tem feito cada vez mais barulho. Uma das pavoas está doente, a gente acha que ele está preocupado.

O pavão choramingava e andava para cima e para baixo no galinheiro, com as pavoas logo atrás. Uma delas estava mais lenta do que a outra, e mancava ao tentar manter o passo.

— Por que ela está seguindo ele desse jeito? — perguntou Abby. — Por que não toma conta de si mesma? — Sentiu raiva ao ver aquela fêmea idiota usando toda a força para ficar rebolando atrás do macho.

A mãe ergueu os ombros.

— Se a gente soubesse — disse ela —, poderia resolver todos os mistérios do mundo.

Abby viu o pavão erguer as penas, e eram lindas. As pavoas fizeram o mesmo, mas as suas penas eram menores e não tão magníficas quanto as dele, o que parecia injusto. As pavoas continuaram gingando de um lado para o outro, seguindo o pavão aonde quer que fosse. *Vai pro outro lado*, quis berrar para a fêmea que mancava. *Para de se preocupar com o caminho dele e descansa.*

Para Abby, o pavão estava se gabando, exibindo as penas a uma plateia invisível na noite. Não parecia preocupado com a fêmea. Parecia egoísta e egocêntrico, como se soubesse que era bonito. Abby viu o vento soprando suas penas, e as pavoas o seguindo com toda a força que tinham. Elas o seguiam porque era tudo o que faziam, seguiam porque era a única coisa que sabiam fazer.

Cega

Quando Isabella trabalhou como garçonete durante a faculdade, presenciava clientes em encontros às escuras o tempo todo.

— Algum homem chamado Stuart chegou? — perguntavam. Ou: — Tem alguém esperando por uma Jessica? — Quando Isabella negava com a cabeça, elas olhavam para as mesas com expressões nervosas. — Tenho um encontro com uma pessoa — explicavam, e ela concordava com a cabeça. "Uma pessoa", pensava Isabella. "Uma pessoa que você não conhece."

Isabella sempre se sentia mal por essas pessoas entrando no restaurante e procurando por alguma coisa sem saber o que era. "Que triste", pensava. "Que triste e um pouco patético." Ela se lembrou disso quando concordou em ter o seu primeiro encontro às escuras.

— Não acredito que estou fazendo isso — disse para Lauren.

— Você prometeu — falou a amiga. — Tem que ir.

*

Era o verão do sim — foi o que Isabella e Lauren decidiram.

— Vamos responder sim para todos os convites que recebermos — disseram uma para a outra. — Vamos ser positivas e depositar energia positiva no mundo, e aí vamos conhecer alguém.

Mary decidiu que seria monitora do verão do sim. Estava estudando para o exame de Direito e deixou claro que não podia dizer sim para tudo.

— Vou ter que ficar de fora — falou —, mas super incentivo vocês.

— Você acha que somos loucas, não acha? — perguntou Lauren.

— Um pouquinho, talvez — respondeu Mary —, mas dizer sim não vai machucar, né? E, além disso, se você conseguir fazer a Isabella sair com alguém, já vai ter valido a pena.

— Foi nisso que pensei! — disse Lauren.

— Gente, estou bem aqui — falou Isabella.

— Nós sabemos — responderam.

*

Isabella não saía com ninguém desde que Ben havia se mudado.

— Volta pro mundo! — diziam as amigas, mas Isabella não queria.

— Monta no cavalo de novo — falou a irmã Molly.

— Monta você no cavalo — respondeu Isabella.

— Boa — disse a irmã. — Muito madura.

A prima sugeriu namoro virtual.

— Foi como conheci o Roy — falou ela. Roy era um dentista com nariz gigante que sugava a saliva quando falava.

— Nossa — comentou Isabella. — Vou considerar isso.

— Acho que tenho saudade do Ben — disse ela para Lauren uma noite.

— Não sente, não — respondeu a amiga.

— Mas às vezes realmente acho que sinto.

— Isabella, você tem saudade da essência de um namorado. Só isso.

— Tem certeza?

— Absoluta. É melhor que ele tenha ido. Era um maconheiro, lembra?

— E você é o quê?

— Uma entusiasta da maconha — explicou Lauren.

— Tá bom — disse Isabella.

*

Isabella nunca tinha morado sozinha — não de verdade. Mudou-se para o seu próprio apartamento havia anos, mas Ben estava com ela quase todas as noites e, depois, acabou se mudando para lá. Agora que tinha ido embora, restaram apenas ela e os bolos de poeira.

De vez em quando, Isabella falava alto só para ouvir a sua voz. Sentia falta de ter alguém por perto para debater o que comeriam no jantar. "Acho que vou fazer um sanduíche de atum", dizia para o nada. "Ou talvez um sanduíche vegetariano", comentava com o sofá.

Começou a dormir com a televisão ligada. Ela reluzia com reprises e lhe dava sonhos estranhos. Certa noite, acordou com um *pop* e a tela da TV estava preta. Ela se sentou na cama e olhou em volta. Sentiu o cheiro de alguma coisa eletrônica queimando, então tirou a TV da tomada e tentou voltar a dormir.

— Eu podia ter morrido — disse Isabella a Mary no dia seguinte. — A TV podia ter explodido e começado um incêndio no apartamento todo.

— Acho que você teria acordado — falou Mary.

— Talvez.

— O que será que aconteceu?

— Matei a TV — explicou Isabella. — Estava muito carente.

*

— Você tem que conhecer o meu amigo Jackson — disse uma colega de trabalho a ela. — É contador, adora sair pra fazer degustação de vinho e é superdivertido.

— Tá — concordou Isabella. — Tudo bem.

A colega de trabalho fez os combinados para Isabella e Jackson se encontrarem em um bar e depois irem ao jogo do Mets.

— Você vai se divertir tanto! — falou a colega de trabalho. Isabella sorriu e se sentiu enjoada. — Ah, e mais uma coisa, só pra você não ficar surpresa — disse ela. — O Jackson é um pouco maior do que a maioria dos caras.

— Tá — respondeu Isabella. — Obrigada por avisar.

No final das contas, o Jackson era obeso. E, no terceiro tempo, estava tão bêbado que Isabella mal conseguia compreender o que dizia. Berrou com o cara na frente dele por ter ficado de pé, berrou com o vendedor de cerveja por ser muito devagar e berrou com o cara do cachorro-quente por não ter mais molho.

— Qual parte da minha pessoa indica *Por favor, arruma um encontro entre mim e um obeso*? — resmungou Isabella para Mary e Lauren mais tarde naquela mesma noite. Ela conseguiu ver o jogo todo e depois foi se embriagar de vinho no apartamento de Lauren.

— Nenhuma — falou Mary com firmeza. — Não tem nada em você que sugira que deva sair com obesos. — Lauren concordou.

— A sua colega de trabalho é obviamente uma idiota. Ou uma babaca — disse Lauren. — Não sei qual dos dois, mas um com certeza é.

— Meninas, ele era gordo de verdade. Sério. — Pegou um Kleenex e assoou o nariz. — Ótimo — disse ela. — Sou a pessoa mais maldosa do mundo. Saio com um gordo e agora obviamente vou pro inferno.

*

A amiga de escola de Isabella foi visitá-la. Kerry Mahoney era uma loura tagarela que queria que todo mundo se casasse.

— Super vou arrumar um encontro entre você e o meu primo — disse ela. — Ele é fofo e engraçado, e vocês têm exatamente o mesmo tipo de humor. Vou dar o seu número pra ele, talvez vocês saiam na semana que vem.

— Tudo bem — falou Isabella. — Posso ver uma foto dele? Tá, tudo bem.

Isabella entrou no Mexican Radio e procurou uma pessoa que se parecesse com a foto que viu. Um cara de cabelos castanhos estava no bar tomando uma gigante bebida rosa congelada com uma fatia de manga por cima. Olhou para ela e sorriu, e ela sorriu de volta.

— Isabella? — perguntou ele com uma voz melodiosa, inclinando a cabeça para a direita.

— Oi-iii — disse ela. Quis falar apenas "oi", mas saiu errado. Foi o choque por estar em um encontro às escuras com um gay.

— Primeiro obeso, depois gay — falou ela para Lauren naquela mesma noite.

— Pelo menos não foi os dois ao mesmo tempo — respondeu Lauren.

*

— Você tem medo de vez em quando de nunca conhecer ninguém? — perguntou Isabella para Lauren certa noite. Terminavam a última bebida em um bar quando Isabella finalmente fez a pergunta que a rondava havia algum tempo. Não queria dizê-la em voz alta. Sentia-se constrangida por até pensar nisso, e achou que Lauren fosse dar um sermão sobre ser uma mulher forte. Em vez disso, entretanto, Lauren terminou a bebida, mastigou um cubo de gelo e respondeu:

— O tempo todo.

*

— Estou exausta — disse Lauren. Fazia parte de dois times de *kickball*, um de *softball* e era reserva em uma liga de vôlei de praia. — Tenho machucados nas pernas todas — disse ela puxando a calça. — Olha! Olha isso!

— Não acho que o verão do sim deve ser tão literal — disse Isabella. — Você não precisa fazer tudo que as pessoas pedem.

— Preciso, sim — falou Lauren. — Foi isso que me propus a fazer, agora preciso ir até o fim. Só não sabia que todo mundo ia pedir que eu entrasse em tantos times universitários. Pareço tão atlética assim?

— Não.

— Também achava que não.

*

Isabella conheceu um rapaz que vendia arte na feira de Upper East Side.

— Só estou tentando me manter com o que faço — disse ele. — Estou tentando aperfeiçoar a minha arte.

Era bonito, então, quando ele pediu para sair com ela, Isabella concordou.

— Vou ignorar a estranheza dele — disse para si própria. — Não vou julgar. É o verão do sim. — Deu o número de telefone a ele, e o rapaz ligou no dia seguinte.

— Um amigo meu da Faculdade de Artes vai dar uma festa hoje em Greenpoint. Quer ir? Pode levar algumas amigas se quiser.

— Quero — respondeu Isabella. Ela desligou e foi ao apartamento de Lauren implorar à amiga que fosse junto.

— Por favor? — pediu. — Por favor! Pelo verão do sim?

— Tudo bem — disse Lauren —, mas, se alguém me pedir pra jogar em algum time, vou dizer não.

— Justo. Ah, e a festa é à fantasia — falou Isabella rapidamente.

Lauren ficou olhando para ela.

— Que tipo de festa à fantasia?

— Hum, então, o Kirk explicou que é tipo... bem, é o seguinte. Todo mundo tem que ir vestido do seu animal espiritual.

— Isabella, está falando sério?

— Estou. Ele meio que jogou a informação no final da conversa.

— Ele é meio bizarro — disse Lauren.

— É, pode ser.

— Odeio o verão do sim — falou Lauren.

— Acho que não tenho um animal espiritual — disse Isabella.

*

Lauren acabou ficando com um cara na festa que vestia moletom verde e usava um arco com trevos de quatro folhas.

— Que animal é você? — perguntou Lauren a ele quando elas chegaram.

— Sou o animal espiritual do St. Patrick's Day — respondeu.

— Que bobeira — disse ela.

— É a intenção — falou o rapaz. Vinte minutos depois, estavam se agarrando na pista de dança e Lauren usava o arco dele na cabeça.

Kirk estava vestido de veado.

— Sou gentil por dentro — disse a Isabella. Ela teve vontade de bater nele com um carro.

— O que você é? — perguntou Kirk.

— Um coelho — respondeu ela.

— Esse é o seu animal espiritual?

— Não, é só a fantasia que eu tinha.

— Isabella, você se importa se eu fizer uma observação?

— Manda ver.

— Você me parece uma pessoa isolada.

— Jura?

— Sim.

— Que pena — disse Isabella. Ficou observando Lauren e tentou calcular quanto tempo mais precisaria ficar na festa.

— Você gostaria de jantar comigo? — perguntou Kirk.

Isabella pensou por alguns instantes.

— Com certeza não — respondeu.

*

Isabella decidiu se demitir do emprego na empresa de correio eletrônico.

— Nem entendo o que faço — dizia quando as pessoas pediam que explicasse o trabalho. — Organizo listas, está bom assim?

O negócio com aquele trabalho era Isabella ser boa. Foi promovida três vezes desde que entrou na empresa.

— Agora sou gerente de contas — disse para Mary. — Sou gerente de contas em uma empresa de correio eletrônico.

— É um bom emprego — falou Mary. — O salário é decente e os horários não são ruins. É um bom emprego.

— Eu odeio.

— Então vai embora. Se odeia mesmo, se demite. Mas faz isso logo. Você vem dizendo que odeia esse emprego há tempos, mas, quanto mais espera, mais difícil será pra se demitir.

— Quero trabalhar em uma editora — disse Isabella.

— Então é melhor correr atrás — respondeu Mary.

Isabella concordou. Não atualizava o currículo havia cinco anos. Demorou um pouco para encontrar o arquivo, e, quando o encontrou, percebeu que era melhor começar um novo.

— A última coisa no meu currículo é um estágio na *Harper's Bazaar* — disse ela olhando para o papel.

— Você vai ter que fazer isso em algum momento — comentou Mary. — Faz logo de uma vez.

Isabella mandou e-mails a todas as pessoas que tinham contatos no mundo editorial. Escreveu cartas de apresentação e aperfeiçoou o currículo. Caçou todos os departamentos de recursos humanos de todas as editoras que vinham à mente. Não conseguiu nenhuma entrevista.

— Por que perdi esse tempo todo? — reclamou Isabella para Lauren uma noite. — Por que não fiz isso há dois anos?

Lauren não falou nada, e não fazia diferença. Isabella já sabia a resposta. Não se dava conta do quanto odiava o emprego enquanto estava com Ben. Ele a distraía da infelicidade da venda de listas. E, agora, essa infelicidade reluzia na frente dela.

— Provavelmente vou acabar na presidência dessa merda de empresa — disse Isabella. — Provavelmente vou virar a melhor vendedora e organizadora de listas do mundo. E vou poder agradecer ao Ben.

— Esse devia ser o seu discurso de posse — falou Lauren.

*

Mary ligou para ela, ofegante.

— O amigo do meu irmão, o Andrew, trabalha na Cave Publishing e disse que precisam de uma assistente. Estou com o e-mail da mulher que está fazendo as entrevistas, então escreve pra ela agora. OK? Tá pronta? Vou ler o endereço pra você.

— Assistente? — perguntou Isabella. Na empresa de listas, ela tinha sua própria assistente.

— Isabella — disse Mary em tom de aviso.

— O quê?

— Anota o e-mail e manda o seu currículo. Você tem que começar em algum lugar, né?

— Tudo bem.

*

Isabella ficou suando durante a entrevista toda. A parte de cima do seu lábio superior nunca esteve tão úmida, e ela soube que não conseguiria o emprego. Garantiu à mulher que não se importaria em recomeçar como assistente, que não se importaria com a redução de salário e que se sentia ansiosa para aprender.

A mulher fazia anotações enquanto Isabella falava.

— Realmente quero mudar — disse Isabella. — Não tenho desafios no meu emprego atual, e sempre quis trabalhar no meio editorial. — Isabella torceu para que soasse desesperada o suficiente, porém não patética.

Ela conseguiu o emprego e o salário oferecido era cerca de metade do que recebia.

— Vou comer muito macarrão com queijo — disse ela tentando se convencer. Os pais disseram que a ajudariam no começo. Isabella gostaria de ter dito "Não, tudo bem, eu dou um jeito!", mas o salário novo mal cobria o aluguel, então ela disse apenas:

— Obrigada. Espero que não seja por muito tempo.

*

No emprego antigo, as pessoas tratavam Isabella como se fosse uma erudita. "Tão organizada!", exclamavam quando passavam por ela. "Tão eficiente!", bradavam quando lidava com as tarefas. Agora ela ficava sentada em um cubículo coberto de papel.

— Nem sei o que fazer com aquilo tudo — admitiu Isabella para Mary. — Eles ficam me dando um bando de coisas, e eu literalmente não sei o que fazer.

— Você vai se acostumar — disse Mary. — Se dá um tempo. Você entrou só há algumas semanas.

*

À noite em casa, Isabella falava sozinha em voz alta com mais frequência.

— Estou cansada — disse para a TV. — É exaustivo não saber o que você está fazendo durante o dia todo — falou para o tapete. — Acho que vou pedir comida chinesa — confessou à mesa de centro enquanto deitava no sofá.

— Talvez você devesse arrumar um cachorro — sugeriu Lauren. — Ou um gato.

— Lauren, se você sugerir de novo que eu arrume um gato, não somos mais amigas, tá?

— Ai, que sensível — disse Lauren. Pensou melhor e disse: — Faz sentido.

*

— Conheci um cara — disse Lauren para Isabella. — Ele é ótimo. — Isabella imediatamente torceu para que não desse certo e se sentiu péssima por isso. Lauren era amiga dela, mas Isabella não queria ser a última solteira.

— Sai com a gente hoje — propôs Lauren. — Ele vai levar uns amigos. Que tal?

— Sim — disse Isabella.

Ela entrou no bar e Lauren foi correndo encontrá-la.

— Então... nenhum dos amigos veio... desculpa! Mas quero que você o conheça. — Pegou a mão de Isabella e a levou até a mesa. — Esse é o Brian — disse ela, e Isabella se sentiu aliviada. Parecia o Bert da Vila Sésamo. Não, parecia o Bert com a pele cheia de cicatrizes de espinha. Isabella sorriu.

— Prazer em conhecê-lo.

Isabella se sentou e bebeu vodca com soda enquanto Lauren e Bert ficavam se abraçando.

— Como está o trabalho novo? — perguntou Lauren com o rosto sobre o ombro de Bert.

— Ótimo — respondeu Isabella. — Tudo que eu sempre quis.

*

A nova chefe da Isabella se chamava Snowy. Tinha uma mecha branca no cabelo, como um gambá, e era assustadoramente magra. Às vezes, quando passava pelo corredor, Isabella tinha a certeza de que as pernas dela iam sair do lugar, que nem pernas de Barbie. Snowy, apenas dez anos mais velha do que Isabella, era uma estrela no mundo editorial. Quando Isabella começou, Snowy disse que queria ser uma mentora, não uma chefe.

— Quero ajudar você a aprender, ajudar você a virar uma estrela aqui dentro.

Snowy tinha duas assistentes, Isabella foi contratada para ser a segunda. A primeira era uma menina de 22 anos chamada Cate, de cabelos castanhos e um guarda-roupa incrível. No dia em que Isabella começou, Cate a levou para almoçar em um chique restaurante francês e pagou com o cartão de crédito da Snowy.

— Eu era a segunda assistente, mas a primeira foi embora porque disse que é impossível trabalhar pra Snowy — contou Cate.

— É verdade? — perguntou Isabella.

Cate deu de ombros.

— Assim... sim, ela é um pesadelo. Mas não se preocupa. Faz o seu trabalho e tenta não se chatear quando ela berrar.

— OK — falou Isabella. Elas voltaram para o escritório e Cate ensinou Isabella a fazer o orçamento da Snowy.

Naquela noite, quando Mary perguntou para Isabella como fora o trabalho, ela respondeu:

— Hoje eu recebi conselhos de carreira de uma menina de 22 anos.

— Vai melhorar — disse Mary.

— Meu Deus... espero que sim.

Cerca de três vezes ao dia, Snowy jogava uma pilha de pequenos bilhetes e Post-its na mesa de Isabella. Continham anotações à mão, e a maioria delas não fazia sentido.

— Aqui — dizia Snowy entregando o material a ela. — Arquiva isso. — Isabella, sem saber direito o que fazer, digitava as anotações e mantinha os originais em uma pasta, caso Snowy precisasse deles. Certa vez, Isabella encontrou um Kleenex na pilha de papéis.

— É pra fazer o que com isso? — perguntou a Cate.

A colega apenas franziu o nariz.

— Nojento — disse ela.

Certa manhã, Snowy jogou um manuscrito na mesa de Isabella.

— Por que você não lê isso e depois vem falar comigo? — Isabella segurou o manuscrito com as duas mãos no metrô a caminho de casa, com medo de perdê-lo. Permaneceu acordada quase a noite toda lendo e fazendo anotações. Tudo o que escrevia soava idiota. *O personagem principal é muito unidimensional*, escreveu. Cortou a frase. *O personagem principal não tem profundidade*, preferiu. "Eu já fui inteligente em algum momento da minha vida", pensou ela.

A cabeça e os olhos de Isabella doíam na manhã seguinte. Quando entrou no escritório de Snowy para entregar o manuscrito, achou que fosse fazer xixi nas calças. Sentiu saudades da empresa de listas por um segundo, e então entregou o manuscrito. Quando Snowy devolveu o material a Isabella de novo, viu que a chefe havia riscado quase todos os comentários dela. *Não*, escreveu com uma caneta vermelha perversa. *Não está claro*.

— Você vai pegar o jeito — disse para Isabella. Ela se dirigiu ao banheiro dos deficientes físicos e chorou durante uns dez minutos. Depois se levantou, jogou água no rosto e voltou para a mesa. Cate deu um sorriso triste para ela.

*

A Cave Publishing entrou em recesso na última semana de agosto. Isabella decidiu ir para casa. A mãe sugeriu isso e Isabella quase chorou de alívio diante da sugestão. Estava cansada de ir buscar café para Snowy. Estava cansada de ouvir Snowy dizer que Isabella trabalhava da maneira errada. Estava cansada do nome Snowy.

— Seria ótimo, mãe — falou Isabella. Estava ansiosa para que alguém cozinhasse para ela. Poderia ficar de pijama o dia todo se quisesse.

— Ah, vai ser divertido! — disse a mãe. — E você ainda vai poder ajudar com o Connor. Ele com certeza vai amar ver você.

O sobrinho de Isabella, Connor, estava passando o verão na casa dos pais dela. Foi convidado a se retirar do acampamento depois de berrar com um conselheiro por causa de uma mudança no horário das atividades. Parece que os Guppies deviam ter um horário de natação livre depois de artes, e um adolescente despretensioso tentou improvisar e levá-los para o tiro ao alvo. Connor surtou e foi para cima do conselheiro, deu um tapa na cabeça dele e berrou:

— Seu idiota imbecil! — O chefe do acampamento achou que Connor mostrava sinais de "agressividade anormal" e que seria melhor não voltar para o acampamento. Sem um plano B para manter Connor ocupado, Joseph pediu ajuda aos pais.

— Não sabia que era possível ser expulso de um acampamento — disse Isabella para a mãe.

— Nem eu — respondeu ela —, mas seria ótimo se você pudesse passar algum tempo com ele. Connor tem sido bem difícil esses dias.

*

Todo dia às 8h, o irmão de Isabella deixava Connor na casa dos pais. Joseph estava ficando careca rapidamente. Isabella o achou velho e cansado. Devia estar chateado, mas demonstrava formalidade e distanciamento; sempre foi assim.

— Bom dia, Isabella — dizia ele, e depois se curvava para falar com Connor, que fazia caretas e permanecia calado.

Depois de ser testado para todas as anormalidades comportamentais que existem, Connor foi diagnosticado com alguns acrônimos assustadores. Tinha a ajuda de um terapeuta para "superar desafios". Ele era estranho. Isabella não tinha como negar isso. Mas sempre sentiu carinho por Connor. Era o sobrinho mais velho, e sempre dizia a ela que era a tia favorita. Sempre escolhia se sentar perto dela. Era sensível. Além disso, a mãe fugira com um cara que conheceu na Internet, deixando Connor e a irmã com o pai. A criança merecia um desconto.

No dia de Ação de Graças do ano anterior, Connor inventou um jogo. Ele desenhava uma caixa e três objetos.

— Tá — dizia ele. — Você está presa em um quarto com uma arma, uma bomba e um telefone. O que você faz? — Ninguém jogava aquilo, apenas Isabella. — O que você faria, tia Iz? — perguntou Connor.

— Usaria o telefone pra ligar pro lado de fora — disse Isabella —, e avisaria que tinham que se afastar. Depois eu faria um buraco na parede com a bomba e guardaria a arma pra se encontrasse alguma coisa perigosa lá fora.

Connor pareceu satisfeito com a resposta e disse rapidamente:

— Tá, boa resposta. — Assentiu com a cabeça quatro vezes, e começou a desenhar outro quarto com três objetos diferentes.

*

Isabella tentou manter Connor ocupado a semana toda. Ela o levou para nadar, para jogar tênis. Foram assistir a um filme e checaram os livros da biblioteca. Mas, no último dia de hospedagem de Isabella, não havia mais o que fazer. Ficaram sentados no salão de jogos olhando um para o outro.

— Quer fazer uma brincadeira, tia Iz? — perguntou Connor. Isabella não queria, mas disse que sim.

— Tá, então a brincadeira é assim. Chama Cego ou Surdo. Primeiro você me diz se prefere ser cega ou surda.

— Cega — falou Isabella. Connor pareceu não gostar. Estava segurando os protetores de ouvido que encontrou no quarto do pai.

— Você devia escolher surda — disse ele. — É melhor.

— Mas eu ainda quero conseguir escutar música. Vou escolher cega.

Connor balançou a cabeça como se não acreditasse que ela fazia essa escolha.

— Tá bom — disse ele. — Espera. — Foi até a cômoda e mexeu nas roupas até encontrar uma bandana que costumava ser parte de uma fantasia de caubói.

— Olha só — disse ele —, é bem mais assustador ser cega. — Isabella concordou. — Tá bom — falou ele. — Tá bom. Nunca escolhi ser cego. Dá medo.

— Acho que vou ficar bem — comentou Isabella.

— Você está com medo? — perguntou ele.

— Só um pouquinho, mas não muito. — Connor olhou para ela com admiração.

Ele foi para trás da tia, colocou a bandana sobre os olhos dela e a apertou. Isabella ficou no escuro, e, assim que ele apertou o pano, a luz começou a penetrar em explosões.

— Você não está vendo, né? Tia Iz, você não está vendo nada, né? — Isabella negou com a cabeça.

— Tá bom — disse ele. — Então a gente vai fazer o seguinte. Eu vou pra outra sala e você tem que contar até cem e depois vir me achar. Você pode me chamar três vezes. Não, espera, só duas. Se chamar o meu nome três vezes, perde pontos, tá? E eu vou responder pra você tentar saber onde estou.

— Entendi — concordou Isabella.

— Tá bom. Mas é difícil, tia Iz. Você tem que ouvir dentro do corpo. Você pode escutar de um jeito que nunca escutou antes. Tá?

— Tá.

Connor começou a se afastar, mas Isabella o ouviu parar.

— Mas tia Iz, se você ficar com medo de cair, pode tirar, tá bom? Não tem problema. — Isabella assentiu. Sentiu Connor tocando os seus olhos com cuidado. — Você não consegue ver mesmo, né? Vai começar.

Isabella o ouviu sair da sala correndo.

— Tá bom, pode começar — berrou ele. Ela estava contando até cem em silêncio, mas Connor berrou: — Tia Iz, tem que contar alto! — Ela recomeçou.

— Um, dois, três, quatro — disse ela, mas o ouviu berrar:

— Devagar! — Ela contou mais devagar.

Isabella ouviu uma porta bater no andar de baixo e vozes. A mãe dela estava falando com Connor. Isabella percebeu que ele ficou frustrado porque ela interrompia a brincadeira. Ouviu a voz do irmão. Falavam com Connor como se ele fosse mais novo do que era, e Isabella se sentiu mal por ele. Não havia percebido que as vozes deles mudavam quando falavam com o menino. Ouviu os dois perguntando onde ela estava.

— Não — ouviu o sobrinho dizer. — Não, vocês não podem buscar a tia Iz agora. Ela não pode vir aqui ainda. Ela é cega. — Isabella se surpreendeu com a maneira como ele falou a última palavra. Como se se sentisse orgulhoso por ela ter escolhido a cegueira, como se estivesse abismado por ela ter escolhido não enxergar.

Ouviu Connor aumentando o tom de voz. O tom e o volume estavam bem altos quando ele disse:

— Não, você falou 15h30 e são só 15h agora. Não estou pronto. Não terminei. — Isabella sabia que ele balançava a cabeça ao dizer isso, esticando os braços e sacudindo-os para a frente e para trás em movimentos pequenos e rápidos. Ela havia presenciado o sobrinho se exaltar cada vez mais, até ter um surto, várias vezes naquela semana, mas agora ela apenas ouvia.

— Não terminei, não estou pronto! — disse ele. — Izzy ainda está cega, eu não sabia que você ia chegar logo. Eu não terminei! Eu não terminei!

Isabella ficou escutando, ele berrava tão fino e tão alto que ela sabia que os vizinhos podiam escutar.

— Não é assim que é pra ser! — gritou ele. Ela escutou a mãe e o irmão tentando tranquiliza-lo, pedindo que ficasse calmo. Mas ele não obedeceu. Connor berrou com todas as suas forças. Lutou com tudo o que tinha. Tudo o que queria era saber o que esperar. O mundo dele não estava do jeito que havia imaginado, e ela compreendia isso. Como ficar calmo se ele não conseguia ver? Isabella se deitou no chão do salão de jogos lá em cima e escutou. Ouviu os berros e soube exatamente como ele se sentia. Estava certo — ela era capaz de ouvir dentro do corpo.

Um animal chamado presunto

O barman do McHale's era franzino de um jeito atraente. Isso irritava Lauren. Ela não conseguia entender. Tinha nojo de Preston, mas ficava feliz quando ele dava uma fatia de limão para ela colocar nas bebidas.

— Ele é nojento — tentou explicar para as amigas. — Tem um cabelo louro imundo que fica grudando atrás das orelhas com cachinhos nas pontas. Aparenta sempre estar gorduroso. Os olhos azuis são meio embaçados, como se estivesse tendo pensamentos pervertidos. E tem uma cicatriz gigante no queixo que eu simplesmente quero tocar.

— Então ele é um nojento sexy — disse a amiga Shannon.

— Isso! — respondeu Lauren. — Mas por quê?

— Nojento sexy não tem como explicar — falou Shannon. — É tipo que nem feio sexy. A única diferença é que nesse caso você se sente pior ainda porque sabe que já devia ter passado da fase dos asquerosos.

Lauren se sentiu melhor com a explicação, mas ainda ficava perturbada quando estava perto de Preston. "Não vou dormir com ele", disse para si mesma. Duas semanas depois de começar a trabalhar no bar, ficou depois do expediente para tomar um drinque e acabou transando com ele na sala frigorífica. Em um minuto, estava bebendo vodca com soda, no minuto seguinte, havia uma caixa de alface chacoalhando em cima da cabeça dela. Durante semanas, toda vez que comia salada, Lauren se sentia meio vagabunda.

— Tanto estresse pra no final terminar assim — disse ela para Shannon. A amiga apenas encolheu os ombros.

Lauren tinha certeza de que Preston não era o cara certo para ela, mas mesmo assim foi parar na cama dele. Ela o abraçou por trás e ficou respirando os cachos dourados enquanto ele dormia. Teve a certeza de que não acabaria bem.

*

Lauren estava quase sem dinheiro quando resolveu ser garçonete. Procurou empregos em relações públicas em Nova York durante um mês e não conseguiu nenhuma entrevista. Sendo assim, começou a deixar o currículo em bares no SoHo e nos pubs gastronômicos de West Village. Se era para ser garçonete, gostaria de trabalhar em algum lugar onde pudesse ver gente famosa. Mas nenhum desses pubs a queria. Ela descobriu que ser garçonete em Nova York era mais difícil do que trabalhar com relações públicas. Aspirantes à modelo e atrizes inundavam todos os restaurantes, e se acotovelavam com braços magricelos para conquistarem o direito de servir comida. Lauren não tinha chance.

Uma amiga sugeriu a ela que enviasse o currículo para o McHale's, um restaurante antiquado em Midtwon que tinha um salão de jantar com paredes de madeira e uma promoção de bolo de carne moída às quartas. O McHale's era o tipo de lugar que instigava uma nostalgia pela época em que empresários bebiam no almoço e as pessoas comiam carne assada nos domingos. Tinha um bar com bancos de couro vermelho e um coquetel "envenenado" de vodca com limão. Ofereceram um emprego a Lauren no dia em que entrou no restaurante, e ela aceitou.

E assim, no meio do nada, Lauren virou garçonete. É claro que era apenas temporário. Apenas um bico entre empregos, alguma coisa para ganhar dinheiro enquanto ela buscava o próximo passo. Percebia que os clientes sentiam-se felizes quando ela contava isso. Ficavam mais confortáveis quando descobriam que Lauren tinha planos. Ela era simplesmente bonita demais, encantadora demais para ser uma garçonete.

Lauren achou que fosse trabalhar no restaurante durante três meses, talvez seis no máximo. No entanto, um ano se passou e ela permanecia lá. Parou de enviar currículos para empresas de relações públicas. Nem se lembrava mais do que achava que gostaria de ser.

*

Preston era no mínimo uma distração que ofuscava o desvio que a sua carreira tomara. Ele não falava muito, então Lauren se via preenchendo o silêncio quando estavam juntos. Foi assim que acabou contando a história do presunto.

Na aula de biologia da escola, Lauren dissecou um porco. Cada dupla de alunos recebeu o seu próprio porquinho em formol para abrir. Conforme cortavam e desmembravam os pequenos leitões, o professor narrava fatos diferentes sobre o estômago e os órgãos reprodutores do porco.

— O presunto vem daí — disse ele para Lauren. Ela levantou a cabeça.

— O presunto vem dos porcos? — perguntou. — O presunto não vem do presunto? — Todo mundo riu. Assim que perguntou, ela percebeu que não fazia sentido. O presunto não era um animal, é claro. Sentiu-se confusa durante um ou dois segundos, só isso. O estranho, entretanto, é que ela tinha uma imagem de como o presunto seria caso fosse um animal. Tinha a imagem perfeita, como se já o tivesse visto.

Contou essa história para Preston quanto estavam deitados na cama. Contou sem saber por que contava. Lauren odiava essa história, odiava explicar que achava que o presunto era uma espécie de animal oval que fuçava o chão fazendo barulho.

— Entendeu? — perguntou ela. — Achei que fosse um presunto — disse isso movendo as mãos em formato oval. — Um *presunto* — enfatizou, como se o movimento explicasse a ideia.

Preston riu tanto que chegou a chorar.

— Você imaginou com um osso só? — perguntou.

— Sei lá — disse ela. — Acho que nem pensei nisso.

Ele segurou a barriga e se balançou para a frente e para trás.

— Ai — exclamou abraçando a si mesmo. — Ai, está doendo! Não consigo parar de rir!

Uma semana depois disso, ele acordou e disse:

— Não acho que isso vai dar certo. — Ela ainda estava na cama dele, de camiseta e calcinha, e não soube o que dizer. Sentiu-se imediatamente mal pelo presunto, foi um erro contar aquilo. Tinha certeza.

*

Depois que Preston terminou com Lauren, ela começou a ir ao parque durante o dia. Todas as amigas trabalhavam em escritórios, e ela não aguentava ficar em casa sozinha. Ia ao parque e deitava-se na grama esperando o dia acabar para que começasse o turno no restaurante. Gostava de ficar olhando para as nuvens. Gostava da maneira como estavam sempre se movendo, mesmo que fosse tão devagar que não era possível determinar para qual direção iam. Lauren comprou um livro sobre meteorologia e aprendeu os nomes das nuvens. Cantarolava-os baixinho enquanto observava: "Cumulus, stratus, cirrus, pileus". Aprendeu tudo o que podia sobre nuvens para ocupar o tempo. Aprendeu que *cirrus* era a palavra em latim para cacho de cabelo.

— Cirrus — sussurrava atrás de Preston olhando para os seus cachos.

— O quê? — perguntava ele.

— Nada — dizia ela. A nuvem de que mais gostava era a cumulonimbus. Achava uma palavra mágica. Com um quê de safadeza.

As amigas começaram a se preocupar, achavam que ela estava enlouquecendo.

— Você devia sair desse emprego — disse Shannon.

— Também acho — concordou Isabella. — Não fica maluca por causa desse cara. Ele é um barman sujo.

— Um barman sujo e sexy — falou Lauren.

Shannon concordou com tristeza.

— Ele é, sim. Você com certeza devia sair desse emprego.

*

Preston chegou atrasado para a escala do almoço, foi direto para o bar e começou a cortar frutas. Lauren ergueu as sobrancelhas no outro lado do salão, onde enrolava talheres.

— Você está atrasado — disse Lauren a ele.

— Jura, minha querida? — perguntou Preston. — Achei que estivesse bem na hora. — Preston era o tipo de pessoa que podia dizer coisas do tipo "minha querida" para mulheres que acabara de dispensar. Lauren o odiava por isso.

— A noite foi boa? — perguntou Lauren. — Sua cara está uma merda. — Preston riu porque sabia que não estava e colocou a blusa para dentro.

Carly, a outra garçonete, entrou repentinamente e jogou a bolsa no chão antes de ir correndo para o banheiro. No primeiro dia de trabalho de Lauren, Carly contou que tinha a tatuagem de um cortador de grama no osso púbico.

— Viu, o cortador está bem aqui — disse ela tocando a área logo acima da virilha. — Eu raspo os pelos na frente dele pra parecer que ele cortou um caminho. Manter é um saco, mas os caras amam. Quer ver?

— Não, valeu — respondeu Lauren. — Talvez outra hora.

Lauren tinha certeza de que morreria jovem. Talvez desenvolvesse um tumor ou morresse em um acidente de metrô. Mais provável que fosse assassinada por um serial killer. O *Dateline* faria um programa especial e entrevistaria todo mundo no restaurante.

— Ela era uma garota bonita — diria Carly. Talvez se oferecesse para mostrar a tatuagem ao câmera. Preston fingiria estar chateado, mas na verdade estaria animado por aparecer na TV.

— Nós namoramos — diria para eles. — Era uma garota especial — falaria e olharia para baixo a fim de causar um efeito dramático.

As pessoas que conheceram Lauren na faculdade assistiriam a isso e se perguntariam que diabos acontecera. Eles se perguntariam por que Lauren estava de amizade com a sra. Tatuagem de Cortador de Grama e o sr. Barman DST. Ficariam tristes pela maneira como as coisas terminaram para ela, e depois desligariam a televisão e se esqueceriam disso.

Lauren tentava sair com as amigas e ter uma vida normal. Ela as encontrava depois do trabalho e fingia não estar exausta e não feder a hambúrguer. Disse para si mesma que precisava continuar fazendo isso.

— Tenho que achar um emprego de verdade — dizia para as amigas.

— Então acha — respondiam. Elas não compreendiam. Falavam sobre programas de e-mail e retiros corporativos. Comparavam planos de saúde e fundos de garantia, e Lauren se sentia sozinha.

*

Carly saiu do banheiro e pediu um suco de cranberry para Preston.

— Estou com infecção urinária — confidenciou a Lauren. Ela simplesmente assentiu e continuou enrolando talheres. — É aquele cara novo que estou vendo. Não consigo me saciar! — Carly bateu no quadril de Lauren com o dela como se fossem velhas amigas, duas fofoqueiras trocando histórias sexuais.

Lauren se retirou da conversa sobre infecção urinária para voltar ao escritório do gerente. Havia pedido o fim de semana seguinte de folga e queria se certificar de que Ray não a colocara na escala. Lauren tinha de ir ao casamento da amiga Annie em Cape. Annie e o noivo haviam comprado uma casa em Boston e ficavam mandando e-mails com fotos da reforma dos quartos conforme aconteciam, com comentários do tipo "o Mitchell colocou o ladrilho do banheiro do andar de cima sozinho. Eu sabia que tinha um motivo pra me casar com ele!".

Annie era o tipo de amiga que precisava fazer tudo primeiro. Lauren a imaginava no terceiro ano, preenchendo testes e levantando a mão para a professora berrando "Acabei! Eu acabei!".

Quando recebeu o cartão avisando que devia reservar a data no ano anterior, Lauren teve a certeza de que estaria em um emprego de verdade até o casamento chegar. Quando recebeu o convite dois meses antes, ainda achou que havia esperanças. Agora ela sabia que teria de ver essas pessoas todas e dizer que era garçonete. Uma garçonete que fazia sexo em frigoríficos.

*

As primeiras clientes de Lauren naquele dia foram duas mulheres, uma de cabelos escuros e a outra, loura. Havia um menino novo com elas que pertencia à loura. Pela forma como ele tentava impressionar a morena, Lauren percebeu que ela não era a mãe dele. Ficava se mexendo na cadeira e dizendo coisas do tipo "O cavalo faz *Iiihiiiii!*". Depois ria e escorregava pela mesa *box* até o chão, fingindo ter vergonha quando ela o notava.

Lauren não desgostava de crianças, mas também não podia dizer que gostava. Tinha certeza de que isso seria um problema. Shannon garantiu a ela que isso era normal, mas a amiga Kristi disse que não.

— Isso me entristece — falou ela para Lauren, o que a deixou constrangida.

As duas mulheres pediram salada de frango com molho vinagrete de framboesa, e o menininho pediu bacon e batatas fritas. A mãe riu como se ele tivesse feito alguma coisa astuta. Olhou para a amiga morena e balançou a cabeça sorrindo como dissesse "ele não é hilário? Não é a coisa mais adorável que você já viu?". Lauren esperou com a caneta acima do bloco de anotações para que a mãe pedisse outra coisa. Ela não falou nada.

— Então vocês querem uma porção de batatas fritas e uma porção separada de bacon? — perguntou finalmente. A mãe olhou para ela como se Lauren fosse burra e assentiu com a cabeça.

Lauren foi até o computador e digitou o pedido. Nem sabia como registrar a porção de bacon. No McHale's, o bacon era acompanhamento dos hambúrgueres ou do BLT, não algo que as pessoas pediam em porção.

— Preston? — chamou ela. — Você sabe como fazer um registro de uma porção de bacon?

— Bacon? De onde vem o bacon? Do presunto? — perguntou Preston e começou a rir.

— Deixa de ser babaca — disse Lauren.

— Qual é, gostosa? — falou Preston. — É só uma piadinha. Você gosta de piadinhas, não gosta?

Lauren suspirou e voltou para o computador. No final das contas, registrou um BLT com bacon extra, mas sem pão, tomate ou alface. Depois foi até a cozinha para explicar o pedido a Alberto antes que ele viesse berrando.

Quando Lauren voltou, havia outro cliente na praça dela.

— Ele simplesmente se sentou ali — disse Carly. Estava sentada no banco do bar tomando suco de cranberry com uma cara péssima. Lauren não estava no clima de brigar com Carly naquele dia, nem de ouvir detalhes sobre a infecção urinária, então pegou o bloco de anotações e foi até a mesa.

— Oi — disse Lauren.

— Oi — respondeu o homem. Tinha cerca de 30 anos, mas se vestia como se fosse mais velho. Seus cabelos estavam penteados para o lado de maneira antiquada, mas o terno era impecável. Usava abotoaduras que pareciam pesadas com o formato de um urso no punho direito e de um touro no esquerdo. Lauren odiou o homem logo de cara.

— Quer pedir alguma coisa pra começar? — perguntou ela.

— Bem, pra começar você podia sorrir. Seria pedir muito?

Lauren levantou a cabeça e olhou dentro dos olhos dele por um segundo. As pessoas viviam dizendo que ela devia sorrir. Trabalhadores em construções e homens aleatórios em bares a chamavam e diziam "Ei, linda, dá um sorriso!". Falavam isso como se fizessem um favor a ela, como se pudessem fazê-la feliz com essa pequena dica.

— É o formato da minha boca. — disse Lauren. — Não estou infeliz.

— Nossa, tudo bem. É mais informação do que pedi.

Lauren suspirou.

— Você me pediu que sorrisse, sugerindo que estou infeliz. Mas não estou. A minha boca é pra baixo e, de vez em quando, fica assim.

— Então como você está? — perguntou o homem.

— Como assim?

— Bem, você disse que não está infeliz, e claramente não está feliz. Então como você está hoje?

— Acho que estou neutra.

— Bem, neutra, prazer em conhecer você. Pode me trazer um Glenlivet com gelo?

Lauren assentiu e se virou. Estava acostumada a clientes sinistros. E sabia por experiência que aquele homem era o tipo bizarro que se acha importante — o pior tipo. Achava que Lauren devia estar supercontente por ser a garçonete dele. Julgava ser diferente dos outros clientes.

Lauren colocou a bebida no bar e foi entregar a comida a outra mesa. O menino bateu palmas quando ela colocou o prato de batatas fritas e bacon na mesa.

— E picles! — berrou. — Quero picles.

Lauren quis falar sobre o aumento da obesidade infantil, mas voltou para a cozinha, pegou quatro picles no pote e os colocou em um prato. Quando pôs o prato na frente do menino, ele disse:

— Você é um picles — e apontou para a morena. Colocou as duas mãos na boca, gargalhou e ficou quicando no banco.

Ela pegou o Glenvilet no bar e o levou ao cliente.

— Já sabe o que vai pedir? — perguntou. Estava olhando para o bloco. Não queria trocar olhares com ele.

— Conheço você de algum lugar — disse o homem.

— Acho que não — respondeu ela. — As pessoas falam muito isso. Tenho um rosto meio familiar.

— Não, definitivamente conheço você de algum lugar. Qual o seu nome?

Lauren olhou para ele. Perguntou-se se devia dar um nome falso. Talvez aquele fosse o serial killer que a mataria. Carly poderia contar para as câmeras que se sentiu culpada por não tê-lo servido. "Poderia ter sido eu", diria ela chorando com rímel roxo escorrendo.

— Você se esqueceu? — perguntou ele.

— Do quê?

— Você se esqueceu do seu nome? Está demorando pra responder.

— Lauren — disse ela. Decidiu que, se ele fosse assassiná-la, faria isso sabendo ou não seu nome real.

— Lauren — repetiu ele. — Não conheço nenhuma Lauren. — Olhou para ela com cuidado.

— Eu disse, tenho um rosto familiar — respondeu. O olhar incisivo dele a incomodava. Lauren queria que o homem parasse de olhar para ela. Ele pediu um sanduíche de carne e outro drinque. Lauren abaixou a cabeça e ficou surpresa. Não havia percebido que ele bebera tudo enquanto conversavam. Ela pegou o copo vazio e foi embora.

— Lauren, quem é o gostosão ali? — Carly estava bem mais atrevida depois do terceiro suco.

— É só um cara qualquer. Meio bizarro — disse Lauren e esperou que Preston olhasse para ela a fim de pedir outro drinque.

— Então, você vai tirar folga no fim de semana que vem? — perguntou Carly. — O Ray veio perguntar se posso cobrir a sua escala.

— É, tenho que ir num casamento — disse Lauren.

— Ah, legal! Amo casamentos — falou Carly e suspirou. — Quero me casar.

— É um pedido? — perguntou Preston.

— Ah, tá, Preston. Como se você pudesse dar conta disso tudo. — Carly fez um movimento para que os seios fossem para trás e para frente, e Preston gargalhou.

— Preston, pode fazer esse drinque pra mim? — Lauren empurrou o papel para ele.

— Qual o seu problema hoje, lindona? — perguntou Preston.

— Por que está todo mundo falando isso pra mim? Estou bem — disse Lauren.

— Claramente — respondeu ele.

— É só que esses clientes estão me pentelhando hoje — falou Lauren. — Está vendo aquela mesa ali? A mãe deixa o filho pedir bacon no almoço.

— Nojento! — disse Carly.

— É, nojento! — Preston a provocou. — Além disso, sabe quantos minibacons tiveram que morrer pra fazerem aquele almoço? É uma pena mesmo.

— Cala a boca, Preston.

— Aqui está o seu drinque, fofa!

*

O homem sorriu para Lauren enquanto ela levava o drinque.

— Aquele homem é o seu amante? — perguntou ele.

— Amante? — perguntou Lauren. — Não, aquele homem não é o meu *amante*. De onde você é? Quem fala assim?

— Eu falo — disse ele, fingindo chorar.

— Não quis ofender — falou Lauren.

— Não quis e não ofendeu, não se preocupe.

— Ah... OK.

— Sou um homem muito bem-sucedido — disse ele.

— Que ótimo.

— É. Várias pessoas têm inveja de mim. Ganho muito dinheiro.

— Ótimo.

— Muito. Mais do que você seria capaz de adivinhar.

— É mesmo?

— É — disse ele. — Falando nisso, lembrei onde já vi você.

O coração de Lauren começou a bater mais rápido.

— Jura? — perguntou ela.

— Juro — respondeu. — Eu costumava ver você no parque.

— No parque?

— Sim, no Madison Square Park. Você ficava deitada falando consigo mesma.

— O quê? — Lauren se sentiu zonza.

— Eu trabalhava bem ali, e a gente via você durante o almoço. Um dos meus amigos achou que você era retardada.

— Eu não ia... não era eu. Não sei do que você está falando.

— Ah, para, Lauren! Eu via você. Todos os dias. Não fica chateada por meu amigo ter chamado você de retardada, ele só estava brincando. Enfim, quando ele disse isso, eu respondi "Mesmo assim eu iria pra cama com ela. Ainda é gostosa, mesmo que retardada".

— Eu não ia. — Foi tudo o que Lauren conseguiu dizer.

— Então, o que você ficava fazendo lá afinal? Ia todos os dias e de repente parou de ir. Eu fiquei me perguntando o que tinha acontecido com você. Sempre me perguntei o que fazia, deitada lá falando sozinha.

— Eu não fazia nada — disse Lauren.

— Bem, Lauren, alguma coisa você devia fazer.

Lauren queria não ter dito o seu nome real. Não gostava de como soava quando saía da boca daquele homem.

*

Lauren nunca contou às amigas o quanto ia ao parque depois que Preston terminou com ela. Não teriam compreendido que era o único lugar onde queria estar. Imaginava-se indo ao parque para sempre, onde se deitaria na grama e olharia para as nuvens, feliz em seu próprio mundo. Então um dia ela foi ao parque e choveu. Choveu muito, gotas grossas que faziam barulho quando batiam no chão. Lauren ficou vendo as nuvens brancas se mancharem, tomando um tom marrom-claro e por fim preto-acinzentado. Ficou ali deitada percebendo a movimentação das pessoas ao seu redor recolhendo as coisas e indo embora. Ela, por outro lado, permaneceu observando as nuvens estremecerem e finalmente se dissiparem. Manteve os olhos abertos o tempo todo. Nem piscou.

Uma gota caiu no meio do peito e ficou intacta, uma pequena poça de chuva tremendo sobre a sua pele. Outras caíram no rosto e escorregaram pelos sulcos do nariz e da boca. Algumas atingiram os olhos e foram até o cérebro. Ela deixou que caíssem sobre si, que a encharcassem uma por uma.

Viu a nuvem tomar uma forma que reconhecia. Era um presunto — mas não o que visualizara na mente. Não, esse presunto era feio, um presunto deformado. Ela o viu flutuando pelo céu e sentiu repulsa. Tinha pele ondulada e narinas gigantes. Era tão gordo que parecia prestes a explodir. Ficou ali, vendo-o flutuar para longe, sendo devorado por outras nuvens. E então foi embora.

Lauren não voltou ao parque depois disso. Não havia superado Preston totalmente, mas alguma coisa dentro de si mudou. Desejá-lo de novo era como querer cortar um braço ou espetar agulhas nos dedos

dos pés. Não fazia sentido. As amigas nunca souberam exatamente o que aconteceu, mas ficaram felizes por ela voltar ao normal.

— Términos são difíceis — disse Isabella. — Mas você sobrevive!

— Estou feliz por você ter superado ele — falou Shannon. — Agora precisa encontrar algum outro babaca pra enlouquecer você.

No entanto, nenhuma delas sabia que foi o presunto o responsável por aquilo. Como que uma coisa que Lauren inventou sozinha se tornou tão feia? Como pôde a sua criação ter ficado tão horrenda? Foi aquele presunto feio que a fez seguir em frente.

Lauren ainda estava de pé à mesa do homem.

— Você gostaria de jantar comigo alguma noite? — Ele sorriu e se encostou na cadeira como se tivesse certeza de que ela se sentiria lisonjeada com a oferta.

— Não — respondeu ela. — Eu realmente não gostaria.

— Sou muito bem-sucedido — disse ele. Falou um pouco enrolado.

— Por que está aqui sozinho? — perguntou Lauren.

— Estou comemorando. Estou comemorando um grande negócio.

— Sozinho?

— Sou muito bem-sucedido — disse ele soando impaciente. — Já falei pra você.

— Bem, você não é o tipo de homem com o qual eu quero jantar.

— Ah, não? Então quem é? Aquele barman ali? — falou a palavra "barman" como se dissesse "cafetão" ou "mendigo".

— Não — respondeu Lauren. — Também não é o meu tipo.

— Ah, nossa, olha pra ela, a sra. Poderosa! Vai conhecer alguém no parque?

— Você é um babaca — falou Lauren.

— E você é uma garçonete grossa — disse o homem. — Uma garçonete grossa que acabou de perder a gorjeta.

— Que bom — respondeu. — Prefiro assim.

— Por que você não se senta um minuto? — perguntou o homem.

— Sinto que começamos mal.

Lauren apoiou a mão na cadeira na frente dele. Seus joelhos bambearam.

— Estou bem — disse ela.

— Não perguntei se você está bem — respondeu o homem. — Perguntei se você gostaria de se sentar. Pagaria um drinque pra você caso se sentasse. Acabei de fechar um negócio grande.

— Eu sei — disse Lauren. — Você contou. Por que fica falando isso o tempo todo?

— É o tipo de coisa que as pessoas gostam de saber — respondeu ele. — É o tipo de coisa que você quer falar pros outros sobre você.

Lauren endireitou a postura e olhou bem dentro dos olhos do homem. Deu um sorriso grande, mostrando-lhe todos os dentes.

— Então, obrigada — disse ela. — Obrigada por compartilhar. — Ela se afastou da mesa. O homem ficou ali sentado segurando o drinque.

*

— Carly, preciso que você pegue aquela mesa pra mim — disse Lauren. — Não dá mais pra servir aquele cara.

Carly concordou com a cabeça.

— Claro. Ele é rico?

— Talvez seja — respondeu Lauren. — Você devia perguntar a ele.

— Ei, Lauren — chamou Preston. — Esse cara no bar acabou de pedir misto-quente. Quer ir falar pra ele que não devia comer o precioso presunto?

— Você é um imbecil — disse Lauren. — Sabia disso?

— Só estou dizendo isso porque tem muito presunto sendo sacrificado aqui hoje — falou, sorrindo.

Carly ficou olhando de um para o outro como se esperasse o começo de uma briga.

— O que está rolando? — perguntou.

— Nada — disse Lauren.

Na outra mesa, o menininho estava de pé no banco rebolando e cantando "Uh baby, baby. Uh, baby, baby!". A mãe batia palmas e ria, até que o joelho dele derrubou a água. A mãe pediu ao menino que se sentasse e fez sinal para Lauren indicando que precisavam de ajuda na limpeza.

Não foi para isso que Lauren fez faculdade. Não era onde deveria estar. Aqueles não eram os tipos de pessoas que devia ter por perto. Respirou fundo e murmurou "Cumulonimbus". Fechou os olhos e viu o Presunto — o Presunto real — exposto em toda a sua glória. Não se parecia nada com o monstro que vira no parque. Esse Presunto era lindo. Tinha um bigode que se mexia ao vento, e Lauren teve a impressão de que sorria para ela. Abriu os olhos sentindo-se melhor.

— Você falou alguma coisa? — perguntou Preston. Ela balançou a cabeça. Pegou uma toalha no bar e foi limpar a mesa. Recuperou o Presunto. Amanhã, disse para si mesma. Amanhã ela se demitiria.

Cigarros à noite

Quando Mary tinha 9 anos, roubou uma reza. Aconteceu sem querer, mas aconteceu. Estava ajoelhada na frente de velas em uma igreja; assoprava levemente pela boca e ficava observando as chamas tremeluzirem. Fez um pequeno círculo com os lábios e uniu as mãos na frente do rosto como se rezasse. A sra. Sugar a observava com cuidado, lançando olhares ameaçadores com as sobrancelhas grossas ao mesmo tempo em que tentava continuar atenta ao resto da turma, que ainda estava em fila para o confessionário. A sra. Sugar tinha um nome doce, mas na verdade era uma bruxa. Sempre que ela olhava, Mary fechava os lábios.

Mary foi a primeira a se confessar e já rezara as suas duas Ave Marias e os três Pai Nossos. Agora não havia mais nada a fazer, a não ser ficar ajoelhada em silêncio e assoprar as velas. Mandava as chamas para a esquerda, para a direita, e depois direto para trás. A chama se inclinava e quicava, mas, no final, sempre voltava ao centro e ficava em pé, ereta e alta. E então aconteceu. Assoprou um pouco forte demais e a vela se apagou.

A sra. Sugar estava ao seu lado antes mesmo de Mary se dar conta do que havia acontecido. Ela se abaixou, pegou a parte de cima do braço de Mary, e falou sussurrando porque ainda estavam na igreja — mas sussurrou de um jeito maldoso.

— Você sabe o que acabou de fazer? — perguntou ela. — Você roubou a reza de alguém. Alguém acendeu aquela vela específica com uma reza pessoal, uma intenção. E agora se foi. Sumiu. E tudo por sua culpa.

Mary chorou e recebeu ordens para se sentar no banco do vestíbulo e esperar. Fungou o nariz quando se sentou e ficou se perguntando o que a sra. Sugar faria com ela. Nesse momento, entretanto, James Lemon soltou um pum alto e fez com que o resto da turma risse e gritasse, então a sra. Sugar se distraiu e foi de aluno em aluno para acalmá-los. Mary esperou pela punição o resto do dia, mas pelo visto a sra. Sugar se esquecera da história da vela e da reza roubada.

Mary, por outro lado, jamais se esqueceu. Sempre que acendia uma vela, sentia-se culpada. Achou que o sentimento fosse embora, que por fim alguma coisa maior e mais importante aconteceria e tomaria o lugar dessa memória. Mas não. Durante anos, sempre que ia à igreja, colocava um dólar na caixinha para acender uma vela. "Pela reza que roubei", sussurrava e acendia. Fez o mesmo em Roma no primeiro ano da faculdade, e novamente na Irlanda. Quando se mudou para Nova York, acendeu uma vela na St. Patrick's, e essa foi a última. Ela parou não apenas porque não ia mais tanto a igrejas, mas também porque presumiu que, por maior que fosse a reza atrelada àquela vela, ela já fizera mais do que o suficiente para compensar.

*

Mary estava parando. Resumindo, era isso. Sempre disse que, assim que passasse no exame da ordem dos advogados, seria o fim. Chega de cigarros. Nunca foi fumante de verdade, era algo que fazia quando estudava tarde da noite. E quando bebia. Mas isso já era passado, dizia para si mesma. Ela já era uma advogada. Uma advogada que não fumava.

Mary foi contratada pela Slater, uma firma grande de advocacia bem no meio da Times Square. O nome completo era Slater, McKinsey, Brown and Baggot, mas ninguém passava do Slater. Contrataram-na junto com outros nove advogados sedentos, novinhos em folha, e todos ganharam uma viagem de cruzeiro onde beberam *piña coladas* e foram lembrados de que eram incrivelmente sortudos, de que aquele era o emprego de suas vidas, de que era esperado que cumprissem o prometido, e de que deviam passar no exame.

Ela estudou para a prova o verão inteiro, presa no apartamento bebendo Red Bull e comendo bananas porque ouviu dizer que ajudavam na concentração. As amigas de vez em quando iam ver como ela estava, e, apesar de saber que estavam sendo gentis, Mary preferia que elas a ignorassem até que esse período passasse.

— Não é normal ficar no mesmo lugar esse tempo todo — disse Isabella certa noite. Ela foi visitar Mary e a encontrou sentada à mesa, onde admitiu estar desde de manhã. — Acho que você devia sair do apartamento pelo menos uma vez por dia. Talvez fosse bom dar uma caminhada?

Mary, porém, recusava-se. Não tinha tempo para sair do apartamento. Ia até o supermercado uma vez por semana para comprar suprimentos, pulava corda para fazer exercício, e o prêmio para si própria era se debruçar na janela e fumar na escuridão. "É só até o exame acabar", dizia em voz alta de vez em quando, e amassava a guimba com certeza e força, dobrando-a no meio como se quisesse dizer "Viu, cigarro, não vou precisar de você por muito mais tempo".

Depois do exame, Mary achou que se sentiria aliviada. Mas todas as semanas de estudo causaram um impacto e Mary só conseguia se sentir estranha. Sentia toda a cafeína que tomara ainda pulsando em seu corpo, e a mão não lhe parecia familiar agora que não segurava mais um lápis o tempo todo. Às vezes, Mary tinha certeza de que ainda conseguia sentir o lápis entre os dedos, da mesma forma que imaginava que pessoas com membros amputados ainda os sentiam.

Foi por causa de tudo isso que Mary decidiu não jogar fora o maço pela metade logo após o exame, como havia planejado originalmente. Terminaria aquele, e pararia de fumar quando começasse na firma. Não havia sentido fazer muitas mudanças ao mesmo tempo.

Contudo, quando Mary começou na Slater, descobriu que precisava dos cigarros mais do que nunca. Todos os outros advogados novos, que ela imaginou que seriam amigos, revelaram-se competitivos e nefastos. Alguns eram discretos quanto ao desejo de serem os melhores. Outros, como Barbara Linder, perseguiam Mary e ficavam perguntando em qual caso estava trabalhando, quantas horas computara naquela semana e o que os associados haviam falado para ela.

A Slater tinha a tradição de congratular os novos advogados que passavam no exame pelo alto-falante e de oferecer um coquetel comemorativo. Mary ficou semanas imaginando como seria não ouvir o seu nome anunciado, caso fosse a pessoa do grupo que fracassasse. Até ouvir o resultado do exame não tinha como parar de fumar. E, quando descobriu que havia passado, o alívio foi tão imediato e esmagador que ela soltou um barulho estranho e ficou com os olhos cheios de lágrimas. Também acabou fazendo um pouquinho de xixi nas calças, então se permitiu um cigarro. Se você faz xixi nas calças, pensou ela, merece pelo menos isso.

*

Mary ficava no escritório até pelo menos às 21h todos os dias, caso fosse um dia de sorte. Sentia-se exausta e triste quando ia dormir porque sabia que isso significava o recomeço de tudo em breve. Todas as manhãs, enquanto caminhava do metrô até o escritório, pensava "se eu for atropelada hoje, não vou precisar trabalhar". Não queria ficar muito machucada, é claro. Queria apenas uma pequena colisão que a deixasse no hospital por uma ou duas semanas, onde poderia assistir à TV e comer Jell-O.

Ninguém avisou que seria daquele jeito. Recebeu tantos conselhos sobre o primeiro ano em uma firma de advocacia, mas ninguém jamais disse "você vai viver constantemente com medo". E era isso que sentia. Medo de que alguém se aproximasse dela com mais trabalho e medo de que ninguém se aproximasse com mais trabalho. Tinha medo de deixar alguma coisa passar nas pesquisas que fazia. Executava todas as tarefas que lhe eram designadas, e morria de medo de julgarem-na lenta. Sempre que alguém dizia "jurisprudência" ou "revisão de documento", o seu primeiro instinto era se esconder embaixo da mesa.

Às vezes, quando estava prestes a terminar um projeto e sentia que concluíra alguma coisa, alguém vinha até o seu escritório e entregava outra tarefa. Ela tinha certeza de que estava fracassando.

À noite, Mary fazia pausas e ia até o telhado para fumar. Era errado, ela sabia disso, mas não tinha como evitar. Só fumava à noite. Havia muita gente de dia e ela não queria que pensassem que de fato era fumante. Esperava o dia todo para sair e acender um cigarro. Amava aqueles cinco minutos de paz quando ficava de pé soltando a fumaça. Inspirava e expirava, e dizia a si mesma que fumar era mais ou menos uma meditação. Era o que mantinha a sua sanidade.

*

Foram vários os motivos de preocupação naqueles primeiros meses, mas um dos maiores foi este: Mary temia estar engordando. A cada noite que jantava no escritório, sentia a bunda aumentando. Quando tinha de fazer o pedido, lia o cardápio sem acreditar que jantaria no escritório de novo. Às vezes, surtava e pedia lagosta ou dois pratos principais. "Eles querem que eu fique, eles podem pagar", pensava ao clicar o pedido no computador. Em outras ocasiões, fazia pedidos na lanchonete, hambúrguer com queijo e batatas fritas, e um milk-shake para balancear. Depois dessas refeições gigantescas, subia ao telhado e fumava. Inspira e expira, repetia ela. Inspira e expira.

No banheiro, analisava a bunda. Virava de lado, passava a mão sobre ela tentando medir o quão maior estava em relação ao dia anterior. Testemunhou a prima Colleen ganhar 22 quilos no primeiro ano em uma firma de advocacia. Colleen foi de normal a quase obesa em questão de meses, e o peso acumulado não a largou mais.

— É pior do que ter filho — disse na Ação de Graças do ano anterior. — É simplesmente parte do trabalho — falou para Mary, e comeu duas fatias de torta de nozes pecã.

Mary jurou que isso não aconteceria com ela, mas não sabia que seria tão difícil. Sempre queria largar o escritório, e sempre queria ficar. Queria que os associados gostassem dela, que a elogiassem. Gostava quando um deles dizia "bom trabalho" ou "obrigada pela ajuda". Não acontecia sempre, mas, quando acontecia, era como tirar dez. Ou pelo menos nove. E não havia nada de que Mary gostasse mais do que tirar boas notas. Talvez isso a tornasse um pouco patética, mas não tinha como evitar. E, assim, ficou. Sentava-se 15 horas por dia comendo comida chinesa, enfiando bolinhos na boca, sugando sopas de macarrão com gergelim e torcendo para alguém notar o seu trabalho. Depois, ia para casa e se olhava no espelho de corpo inteiro, analisando o inchaço que ameaçava explodir e se perguntando quanto tempo levaria até que entrasse em erupção e virasse uma pessoa verdadeiramente gigante.

Toda vez que comprava um maço de cigarros, dizia "último maço" quando abria o lacre de plástico. Tinha basicamente parado de fumar, dizia a si mesma. Era apenas uma formalidade até que se tornasse uma não fumante oficial. Então, quando Isabella foi ao apartamento, cheirou o ar e disse "você estava fumando aqui?", Mary respondeu "Não, eu parei".

Sabia que tinha ido longe demais. Uma vez que começasse a mentir sobre isso, não havia como voltar.

— Não ligo se você fuma — disse Isabella. Deu uma olhada estranha em Mary. — Estava só perguntando. — Ainda assim, Mary negou. Escondia os cigarros na mesa de cabeceira, no fundo da gaveta embrulhados em uma bandana velha. Toda vez que fumava, embrulhava o maço com o isqueiro no pano e o colocava com cuidado no lugar onde ninguém o encontraria.

*

Brian Sullivan virou sócio júnior aos 33 anos. Era o modelo que todos os calouros queriam ser, o sujeito sobre o qual todos falavam. Era bonito no estilo cursinho preparatório e se parecia com todos os meninos dos quais Mary gostara no Ensino Médio. Foi o primeiro a pedir a Mary que escrevesse um memorando, e ela se sentiu lisonjeada.

— Jura? — perguntou ela. — Um memorando? — Parecia um papagaio.

Ele riu e se inclinou sobre a mesa dela.

— Olha — disse ele —, eu sei que agora parece impossível, mas vai melhorar. Prometo. — Colocou a mão sobre o ombro dela, Mary quase virou o rosto e deu um beijo naquela mão. Foi a primeira vez em uma semana que alguém a tocou, sem contar a mulher desdentada que puxou a perna dela enquanto descia para o metrô. Seu rosto esquentou, como se ela tivesse realmente virado o rosto e beijado a mão dele. Brian removeu a mão antes que ela pudesse continuar pensando. Mary foi deixada a sós no escritório com os seus pensamentos constrangedores.

Ela sempre teve medo da sua imaginação. Quando mais nova, costumava pensar "e se eu me levantar no meio da aula e mandar a sra. Sugar pro inferno?". As suas bochechas ficavam vermelhas com a ideia e o coração quicava, como se realmente fosse se levantar e berrar. "Eu não vou fazer isso", dizia a si mesma. Tentava se acalmar, mas o mesmo pensamento lhe ocorria de novo; imaginava que poderia simplesmente ter berrado, que ninguém a teria impedido, e então ficava nervosa de novo. Era o potencial do que podia acontecer, a possibilidade de ser capaz de fazer algo tão inconsequente — era isso o que temia.

Brian Sullivan trazia aquilo tudo de volta. Toda vez que ia ao seu escritório e ficava de pé ao lado da mesa, Mary imaginava o que aconteceria se colocasse as mãos na fivela do cinto e começasse a tirar a calça dele. O sangue pulsava nas orelhas e ela tentava se convencer de que não faria nada daquilo. Mas então passava por ele no corredor e pensava "o que aconteceria se eu fosse até ele e falasse pra gente transar agora?". Ela tentava se convencer de que estava no comando das suas ações, que o cérebro não assumiria o controle. E pensava "É isso o que acontece com as pessoas logo antes de ficarem loucas".

*

Certa noite, Brian encontrou Mary no telhado sentada em um dos bancos de pedra com a cabeça para trás enquanto fumava um Marlboro Light bem devagar, deixando a fumaça se expandir na boca e escapar para o ar.

— Oi — disse ele. — Então você é fumante?

Mary levantou a cabeça rapidamente, o que fez com que tossisse e se engasgasse alguns segundos antes de conseguir falar.

— Não — disse por fim. — Não sou fumante. Estou parando.

— Ah — falou ele. — OK. — Pegou um maço fechado de cigarros e bateu a parte de cima no lado da mão, depois abriu o plástico e o amassou, fazendo uma bola, tudo sem deixar de olhar para ela. — Estou parando há anos. — Ergueu as sobrancelhas, pegou um cigarro do maço, segurou-o entre os dentes e sorriu.

Mary deu uma risada de leve e abaixou o cigarro.

— Realmente achei que já teria parado agora — falou —, mas a adaptação tem sido mais difícil do que pensei.

— Porque, eu deixo você nervosa? — perguntou Brian.

— O quê? Não! — respondeu Mary. Soou forçada demais. Quis parecer calma, mas a frase saiu em um pequeno grito.

Brian riu.

— Tudo bem — falou ele. — É que, quando eu comecei, até as secretárias me deixavam nervoso. Todo mundo sabia mais do que eu.

— Ah — disse Mary. Percebeu que ele se referiu a outra coisa, e riu de si mesma. — É, bem. Acho que uma hora melhora, né?

— Com certeza — afirmou Brian. Assoprou argolas no ar.

Brian e Mary começaram a fumar juntos à noite. Ela sempre queria vê-lo e sempre ficava enjoada quando o via. Ela não devia estar fazendo aquilo, dizia para si mesma. Ele era um dos sócios. Era chefe dela. No entanto, esperava pelas conversas com ele ansiosamente, o dia todo. Quando ficaram dois dias sem se encontrar no telhado, ela se sentiu desesperada. Quando ele apareceu no terceiro dia, Mary quase pulou do banco.

Cada informação que descobria sobre ele era como um presente. Ela juntava tudo o que sabia e ficava repassando as informações na cabeça. Brian tinha dois irmãos, era o mais novo, gostava de picles de pepino e de balas azedinhas, mas detestava qualquer tipo de refrigerante. Era fã do Yankees, chamava o avô de "Oompa", e ficava mais bonito de camisa rosa-clara.

Conversaram sobre a faculdade e ela descobriu que ele jogara lacrosse.

— Bem — disse ela —, não me surpreende.

— Como assim? — perguntou ele.

— É só que... tipo, você parece um jogador de lacrosse — falou Mary.

— Pareço? — perguntou Brian. — Como assim?

— Tipo, você tem cara de quem jogava lacrosse durante o cursinho. Sei lá. — Mary tragou o cigarro e tentou não soar burra. — Todos os alunos de escolas particulares na minha faculdade jogaram lacrosse e tinham um tipo.

— Bem, fiz curso preparatório — disse Brian —, mas não estudei em escola particular. O meu colega de quarto estudou e ele era estranhíssimo. — Brian parou de falar e Mary ficou sem saber se a história havia acabado. Jogou o cigarro fora e continuou. — Jamais mandaria os meus filhos pra escolas particulares — disse por fim. — Isso acaba com a pessoa.

Tudo o que ela aprendia nessas conversas de cinco minutos só fazia com que gostasse mais ainda de Brian. E, quando foi escolhida para o caso dele em uma reunião geral, Brian piscou para ela e Mary pensou que talvez não conseguisse mais controlar o cérebro. A cada dia, havia mais probabilidade de ela realmente agir de acordo com um dos seus pensamentos totalmente absurdos. Não havia volta.

*

Mary contou para as amigas que tinha um advogado bonitinho na firma, mas foi o máximo que se permitiu dizer. Saíram para beber certa noite e ela simplesmente queria dizer o nome dele.

— Tem um cara na minha firma, o Brian, que é superfofo. Mas é um dos sócios. — Ela se arrependeu de dizer o nome dele, então adicionou: — Não estou interessada nele nem nada. Talvez ele nem seja tão bonito. Não sei mais.

Lauren concordou e disse:

— Deve ser a síndrome do menino mais bonito da turma.

— Síndrome do quê?

— Síndrome do menino mais bonito da turma — repetiu Lauren. — É quando você fica o tempo todo em uma turma e se sente entediada e acaba gostando de um menino que parece lindo na aula, mas, quando você vai pro mundo real, ele não é. É que você o comparava só com os outros da turma, então é tendencioso.

— Hum — disse Isabella. — Nunca pensei nisso dessa forma.

— Quer dizer, é só um nome, mas se aplica a todos os tipos de coisas. Tipo os namorados que você arruma nos acampamentos de verão que não passam de uns nerds, na verdade. Ou uma queda por alguém no trabalho que nem é tão maneiro. — Encolheu os ombros e tentou parecer modesta, como se tivesse descoberto o fenômeno. — Mas é bom manter isso em mente — disse ela — pra não acabar transando com o barman que é um idiota completo, ou coisas desse tipo.

— Ou coisas desse tipo — repetiu Isabella. Mary assentiu como se tivesse entendido, mas sabia que Brian não se encaixava nessa categoria. Ela não sabia em qual categoria ele se encaixava, mas não era naquela.

*

Eles se beijaram à noite no escritório dela, bem tarde, depois de todos terem ido embora. Os dois pediram comida tailandesa. Mary comeu bem pouco, estava com medo de não caber mais nas suas saias e tinha certeza de que, quando Brian olhava para ela, via apenas uma bunda gigante.

Ele entrou no escritório e ficou de pé atrás dela. Mary não conseguiu respirar. Quando se levantou para pegar um papel no outro canto da sala, ela se virou e ficou de frente para ele, bocas bem próximas. E então estavam se beijando e ela sentiu o gosto do curry que ele comera naquele dia. Ficou tonta, a cena toda parecia meio irreal, como andar na rua de pijama.

Quando chegou em casa, não conseguia se lembrar se tinha acontecido ou não. Mal dormiu, e, quando o despertador tocou, ela ficou feliz por sair da cama. Riu durante o banho; tonta e cansada, passou xampu nos cabelos e gargalhou.

Não viu Brian o dia todo. Ele não apareceu no telhado naquela noite, ela teve a certeza de que alguma coisa estava errada. Mais dois dias se passaram e a única vez que ela o viu foi no final do corredor quando ele se dirigia a uma reunião. Ela era tão idiota. Ele era o chefe dela. Aquilo não era do seu feitio, Mary decidiu esclarecer a situação assim que pudesse.

Algumas noites depois, ela estava no escritório e ele passou. Antes que pudesse pensar, Mary o chamou. Ele pareceu surpreso, mas apenas ergueu as sobrancelhas e entrou.

— Pois não? — disse.

— Oi — respondeu Mary. — Então, só queria pedir desculpas pela outra noite. Não foi profissional e me arrependo.

— OK — falou Brian.

— OK — concordou Mary. Ele fez como quem ia embora, mas Mary queria dizer mais. — Quer dizer, se fosse em circunstâncias diferentes, talvez. Mas você é o meu chefe e nós trabalhamos juntos.

— Isso é o de menos — disse Brian.

— O quê? — perguntou Mary. — Como assim?

— Mary. Estou noivo. Você sabia disso.

— Não sabia, não — falou Mary. — Como é que eu podia saber? Brian gargalhou. Soou um tanto perverso.

— Você sabia — disse ele.

— Não sabia — respondeu Mary. A voz dela indicava que não tinha certeza se acreditava em si própria ou não.

— É claro que você sabia — falou Brian. Parecia impaciente. — Lembra-se daquela semana depois que você começou quando teve um bolo pra mim no salão de conferência? Foi pro meu noivado. A Carla arrumou tudo. — Mary se lembrou vagamente de estar de pé com pratos de plástico comendo bolo com cobertura branca, que não estava bom, mas era melhor do que ficar sentada no escritório.

— Não — disse ela balançando a cabeça. — Não me lembro.

Brian gargalhou de maneira maldosa de novo, e Mary se deu conta de que talvez ele fosse o tipo de cara com potencial de ser bem cruel, o tipo de cara que acreditava nas mentiras que dizia.

— Olha — falou ele —, você pode falar o que quiser a si mesma. Só não repete na firma.

— Não contaria pra ninguém. Não conta pra ninguém você também. — A frase soou boba, parecia uma criança reagindo a um insulto repetindo a mesma frase.

Brian concordou com a cabeça.

— OK — disse ele. Depois se virou e saiu do escritório.

Mary ficou sentada à mesa por algum tempo sem saber como agir. Nunca fizera algo tão ruim na vida. Nunca traiu ninguém, nunca roubou o namorado de ninguém, nunca beijou um homem comprometido. Noivo. Ela pesou a palavra.

Será que sabia? Achava que não, mas talvez estivesse apenas tentando se sentir melhor. Considerou a possibilidade de ir ao confessionário, mas decidiu não ir. Sempre odiou a confissão, desde a primeira vez — quando disse ao padre que sentia medo do zelador albino que limpava a escola.

— Sinto medo do zelador Andy — disse ela — porque ele é albino.

— Isso não é um pecado, Mary — falou o padre Kelly. Parecia incomodado, como se ela não entendesse o que devia falar para ele. Mas o padre Kelly estava errado. Mary sabia que era pecado sentir medo do Andy, o albino. Ela não queria abaixar a cabeça quando o via, não queria ir para o outro lado do corredor quando se cruzavam. Ele sempre sorria para ela como se compreendesse, o que piorava tudo. Ela tinha vontade de chorar quando ele fazia isso. Não queria sentir medo dele, mas não conseguia evitar, o que a fazia se sentir péssima, como se fosse a pior pessoa do mundo. Independente do que o padre Kelly dissesse, era um pecado. Ela sabia disso.

Mary olhou para o computador como se fosse trabalhar mais, mas decidiu não trabalhar. Precisava sair do escritório. Andou para casa, embora fizesse tanto frio que ela não conseguiu mais sentir os dedos dos pés depois do primeiro quarteirão. Não queria parar por nada, não queria esperar o trem. Só queria continuar se movendo, e foi o que fez. Andou quarenta quarteirões até o apartamento, e, quando chegou, o nariz escorria e os olhos lacrimejavam, as gotas desciam pelo rosto. Não estava chorando, era apenas o frio, mas gostaria de chorar.

Subiu para o apartamento e começou a preparar um banho de banheira, o que nunca havia feito desde que se mudara para lá. Teve dificuldade em desabotoar a blusa porque sentia os dedos dormentes, mas conseguiu; entrou na banheira, mas ela estava tão quente que queimou a sua pele nos primeiros minutos. Mary ficou na banheira por mais de uma hora. Quando a água começava a ficar fria, deixava um pouco escorrer pelo ralo e adicionava mais água quente. Quando tinha certeza de que já sentia os dedos de novo, saiu e colocou o pijama mais confortável, calça de flanela fina e camisa de manga comprida, ambas surradas e macias. Ficou encolhida no sofá embaixo das cobertas. Queria um cigarro, mas não se permitiu fumar. Não naquela noite, nem nunca mais. Ela se sentou por um tempo, depois se levantou e começou a acender todas as velas do apartamento. Isso teria deixado a mãe muito nervosa. "Você vai cair no sono e incendiar tudo" é o que teria dito. Mary, entretanto, estava bem desperta e não tinha medo de iniciar um incêndio. Desligou as luzes e ficou sentada no sofá vendo as chamas iluminarem a sala. Inspirou e expirou até que não quisesse mais fumar. Sentou-se por um instante, depois se inclinou para a vela mais próxima e a assoprou, primeiro com leveza, depois com mais força até que a chama se apagasse. Ela se levantou e foi de vela em vela, apagando-as, vendo as chamas transformando-se em caldas sinuosas de fumaça, até se curvarem, girarem no ar e se extinguirem. Só então foi para a cama.

Diamante preto, quadrado azul

O nome dele era Harrison, mas ninguém jamais o chamava de Harry. Isabella aprendeu isso rapidamente.

Isabella estava bêbada. Era happy hour e as amigas ignoraram o seu pedido de irem a algum lugar que servisse comida. Acabou sentada no balcão do bar com roupas amarrotadas de trabalho. Planejava comer pizza a caminho de casa quando Harrison veio até ela e se apresentou. Por não conseguir pensar em coisa melhor para dizer, perguntou:

— As pessoas chamam você de Harry?

— Não — respondeu ele. Parecia que ela havia perguntado se as pessoas o chamavam de Bob ou Walter.

— Ah — respondeu. Não devia ter bebido o terceiro martini. Escutava a própria voz em algum lugar dentro da cabeça. E lá dentro ela falava como uma retardada.

Isabella estava exausta. Já eram quase 20h e daria muito trabalho conversar com alguém novo. Tinha de chegar ao escritório cedo no dia seguinte. Pensou em pedir licença, levantar-se e ir embora. Estaria de pijama em casa com uma pizza em meia hora.

Entretanto, o plano pareceu difícil demais de ser executado, então ela se permitiu ficar ali sentada. E, depois de alguns minutos, inclinou-se para a frente de maneira instável e beijou Harrison em um bar lotado.

E foi assim que Harrison e Isabella se conheceram.

*

As amigas diziam que ele era bonito, mas, na verdade, ele era fofo. Tinha a maçã do rosto alta, feições delicadas e cor homogênea — pele de porcelana e bochechas que coravam naturalmente quando ele se excitava. As camisas dele eram sempre impecáveis. Até mesmo com a camisa para fora da calça no final do dia e a gravata desatada, parecia arrumado intencionalmente, como se alguém tivesse produzido um guarda-roupa de "fim de expediente".

Perto dele, Isabella frequentemente se sentia suada e inchada. Queria pedir desculpas quando apareciam espinhas ou quando precisava assoar o nariz. Tinha quase certeza de que ele nunca teve meleca.

Harrison tinha facilidade em conhecer pessoas novas, apertava as mãos de outros homens e tocava o braço com a mão esquerda. Beijava as mulheres no rosto e se lembrava de nomes. Estava sempre interessado em conversar: inclinava a cabeça para mais perto de quem estivesse falando, assentia e lançava interjeições de vez em quando, mas não o suficiente para parecer antipático.

— É ele! — disseram as amigas de Isabella. — A gente mal pode acreditar que você o encontrou!

As que tinham namorados e noivos sentiam-se aliviadas por Isabella. Tinha 27 anos, e todas concordavam que já era tempo. As solteiras ficaram mais ou menos felizes, e um tanto incomodadas. Também estavam no bar naquela noite. Isabella era bonita, mas não linda. Onde elas estavam quando ele se aproximou dela? (No geral, entretanto, estavam felizes, é claro.)

*

Harrison sabia namorar. Fazia planos para jantar em restaurantes onde podiam beber margaritas e escutar o que o outro dizia. Ele a levou ao cinema e depois a uma lanchonete para comerem queijo-quente. Ele sempre pagava. Ligava quando dizia que ia ligar, abria a porta para ela. Na primeira noite em que ela ficou no apartamento dele, Harrison acordou mais cedo e voltou com duas canecas de café.

— Eu gosto dele — disse Isabella para as amigas com uma voz triste. — Ele é realmente divertido. Isso me preocupa.

Isabella já sabia o suficiente para perceber que aquilo não era um acontecimento comum. Ninguém simplesmente encontra um homem do qual gosta assim no meio do nada. Ela estava certa de que estragaria tudo.

*

Harrison e Isabella namoravam havia três semanas quando ele mencionou a viagem para esquiar. Falou sobre o assunto casualmente certo dia, como se a ideia tivesse lhe ocorrido naquele momento.

— Quer ir esquiar no Ano-Novo? — perguntou ele.

Isabella entrou em pânico quase imediatamente. Passou quase a noite toda se perguntando se comprariam presentes de Natal um para o outro, imaginando o horror de entregar uma caixa embrulhada para ele e ser recebida com uma expressão de desconforto. O Ano-Novo não havia nem passado pela sua mente ainda. Estava tentando lidar com um feriado de cada vez.

— Isabella?

— O quê?

— Ano-Novo? Alguns amigos vão alugar uma casa em Vermont. Vai ser legal.

Isabella sabia que "legal" era um termo relativo. Alguma coisa que parecia legal, quando comparada com fazer nada, podia acabar sendo um erro terrível. E um fim de semana com estranhos podia ser igual a um acidente de carro.

— Conheço esses amigos?

— Hum... não sei. Você conheceu o Parker, né?

Isabella balançou a cabeça, negando.

— Ah, achei que tivesse conhecido. Mas olha, eles são divertidos. Não é nada tão grande assim. Se você quiser ir, ótimo. Se não quiser, não tem problema.

— Você quer mesmo que eu vá?

— Quero.

— É que deu a impressão de que talvez não quisesse de verdade.

— Se eu não quisesse que você fosse, não chamava.

— Nossa.

— Para de ser estranha — disse ele e cutucou a barriga de Isabella. — Não é tão importante assim. Depois me fala.

— Tá.

*

Isabella se perguntava como seria a vida se fosse homem. Entendia o que Harrison queria dizer quando falou que não era tão importante assim. Ele não se importaria mesmo. Não tinha de ficar obsessivamente preocupado com a resposta dela, ou com a opção de ela ir ou não. Se ela fosse homem, seria muito mais bem-sucedida. Tinha certeza disso. Mas, do jeito que era, passava dias no trabalho analisando as coisas que Harrison lhe dizia. Quando falou que o fato de ela ter um peixe-dourado era interessante, Isabella perdeu uma semana de produtividade.

O que ela sabia sobre namoros, afinal de contas? Nada. Lembrou-se das aulas de educação sexual na sexta série na St. Anthony's. As meninas foram colocadas em uma sala com a enfermeira da escola e forçadas a lerem situações em um panfleto velho. "Kate e Michael estão namorando firme há um mês", dizia o livro. "Michael quer que Kate faça carinhos mais intensos, mas Kate não se sente pronta. O que você acha que ela deve fazer?"

A enfermeira tossiu para limpar a garganta, ficou corada e falou com as meninas.

— Então, alguém tem alguma sugestão sobre o que Kate deve fazer? — A sala permaneceu em silêncio. Por fim, alguém perguntou:

— O que são carinhos mais intensos?

Na outra sala, conforme contaram os meninos depois, um padre desenhou uma cúpula grande no quadro-negro.

— Vocês sabem o que é isso? — perguntou a eles. Parecia irritado e incomodado. Fez um ponto em cima do desenho. — Isso é um pênis — disse.

Foi essa a educação que recebeu? Como estaria preparada para aquilo? Não havia situação naquele livro sobre começar um relacionamento com um Harrison. Não havia dicas sobre viajar ou não com ele tão no começo do relacionamento. (Ou, se havia dicas desse tipo, elas nunca chegaram nessa parte. Porque, quando descobriram o que a expressão carinhos mais intensos significava, ficaram rindo uma semana e meia sem parar.)

— Você devia ir — disseram todas as amigas. O fato de ela não esquiar havia anos e de não sentir saudade de esquiar não era motivo de preocupação para elas. A viagem de carro até Vermont levaria quase cinco horas. Conversariam sobre o quê? Nunca haviam ficado sozinhos em um carro por tanto tempo. E se ficassem apenas em silêncio? Depois de noites sem dormir e de incontáveis conversas, ela concordou em ir. Imediatamente depois disso, sentiu-se enjoada.

*

A casa foi construída para receber o maior número possível de pessoas. A maioria dos quartos tinha dois beliches e escadas que levavam a outros quartos com sofás-cama. Já estava escuro quando chegaram, e ela ouviu gargalhadas quando se aproximou da porta. Fazia tanto frio que Isabella sentia a parte interna das narinas congelarem quando respirava. A noite parecia mais escura por terem vindo da cidade, causando tremores em Isabella. Mais do que tudo naquele momento, ela queria não estar ali. O que lhe passou pela cabeça para aceitar ir? Ela não conhecia aquelas pessoas.

Isabella deixou Harrison entrar na frente, e foi atrás fingindo procurar alguma coisa na bolsa. Havia cerca de uma dúzia de pessoas na cozinha e na sala, estavam sentadas bebendo e gargalhando. Um jogo de futebol passava na TV, mas ninguém prestava atenção.

Todo mundo sorriu e alguns disseram "oi" e "e aí?". Isabella esperou Harrison apresentá-la, e ficou parada enquanto ele apontava cada pessoa e dizia os respectivos nomes. Ela não se lembrava de ninguém.

Harrison pegou a mala dela a fim de levá-la para o andar de cima. Ela foi com ele. Foram de quarto em quarto procurando algum vazio, mas havia malas em todas as camas de casal. A única vaga disponível era um beliche no canto de um dos quartos.

— Acho que essa é nossa — disse Harrison. — Quer ficar em cima ou embaixo?

Isabella não conseguia decidir. Se escolhesse embaixo, estaria à vista de outras pessoas que dormiriam no quarto. Se escolhesse em cima, corria o risco de cair e ficar paralisada, além de acordar a casa toda.

— Hum, acho que embaixo.

— OK.

Harrison jogou as malas em cima das camas e se virou para ela.

— Está pronta pra beber? — perguntou ele. Ela assentiu e o seguiu até o primeiro andar sem falar nada.

*

Naquele fim de semana, Isabella se sentou bem perto de Harrison, segurando a sua mão e apoiando a cabeça em seu ombro, coisa que nunca fazia. Quando ele se ausentava por mais de dois minutos, ela começava a entrar em pânico por estar sozinha com aqueles estranhos. Agiu como se fosse uma pessoa diferente da que era. Harrison pareceu não perceber.

Na primeira noite, Isabella foi abordada por uma das amigas de faculdade de Harrison. Seu nome era Jocelyn. Estava bêbada e falava bem próxima a ela.

— Não conheço o meu pai — confidenciou para Isabella. — Ele nunca quis uma filha e não sei se me amou algum dia.

Estava tão próxima que os seus peitos gigantes encostavam no braço de Isabella, e respirava na bochecha dela. Será que estava flertando? Isabella sentiu vontade de chorar. Tentou fazer contanto visual com Harrison para que fosse salvá-la, mas, sempre que conseguia, ele olhava para ela com uma expressão de "estou feliz por você estar se enturmando".

No final da noite, Jocelyn lhe deu um abraço longo demais e murmurou alguma coisa sobre estar feliz em conhecê-la. Depois disse "eu amo você". Isabella estava em um hospício.

*

— A Jocelyn não é ótima? — perguntou Harrison. Estavam lado a lado no banheiro escovando os dentes. O chão gelado fez com que os pés de Isabella ficassem frios mesmo com meias. Estava bêbada, e precisou fechar um dos olhos para que os reflexos de si e de Harrison parassem de se mexer.

— Ela seria ótima se estivesse fazendo terapia — disse Isabella. Desequilibrou-se um pouco e se apoiou na pia. Harrison pegou um dos seus braços.

— Tão crítica — falou ele. Tentou fazer com que soasse um pouco como uma piada, mas ela sabia que ele estava incomodado.

Ela cuspiu a pasta de dente e lavou a escova.

— Você tem noção de que no final da noite ela disse "eu amo você" pra mim? Não é um pouco estranho?

— Ela é emotiva. Você só precisa se acostumar a ela.

— Vocês já namoraram?

Harrison riu.

— Eu não chamaria de namoro. Faz muito tempo.

Harrison fez carinho nas costas da blusa térmica dela, Isabella encostou a cabeça nele. Tudo o que queria era voltar para a cidade, para o apartamento dela ou dele, onde poderiam dormir na mesma cama.

— Boa noite — disse Harrison e foi para a cama de cima.

— Boa noite — sussurrou Isabella ao travesseiro.

*

Isabella não queria esquiar, mas a alternativa era ficar em casa o dia todo com as poucas pessoas que também não iam. Jocelyn era uma delas, então Isabella colocou a calça protetora, a calça de esqui, a camisa térmica e a jaqueta fofa. Parecia um marshmallow.

Isabella esquiou quando era mais nova, mas depois percebeu que não gostava tanto. Era assustador — até absurdo — subir em uma bugiganga de metal que levaria você montanha acima para que depois você descesse tudo de novo.

Enquanto conversavam sobre a viagem, tornou-se evidente que Harrison era um excelente esquiador. Mencionou invernos em Vail e em Beaver Creek, e esqui de primavera em Aspen. Sabia o nome dos picos preferidos e dizia coisas do tipo "a velocidade que dá pra ter no Pepe's Face é uma loucura". Isabella apenas concordava.

— Você pode ir esquiar com seus amigos se quiser — sugeriu Isabella. Ficou aliviada quando ele disse que não.

— A ideia aqui é a gente passar tempo juntos — disse, colocando o protetor de olhos nela como se fosse um dos seus irmãos mais velhos.

— OK — falou ela. — Só não acho que consigo seguir o seu ritmo. Faz tempo que não esquio.

— Não tem problema — disse ele. — Vamos começar nas azuis até você pegar o jeito.

Na segunda descida, Isabella já estava certa de que nunca pegaria o jeito. Harrison esquiou na frente, fazendo curvas na neve como um profissional. Isabella ficava virando os pés para ir mais devagar e fazia curvas enormes na neve. Sempre que sentia estar indo rápido demais e prestes a perder o controle, deixava os joelhos se dobrarem e caía na neve.

— Confia um pouco mais em você — sugeriu Harrison. — O divertido é quando você começa a ir bem rápido.

— Divertido até você cair — disse ela.

Como pôde se esquecer de que esquiar era aterrorizante? Até o teleférico dava medo quando partia chacoalhando sem nada para impedir uma queda.

— Dá pra você não balançar tanto a perna? — perguntou Isabella para Harrison. Tentou não soar em pânico.

— Tão preocupada — disse ele rindo.

O dia pareceu impossivelmente longo. A neve estava dura e as luvas de Isabella estavam úmidas do tanto que caíra. Ficou sentada no chalé para se aquecer enquanto Harrison esquiava sozinho. Quando retornou para buscá-la, Isabella tentou não parecer triste e foi com ele para as montanhas.

Isabella ficou esperando a habilidade voltar, mas as pernas se enfraqueciam e tremiam. E, quando Harrison disse "mais uma descida e vamos embora", ela ficou tão feliz que quase chorou.

Eles foram os últimos a voltar para a casa, e não havia mais água quente. Isabella tremeu com as gotas mornas e repetia a si mesma que o fim de semana estava quase no final. Todos estavam cansados de esquiar e vestiam calças de moletom e pijamas. Isabella desceu do quarto usando jeans e um suéter, e se sentiu uma idiota.

Eles fizeram as brincadeiras com álcool que são comuns em faculdades, e Jocelyn pegou Isabella para o seu time de virar-copos. Isabella sentiu-se aliviada. Esquiar não era o seu forte, mas virar-copos era. Nem se importou por Jocelyn abraçá-la sempre que o time ganhava. Achou que a moça tentava compensar Isabella por ter dormido com Harrison. De um jeito estranho e deturpado, era até fofo.

Isabella ficou bêbada e feliz. Aquelas pessoas não eram tão ruins. Levou Harrison para o meio da sala e dançou com ele. Isabella era divertida! Os amigos dele já teriam certeza disso. Ela fez com que todo mundo tomasse tequila e tentou sugerir que chupassem o sal um no pescoço do outro, mas Harrison abafou a ideia.

— Hora de dormir, menina — disse ele, carregando-a sobre um dos ombros. Ele deu-lhe um tapa na bunda, e a última coisa de que Isabella se lembrava era de Harrison tê-la abaixado no sofá porque os dois estavam rindo demais.

*

Na manhã seguinte, Isabella acordou com dor de cabeça e esperou Harrison descer a escada do beliche, mas ele continuou dormindo. O outro casal no quarto se levantou e se vestiu enquanto ela virava para a parede e fingia dormir até que eles foram embora. Permaneceu no beliche e escutou o barulho das pessoas na casa começando o dia. Escutou panelas, sentiu o cheiro de café. Ouviu a televisão sendo ligada e barulhos de torcida para algum jogo.

— Harrison, você está acordado? — sussurrou ela para a cama superior.

Isabella ouviu pequenos roncos vindos de cima. Não era típico de Harrison dormir até tão tarde. Ela saiu da cama e deu uma olhada nele. Estava dormindo de lado com a boca toda aberta. Parecia um menininho.

— Harrison — disse ela e cutucou o ombro dele. Harrison fez um som de gorgolejo e abriu e fechou a boca duas vezes, mas não acordou.

O que ela fazia ali? Vinha se perguntando isso o final de semana todo, mas naquele momento só queria chorar. Pensou em todos os lugares onde poderia estar, com pessoas que conhecia. Em vez disso, encontrava-se em uma casa de estranhos. Partes da noite anterior foram voltando a ela, e a cada flash Isabella se sentia mais e mais mortificada.

Não tinha como encarar aquelas pessoas. Harrison provavelmente nem gostava mais dela.

Ela subiu a escada e se sentou na cama aos pés de Harrison. Tentou acordá-lo durante sete minutos. Depois, deitou-se ao lado dele, de modo que ficou grudada na parede. Colocou a cabeça no travesseiro e permaneceu olhando para ele. Quando finalmente Harrison abriu os olhos alguns minutos depois, deu um berro assustado.

— Isabella, que isso? — Ele meio que se sentou e olhou em volta para tentar entender onde estava. Quando se acalmou, deitou-se e colocou um dos braços sobre os olhos. — A minha cabeça está doendo pra caralho.

Isabella gargalhou. Nunca tinha escutado Harrison falar daquele jeito. Ele descobriu o rosto e sorriu para ela.

— Ah, gostou disso? Achou engraçado? Você também não deve estar tão bem assim, Pequena Miss Tequila.

— Não fala essa palavra — avisou Isabella. A única coisa pior do que estar em uma casa cheia de estranhos era vomitar em uma casa cheia de estranhos.

Harrison sorriu e fechou os olhos de novo.

— Não acho que consigo esquiar hoje — disse ele.

— Ai, graças a Deus — falou Isabella. Estava tão dolorida do dia anterior que falar doía. — Talvez seria legal almoçar no centro?

— Isabella, não acho que consigo me mexer agora.

Harrison nunca a chamava de Iz ou Izzy. Era sempre Isabella. Sempre formal. Isso a fez pensar em Ben, em quando cantava para ela de manhã "Izzy, Isabella", beijando a sua barriga até que ela acordasse. Pensar em Ben fazia com que se sentisse solitária — uma reação inesperada. Odiava Ben. Mas pelo menos o conhecia. Não teria de ser educada com ele se estivesse ali naquele momento. Poderia mandar que se levantasse e descesse com ela. Em vez disso, estava presa ali com Harrison, que a chamava pelo nome inteiro e nunca era perverso. Era como namorar a Miss Manners.

Isabella ficou deitada ao lado de Harrison enquanto ele dormia. Ela se levantou uma vez para ir ao banheiro e comeu a barra de granola que

137

tinha na bolsa. Sentou-se na cama de baixo por algum tempo e leu o seu livro, mas não conseguia se concentrar, então subiu a escada e se deitou ao lado de Harrison de novo. Talvez realmente não o conhecesse, mas, comparado ao pessoal lá de baixo, ele era o seu amigo mais próximo, o seu aliado. Ela não sairia do lado dele.

Em algum momento depois de o sol se pôr, quando era noite novamente, Harrison acordou. Isabella estava olhando para o teto.

— O que você está fazendo? — perguntou para ela.

— Pensando — respondeu.

— Você parece uma louca — disse e riu um pouco. — Ficou aqui o dia todo?

Ela assentiu.

— Não queria descer — falou Isabella. Seus olhos começaram a se encher de lágrimas. — Não conheço ninguém, então fiquei aqui.

Harrison se virou para ela e fez-lhe carinho nos cabelos. Tudo o que ela queria era não chorar. Não podia chorar, eles não estavam namorando há tanto tempo assim. Ele a julgaria uma maluca, uma lunática.

— Desculpa — sussurrou ele bem ao lado da orelha dela.

— Tudo bem — falou Isabella. — Eles provavelmente acham que estamos transando. Ninguém veio aqui o dia todo.

Harrison sorriu.

— Então talvez a gente deva fazer o que eles acham que estamos fazendo — disse ele e se deitou em cima dela com cuidado.

— Nunca transei em um beliche — comentou ela.

— Tem primeira vez pra tudo — disse ele. — Só não cai.

*

Harrison ficou ao lado dela naquela noite, e ela se sentiu agradecida. Foram ao bar da cidade, o que também a fez se sentir grata. Ela ficou ainda mais próxima de Harrison do que na noite anterior. Alguma parte dela sempre o tocava.

— Então, quer esquiar amanhã? — perguntou. — É a nossa última chance. Além disso, acho que podemos ir a alguns diamantes.

— Com certeza — respondeu Isabella.

*

O segundo dia de esqui começou melhor. Nevou na noite anterior, então, quando Isabella caía, era em neve macia em vez de gelo. Estava um pouco mais quente também e Isabella começou até a se divertir.

Harrison ficou atento a ela o tempo todo. Era mais rápido do que Isabella, mas sempre esperava em certos pontos para deixar que ela o alcançasse. Era uma montanha grande, com bifurcações e curvas diferentes que poderiam ser tomadas. Harrison sempre mostrava o caminho que fariam no mapa antes de descerem.

Na última descida do dia, Harrison quis experimentar alguma coisa diferente. Isabella se sentia mal por tê-lo mantido em uma montanha mais fácil, portanto, concordou. Eles desceriam na gôndola duas paradas adiante e esquiariam em uma pista azul, depois uma preta, e terminariam em uma azul.

— É fácil, está vendo? — disse Harrison passando o dedo no mapa. — É só ficar na direita e você sai na próxima descida. Vou esperar por você no topo de cada pista.

Isabella concordou. Estava com frio de novo e pronta para que o dia terminasse. Apenas mais uma descida e o dia inteiro terminaria bem.

O segundo teleférico era mais alto do que os outros em que estiveram. Parou no meio da montanha, e Isabella começou a ver tudo escuro.

— Está com medo? — perguntou Harrison.

Isabella assentiu e Harrison apenas riu. Achava engraçado mesmo. Ela sentiu como se estivesse morrendo. O metal estalou e deu um solavanco, e o teleférico voltou a se mover. Isabella ficou esperando o banco inteiro cair lá embaixo, e se surpreendeu quando saíram no topo da montanha.

— Certo, lembra o caminho? — perguntou Harrison. Colocou os óculos e sorriu para ela. Isabella assentiu. Quase acabando. Estava quase acabando.

Começaram a descer e tudo ia bem. Isabella se acostumara às pistas azuis e o tanto de neve que ela jogava nas curvas não era mais uma quantidade constrangedora. Ela até se permitiu ir um pouco mais rápido em alguns momentos. Terminou a descida e esquiou até Harrison.

— Ótimo — disse ele. — Pronta pra próxima?

Ele já estava em movimento antes mesmo de terminar a frase. Havia lombadas no topo da pista e Isabella hesitou. Viu Harrison voando montanha abaixo, e um segundo depois ela estava na pista, deslizando pelo monte íngreme. Um dos esquis saiu do pé dela e tudo o que viu foi um borrão preto quando bateu no chão. Esbarrou em outro esquiador e os dois se embaralharam, diminuindo a velocidade até pararem.

— Você está bem? — perguntou o cara. Ela assentiu. — Então toma cuidado na próxima vez. Você não devia estar nesta descida se não consegue lidar com ela — disse ele, e depois se levantou e saiu esquiando.

Isabella ficou sentada na neve. Tinha apenas um esqui e não conseguia nem ver onde o outro estava. Aquele cara foi tão babaca, pensou ela enquanto subia a montanha andando. Que babaca. Eles podiam ter morrido. Não foi culpa dela totalmente, foi? Não, ele entrou no seu caminho.

O tempo todo enquanto subia a montanha e lutava para colocar o esqui que lhe escapara, Isabella agradeceu a Deus por Harrison não ter visto aquilo. Seria mortificante. Ela foi até o topo se arrastando e prendeu a bota no esqui de novo. Ficou sentada um tempo para se reorganizar e depois se levantou. Tinha de esquiar para baixo. Não havia outra maneira de sair da montanha. Estava um pouco abalada, mas se manteve à direita. Foi o que Harrison disse que ela precisava fazer.

Ela esquiou montanha abaixo e não viu Harrison nem uma vez. Talvez ela tivesse levado tempo demais depois da queda. Esquiou até o chalé e destravou os esquis. Chega.

Isabella entrou toda desengonçada no chalé com as botas de esqui e ligou para Harrison.

— Cadê você? — perguntou ele quando atendeu. — Estava ficando preocupado.

— Estou no chalé — disse ela. — Eu caí.

— Estou no chalé também — falou ele. — Cadê você?

— Estou no lado direito da cantina.

— Não estou vendo você.

Isabella procurou Harrison e então percebeu que aquele chalé parecia bem diferente.

— Hum, Harrison, acho que estou em outro lugar. A placa diz Blackbear Lodge. Você sabe onde fica isso?

Harrison ficou em silêncio um instante.

— Isso é no outro lado da montanha. Como você foi parar aí?

Isabella sabia que ele estava rindo. Os olhos dela começaram a se encher de lágrimas de novo.

— Não sei! Onde estou?

— Fica aí, tá? Vou buscar você — disse Harrison, desligando.

Isabella mancou até o balcão e pediu chocolate quente. Havia começado a chorar discretamente, o que fez o nariz escorrer ainda mais. O atendente era um estudante que parecia com medo dela. Deve ter ficado em pânico ao imaginar que ela poderia decidir conversar com ele e lhe contar seus problemas.

Ela pegou o máximo de guardanapos que pôde e voltou para a mesa com o chocolate quente. No caminho, derramou o líquido quente na mão. Agora as lágrimas começaram de novo. Ela era patética. Era uma pessoa patética.

Isabella estava assoando o nariz quando Harrison entrou.

— Olá — disse ele. — Achei a minha pequena Rand McNally.

Isabella gargalhou e depois voltou a chorar. Não conseguia parar. Agora era realmente o fim deles. Harrison veria que ela era louca e teria de terminar com ela. Mas eles precisariam voltar juntos de carro para a cidade. Era um pesadelo.

— Ei, que houve? — Harrison pegou uma cadeira e segurou a sua mão.

— Nada — disse ela secando o rosto com as costas da outra mão. — Nada, é idiotice. Só estou muito cansada e fiquei com tanto frio. E estou com vergonha por ter me perdido.

Harrison riu com carinho e se aproximou para dar um beijo na bochecha dela.

— Foi só isso? Você vai ficar bem, minha esquiadora. Minha esquiadora perdida.

Isabella riu e se sentiu boba por estar chorando.

— Então, como a gente faz pra sair daqui?

— Temos que subir no teleférico e esquiar pro outro lado da montanha. Mas é uma boa descida — disse ele rapidamente.

— Não sei se consigo voltar pra lá — falou ela.

— Bem, posso ir sozinho, esquiar até o chalé principal e pegar o carro, mas vai demorar um pouco.

Isabella encostou a cabeça para trás.

— Olha — começou Harrison e tossiu para limpar a garganta —, estou muito feliz por você ter vindo este fim de semana.

Isabella ergueu a cabeça e olhou para ele.

— Jura?

— Sim — respondeu. — Realmente gosto de você, sabia?

Isabella sorriu para ele.

— Deve ser por causa das minhas habilidades com o esqui — disse ela.

— Deve ser. E então? Quer encarar a montanha? Prometo não balançar o teleférico — falou ele, com a mão direita para cima.

142

Isabella se sentia cansada e com frio, não queria esquiar e ainda estava com medo da subida no teleférico, mas ficar sentada ali esperando sem fazer nada enquanto Harrison buscava o carro pareceu ridículo. Não podia ser tão ruim, não é?

— Está com disposição? — perguntou ele com expressão de esperança.

— Estou — respondeu ela. — Tá, vamos lá.

O dia em que capturaram os pombos

$\mathcal{B}$ridget Carlson era o tipo de amiga da qual você não conseguia se livrar. Podia tentar — ignorar os e-mails dela, deixar que as suas ligações caíssem no correio de voz, mudar-se para outra cidade, deixar que o aniversário dela passasse em branco, deletar o número do celular —, mas ela acharia você. Era, no mínimo, persistente. Rastreava novos endereços, novos telefones, novos e-mails, e com suas garras traçava o caminho de volta para ter contato com você até que não tivesse outra escolha, a não ser reconhecer a presença dela.

Foi assim que Cate se viu, mesmo sabendo que não era sensato, concordando em almoçar com ela. Durante semanas, Bridget ficou deixando mensagens no correio de voz dela. "Caitlin, sou eu", diziam as mensagens. "Estou indo pra Nova York e a gente vai se encontrar, nem que seja a última coisa que vamos fazer. Já faz tempo demais." As mensagens soavam como ameaças. No mínimo, podiam ser vistas como assédio leve. O celular de Cate tinha uma nova mensagem quase todos os dias, e então de alguma maneira Bridget descobriu o número do trabalho de Cate e começou a ligar para lá também.

— Por que você não está atendendo ao telefone? — perguntou Isabella. Cate olhava para o número no identificador e deixava o telefone tocar e tocar.

— É uma garota da faculdade — disse Cate. — Ela não me deixa em paz.

— É amiga? — perguntou Isabella.

— Não exatamente — respondeu Cate. — Mais ou menos. Mas não, não exatamente. Eu só tenho que esperar até a viagem dela acabar e aí ligo de volta.

E então, certo dia, o identificador mostrou "número privado" e Cate atendeu.

— Peguei você — disse Bridget no outro lado da linha. — Caitlin Johnson, que pessoa difícil de se achar. Você tem que me encontrar pra um almoço! — Cate ficou tão surpresa que disse apenas "tudo bem".

— Tenho um almoço marcado com uma pessoa — disse Cate para Isabella.

— Snowy vai matar você — falou Isabella.

Cate pensou nisso. Snowy havia passado a maior parte da manhã berrando com ela.

— Três anos! — berrou ela. — Tem três anos que você trabalha aqui e não sabe fazer nada! — Sim, Snowy provavelmente a mataria.

— Tenho que ir — disse Cate. — Já prometi.

— É a perseguidora? — quis saber Isabella. Franziu os olhos como se tentasse entender.

— É, mas preciso me livrar disso logo.

— É o seu funeral — disse Isabella. — Temos reunião às 15h, não esquece.

— Não vou esquecer — falou Cate. Pegou a bolsa e foi até a porta. — Volto em uma hora — disse por cima do ombro.

*

Cate conheceu Bridget no primeiro dia da faculdade quando Bridget bateu na porta dela durante a orientação.

145

— Oi — chamou ela. — Caitlin ou Maya, vocês estão aí? — Cate estava sozinha no quarto colocando calcinhas no armário. Antes que pudesse responder, a maçaneta girou e Bridget foi entrando. — Oi — disse ela. — Estou só passando pelos corredores pra me apresentar pras pessoas. Os nomes estão nas portas, então é totalmente fácil. Você é Caitlin ou Maya?

— Caitlin — respondeu ela —, mas todo mundo me chama de Cate.

Bridget pulou na cama de Cate e se esparramou, encostou-se no travesseiro e colocou os braços acima da cabeça.

— Amo o nome Caitlin — disse ela. — Super vou chamar você de Caitlin.

Bridget era baixa, tinha peito grande e voz rouca que dava a impressão de que ela tinha ido a uma festa ótima na noite anterior. Era mandona e feliz. Foi meio irritante desde o começo, mas Cate se sentia tão solitária naqueles primeiros dias que teria vendido a alma para entrar com alguém no refeitório. Elas se tornaram inseparáveis na primeira semana de aulas, mas, com o passar dos anos, as duas conheceram outros amigos e os seus caminhos lentamente se afastaram. Bridget estava sempre disponível, é claro. Elas se encontravam de vez em quando, e se convidavam para festas que davam. Cate sempre aceitava quando Bridget a convidava para algum lugar. Sentia que devia alguma coisa para ela por aqueles primeiros dias na faculdade.

E Bridget não era uma pessoa má. Não exatamente. Era apenas, à sua maneira, exaustiva. Nunca relaxava, nunca se sentava com calma. Estava sempre na ponta das cadeiras interrompendo as histórias dos outros para contar as suas. Quando você perguntava para Bridget como ela estava, as coisas estavam sempre *incríveis, maravilhosas, perfeitas!* Quando ela perdeu o emprego, ficou *animada pelo tempo livre para explorar outras oportunidades.* Quando estava em um relacionamento, ficava *loucamente apaixonada,* e, quando levava um pé na bunda, sentia-se *feliz por viver a vida de menina solteira e se conhecer de verdade.*

Era enfurecedor vê-la jorrando a sua felicidade, a sua alegria absoluta por ser quem era. No começo você poderia até achar que ela estava encenando. O mais irritante, entretanto, é que você acabava percebendo que ela acreditava em tudo que falava. Na faculdade, Bridget sempre presumia que havia sido convidada para tudo. Ouvir alguém falando sobre uma festa já significava que, com certeza, ela ia. Bridget nunca imaginava que as pessoas talvez não a quisessem por perto. A ideia simplesmente nunca lhe passava pela cabeça.

Quando voltou do semestre em Londres, começou a falar com uma variação britânica estranha na voz.

— Esse *lift* — dizia enquanto esperava pelo elevador — está demorando uma eternidade. — Dava vontade de dar um soco nela.

Sendo sincera, porém, havia um motivo para Cate manter contato com Bridget, e o motivo era este: a sua falta de realidade fascinava. Escutá-la contando histórias era hilário e aterrorizante ao mesmo tempo. Quando o namorado a traiu, Cate ofereceu consolo, mas Bridget balançou a cabeça.

— Dá pra acreditar — disse ela — que ele tem tanto medo de estar apaixonado por mim que me traiu?

Cate guardava essas histórias no cérebro, arquivando-as para contar às amigas mais tarde. Tinha um catálogo completo de histórias da Bridget para usar em festas. Eram inacreditáveis. A garota era totalmente insana. O fato de saber que, mesmo estando confusa e mesmo cometendo vários erros, a sua loucura não chegava nem perto da de Bridget reconfortava Cate.

*

No começo de outubro, ela foi se encontrar com Bridget. Era um daqueles dias quentes de outono em Nova York em que todo mundo fica nas ruas sem jaquetas e tenta sugar ao máximo o resquício de sol. Não havia nuvens no céu e todos pareciam felizes. Conforme Cate caminhava por entre aquelas pessoas sorridentes, sentia-se ansiosa. Sabia que devia ter ficado no trabalho, mas disse a si mesma que Bridget a perseguiria até encontrá-la. Melhor terminar com isso logo, pensou.

No começo do quarteirão, Cate já via Bridget sentada em uma mesa externa do restaurante com óculos de sol e um xale. Ela sabia que a colega se sentia uma estrela de cinema. Estava com o rosto voltado para o sol e tinha o sorrisinho feliz de uma pessoa perfeitamente satisfeita. Quando Cate se aproximou, viu que havia duas taças de vinho branco na mesa e sentiu-se imediatamente aliviada. Seria muito mais fácil lidar com aquele almoço tomando álcool.

Bridget gritou assim que a viu, o que fez com que todo mundo se virasse e olhasse, deixando Cate extremamente constrangida.

— Caiiitliiin! Nossa, tudo bem? — Bridget escancarou os braços para um abraço e beijou as duas bochechas de Cate. Isso seria um pouco pretensioso para qualquer pessoa, mas Bridget era de Pittsburgh, o que tornava a coisa toda absurda.

Bridget colocou os óculos sobre a cabeça de maneira teatral e se inclinou para trás gargalhando.

— Que maravilha ver você! Nem acredito. Você está ótima! Pedi vinho pra gente. Sei que é dia de trabalho pra você, mas achei que a gente precisava comemorar. Um diazinho bebendo não faz mal a ninguém, né?

Como sempre acontecia com Bridget, Cate mal falou. A moça tagarelou sobre o novo emprego e revelou que estava escrevendo um livro de memórias nas horas vagas.

— Sempre fui uma ótima escritora — disse ela. — Tem muita gente interessada em ler o meu livro quando estiver pronto. Então vamos ver! Talvez eu arrume um contrato fabuloso até o final do ano — comentou ela, rindo. — E então, como você está? — perguntou. Mas, antes de Cate conseguir responder, Bridget começou a descrever como redecorara o apartamento, como parecia ter um dom para escolher cores e móveis antigos que simplesmente combinavam.

Pediram uma segunda taça de vinho e Cate bebeu enquanto Bridget contava sobre a aula de culinária que estava fazendo. Depois contou sobre a viagem que planejava à Itália.

— Eu me sinto tão sortuda — disse ela. — Ter um emprego que amo e que paga o suficiente pra eu fazer outras coisas que amo. Tem noção de como isso é raro?

— Tenho — respondeu Cate.

Bridget suspirou e deu um gole no vinho.

— Caitlin — disse ela. — Tem mais uma coisa que quero contar a você.

— É mesmo? — perguntou Cate.

— É — respondeu ela. — Queria contar que estou namorando o Jim.

— Jim?

— Você sabe, o Jim da faculdade. Acabou que ele trabalha perto do meu prédio em Boston e a gente se esbarrou em um happy hour. E aí você já sabe... não prestou! — Bridget ergueu as sobrancelhas repetidas vezes e fez um bico, gargalhando alto em seguida. — Ah, não, não fica tão chocada! Olha, eu queria contar porque sei que você e o Jim tiveram um lance na faculdade — disse Bridget e deu outro gole no vinho. De repente, tornou-se séria. — Assim, a faculdade foi há um milhão de anos! E eu sabia que você não ia ligar, mas mesmo assim quis contar em pessoa. Você sabe como as meninas podem ser chatas com essas coisas.

— É — falou Cate. — Sei.

— Ah, sabia que você não ia ligar! Falei pra ele que você não se importaria. Os meninos são tão bobos, não são?

— Então, há quanto tempo vocês estão, hum, juntos?

— Quase um ano. Bem, uns nove meses. Queria ter contado mais cedo, mas nós duas estamos tão ocupadas que mal nos falamos!

— Eu sei — disse Cate e ergueu a mão para que o garçom trouxesse mais uma taça de vinho.

— Ah, você é tão safadinha — falou Bridget dando risadinhas.

— E está sério? — perguntou Cate. Ela se sentiu aérea e teve de se esforçar para manter a voz serena.

— Sim — disse ela. — Está sério, sim.

— Mas tem só nove meses, né?

— Sim, tem. Mas ele já está procurando alianças.

— O quê?

Bridget fez uma cena tapando a boca e arregalando os olhos.

— Olha como eu sou — disse ela. — Não consigo manter um segredo na vida! Mas só entre mim e você? É verdade.

Cate pegou o copo de água que haviam servido e bebeu tudo em um gole só. Achou que, se parasse, tacaria o copo no chão. Jim. Jim? Jim e Bridget? Isso não fazia sentido. Ela estava inventando aquilo. Talvez Bridget fosse mais louca ainda do que Cate já sabia. O garçom levou mais uma taça de vinho. Cate pegou a taça e começou a beber como se fosse água. De repente estava morrendo de sede.

— Nós vamos pra Itália juntos, e sei que ele vai propor lá — disse Bridget.

— Jura?

— Sério — falou ela. — Não é romântico?

Jim era o tipo de pessoa em quem Cate ainda pensava, a pessoa que a sua mente acessava quando as coisas iam mal. Era bobeira e ela sabia disso. Obviamente, eles jamais voltariam, mas ela ainda gostava de pensar "e se...?". Cate sabia que Jim namoraria outras pessoas, pensou até na possibilidade de ele se casar cedo. Mas com Bridget? Não. Com Bridget, não.

— Caitlin — disse ela. — Caitlin, isso está incomodando você? Ai, não foi a minha intenção.

Cate balançou a cabeça.

— Ninguém me chama de Caitlin. Sabia disso? Nenhuma outra pessoa neste planeta me chama de Caitlin.

— Eu sei — respondeu ela. — É uma coisa nossa. Amo o nome Caitlin!

Cate saiu do restaurante às pressas. No meio do nada, sentiu a necessidade de sair dali.

— Tenho que voltar pro trabalho — disse ela jogando algum dinheiro na mesa. — A minha chefe está em guerra comigo. — Bridget estava falando alguma coisa, mas Cate não ouvia. Ela se levantou e a cadeira

150

bateu na mesa de trás. — Desculpa — murmurou Cate. — Desculpa, desculpa — disse enquanto passava por entre as mesas. Virou à esquerda na rua e andou rapidamente por algumas quadras até se dar conta de que não fazia ideia de onde ficava o metrô.

Cate parou por um segundo na frente de um pequeno parque e apoiou a cabeça no cercado para organizar os pensamentos. Havia um homem alimentando pombos. Cate o observou jogando sementes para aqueles pássaros imundos. Eles se reuniam em torno dele, bicando o chão. Que nojo, pensou ela. Que nojo deixar essas criaturas nojentas se aproximarem de você.

E então aconteceu. Cate não percebeu, mas havia uma rede no chão. O homem se abaixou e, com um movimento rápido, capturou todos os pombos. Pegou a rede cheia de pombos, foi até uma van branca, entrou na traseira e foi embora.

Cate olhou em volta e esperou que alguém mais reagisse na rua para que parassem aquele homem. O que ele estava fazendo? Estava roubando pombos! As pessoas passaram por Cate na calçada, ela tentou fazer contato visual com alguém, mas elas continuavam andando. Ninguém ligava. Ninguém nem notou. "Ninguém viu o cara?" quis berrar. "Tem um ladrão entre a gente!" Mas não berrou. De qualquer maneira, ninguém teria escutado.

Voltou ao trabalho suada e desorientada. Isabella levantou a cabeça quando ela foi até a sua mesa.

— O que houve com você? — perguntou. Cate balançou a cabeça e pegou a garrafa de água que havia deixado na mesa. Abriu a tampa e fez um sinal com o dedo para que Isabella esperasse enquanto ela bebia quase tudo.

— Você não vai acreditar em mim — disse quando terminou —, mas tem que acreditar.

— Você está bêbada? — perguntou Isabella.

— Não — respondeu Cate. — Tomei um pouco de vinho, mas, escuta, eu tenho que contar uma coisa. E você tem que acreditar.

— Snowy vai surtar se você não estiver pronta pra reunião. É daqui a vinte minutos, sabia...

— Eu sei, mas me escuta! Escuta. — Cate contou sobre os pombos. Descreveu o homem que os coletou e os levou embora. Isabella escutou, erguendo as sobrancelhas várias vezes no decorrer da história.

— Por que alguém roubaria pombos? — perguntou quando Cate acabou.

— Não sei — disse. — É doido, não é?

— É — respondeu Isabella. — Loucura.

— Mas você acredita em mim, não acredita?

— Cate, você está bem?

— Estou. Só estou dizendo que foi a coisa mais estranha do mundo. Ele simplesmente pegou todos como se fosse o papel dele. Como se tivesse sido mandado ali para fazer aquilo.

Isabella deu de ombros.

— Talvez seja isso — disse ela. — Talvez trabalhe pra prefeitura.

— Não — falou Cate. — Pensei nisso. A van não tinha a logo.

Isabella suspirou.

— Certo, então era só um maluco qualquer. Por que você está tão preocupada?

— Não é certo — disse Cate. — Não é certo as pessoas simplesmente roubarem pombos em plena luz do dia.

— Eles são nojentos — falou Isabella. — Eu acho que qualquer pessoa que queira sumir com pombos pode mandar ver.

— Mas você acredita em mim, né? Você sabe que eu estou falando a verdade?

— Sei — respondeu Isabella. — Acredito em você. Dá pra gente revisar as coisas da reunião agora?

— Dá — falou Cate. — Claro, vamos lá.

— Cate, tem certeza de que está bem? Aconteceu mais alguma coisa? — perguntou Isabella.

— Não — disse ela. — Estou bem. Vamos acabar com esse negócio logo, tá?

*

Cate começou a escrever um e-mail sobre Bridget para as amigas, mas não avançou muito. Não era uma vergonha o ex-namorado dela estar namorando Bridget Carlson? Ela olhava para a frase que havia digitado e a apagava. Decidiu que sim, era uma grande vergonha. Ficou olhando para o computador e tentou imaginar quanto tempo demoraria até que todo mundo descobrisse sobre Bridget e Jim. Conhecendo Bridget, ela provavelmente estava postando a notícia no Facebook naquele instante. O status dela talvez mudasse para "Bridget Carlson está loucamente apaixonada por Jim". Cate se perguntou se Bridget tinha um blog. Não mencionou isso, mas, se existia alguém que entupiria o mundo com informações inúteis sobre a sua vida, esse alguém era Bridget. Aquele almoço provavelmente entraria para o livro de memórias de Bridget.

Isabella lançou olhares desconfiados para em Cate a tarde toda. A colega tentou ignorá-la. Em determinado momento, começou a contar para Isabella o que havia acontecido, mas ela não conhecia Bridget, então não tinha como saber a extensão da catástrofe. Cate tentou, porém não conseguiu fazer com que as palavras saíssem.

Isabella salvou Cate na reunião, falando pelas duas e agindo como se Cate tivesse participado do trabalho que ela fizera.

— Obrigada — disse Cate quando voltaram para suas respectivas mesas.

Isabella apenas deu de ombros e balançou a cabeça.

— Claro — falou ela. — Imagina.

Isabella estava sempre tão séria. Lembrava a Cate constantemente que era mais velha, e dizia coisas do tipo "quando eu tinha a sua idade" e "você vai entender daqui a alguns anos". Sempre que Cate falava para ela se acalmar, Isabella respondia "não tenho mais tempo pra ficar de bobeira". Era apenas três anos mais velha do que Cate, mas agia como se tivesse 100 anos de idade. Se Cate contasse a ela sobre Bridget e Jim, havia uma boa chance de Isabella balançar a cabeça e dizer "essas crianças de hoje em dia".

O telefone de Cate não parou de tocar o resto da tarde, mas ela se recusou a atender.

— O que está rolando? — exigiu Isabella.

— Estou apenas tentando evitar uma ligação.

— É a perseguidora? — perguntou Isabella. — Por que você não olha o identificador?

— Não. Você não conhece essa garota. Ela pode estar ligando de outro número.

— Entendi — disse Isabella. Mordeu o lábio e sua expressão demonstrou preocupação. — Sabe de uma coisa, fiquei pensando nos pombos.

— Ficou? — perguntou Cate.

— Tipo, você está certa. Pode ter sido só um homem aleatório roubando os animais.

— Eu sei — disse Cate. — Mas por que ninguém parou ele?

Isabella ergueu os ombros.

— Às vezes eu acho que, se você fizer alguma coisa com confiança em Nova York, consegue fazer qualquer coisa. Se fingir que tem autoridade, as pessoas nunca questionam você.

— Acho que você tem razão. — Cate engoliu a saliva, olhou para o computador e começou a digitar.

*

Cate saiu do trabalho e ficou de pé na esquina esperando o ônibus. Um pombo caminhava em sua direção, balançando a cabeça para cima e para baixo. Cate esperou que o bicho parasse e voltasse, mas ele continuou indo. Estava de bico aberto como se fosse mordê-la. Kate deu um chute no ar e foi para trás, mas o pombo apenas bateu as asas para ela. As pessoas no outro lado da rua ficaram olhando para ela com expressões estranhas. O pombo continuou se aproximando e Cate se perguntou se era um pombo com raiva. Existia isso? Ela chutou de novo e berrou "ecaaa!". Finalmente, o bicho foi embora. "Vai se foder", disse Cate para as costas do bicho. Ela poderia jurar que ele se virou e olhou para ela.

— Melhor ter cuidado — falou ela. — Tem gente por aí que pode levar você. — O homem que estava ao lado dela deu dois passos para longe.

Cate parou no caminho de casa para comprar uma garrafa de vinho, abrindo-a assim que chegou no apartamento. Colocou um pouco em uma taça e deu um gole antes mesmo de tirar a jaqueta. Não conseguia ver lógica naquilo, independente de quantas vezes tentasse.

— Bridget e Jim — disse em voz alta. — Bridget e Jim.

Finalmente, depois de duas taças de vinho, pegou o telefone e ligou para a amiga Julia.

— Você não vai acreditar nisso — disse Cate. — Almocei com a Bridget hoje. Eu sei, eu sei, ela é uma louca. Mas escuta o que ela me contou. Ela está obcecada com o Jim e está perseguindo ele. Isso, esse Jim. Eu sei, é maluca. — Cate tomou outro gole do vinho e sorriu. — Acho que ela está conseguindo — falou Cate. — Você sabe como ela é. Eu sei, eu sei. Dá quase pena dele. Coitado.

Os chás

— Andar de costas no trem me deixa enjoada — disse Lauren. Todo mundo a ignorou. Estavam no assento para quatro pessoas no Long Island Rail Road, umas de frente para as outras com os joelhos se tocando. — Estou falando sério, gente, talvez eu vomite. Sempre fico enjoada quando viajo de costas.

— Você está enjoada porque tomou umas 45 vodcas ontem à noite — falou Mary. Inclinou-se para a frente e cheirou. — Você está com cheiro de quem acabou de tomar uma dose. Estou falando sério. Dá pra sentir o cheiro do álcool no seu bafo.

— Por favor, para — pediu Lauren fechando os olhos e encostando a cabeça para trás. — Será que alguém pode trocar de lugar comigo?

— Tudo bem, eu troco — disse Isabella.

Elas se levantaram e se seguraram pelos cotovelos, virando-se até estarem nos lados opostos. Lauren derrubou o café de Mary quando se sentou e Mary falou vários palavrões. O humor geral não era dos melhores. Estavam a caminho de Long Island para um chá de panela e sentiam-se irritadas.

— Isso não está ajudando — comentou Lauren e se inclinou para a frente a fim de descansar a cabeça no colo. — Odeio Long Island.

— Não brinca — disse Isabella.

*

A amiga Kristi tinha noivado. Elas sentiam-se felizes por ela. Todas eram madrinhas de casamento, mas estavam cansadas de comemorar.

Kristi realmente vestia a camisa do papel de futura esposa. Nunca dizia coisas do tipo "vamos falar sobre alguma coisa que não seja o casamento" ou "vocês não precisam comprar um presente pra cada festa". Queria toda a atenção e todos os presentes. Era o momento dela, ficava lembrando às amigas, como se representasse algo que ela conquistara.

Era o sexto chá de panela de Kristi. Primeiro, o lado materno da família fez um chá de panela com o tema "Momento do Dia". Cada uma recebeu um momento do dia e tinha de comprar um presente que combinava com ele. Isabella tirou 2h da manhã.

— O que vou comprar pra eles pras 2h da manhã? — perguntou Isabella a todas as amigas. Sentiu-se agoniada, ignorou a sugestão de Lauren de comprar algemas para o casal, e finalmente comprou roupa de cama.

O segundo chá de panela de Kristi foi organizado pelo lado paterno da família. (Lado excluído do primeiro chá de panela por causa de alguns dramas familiares que não interessavam aos noivos.) Foram até Rhode Island para se sentaram em uma sala minúscula e ficarem ouvindo a tia de Kristi reclamar por não ser convidada para o outro chá de panela.

— Ela podia ter ficado com o meu convite — sussurrou Mary para Isabella.

O terceiro chá de panela de Kristi foi oferecido pelos padrinhos do noivo. Todo mundo devia comparecer com um par a fim de ajudar no estoque de bebidas, e levar uma garrafa de álcool e copos.

— Que tipo de padrinhos faz chá de panela? — perguntou Lauren.
— Eles são gays? Nunca ouvi falar nisso. E sabe de uma coisa? Não vou.

Não tenho um par e preciso do álcool muito mais do que ela. — Lauren acabou indo à festa e bebendo quase toda a garrafa de licor que levou. — Preciso mais do que ela — repetia.

O quarto chá foi oferecido pelas amigas de trabalho de Kristi, e ela insistiu que todas fossem.

— Preciso das minhas madrinhas lá — disse.

— Por quê? — perguntou Lauren. — Pra limpar a bunda dela?

O quinto chá de panela aconteceu porque Kristi ficou dizendo que "ninguém acredita que as minhas madrinhas não vão fazer um chá pra mim". Fizeram um brunch no apartamento de Mary para calar a boca de Kristi.

— É só rosquinha? — quis saber quando viu a comida. Quando abriu o presente que deram para ela, perguntou: — De quem é esse? Ah, de todo mundo? Tem outra parte? Não? Só isso? OK.

Agora estavam a caminho de Long Island para o sexto chá de panela da Kristi, e a paciência delas estava no fim.

— O grupo de bridge da minha mãe quer organizar um chá — disse Kristi quando contou sobre a festa. — Eu simplesmente não podia dizer não!

O negócio é que Kristi não era a primeira amiga delas a se casar. Já haviam participado de casamentos de amigos de onde cresceram, amigos da faculdade, amigos do trabalho. Toda vez que tinham certeza de que havia acabado, outra pessoa noivava. E tudo o que isso significava era que continuariam a passar os fins de semana em chás de panela.

Eram boas madrinhas nos chás. Iam até Long Island e até os subúrbios de Nova York de vestidos pastéis, carregando presentes. Vibravam com panelas de aço inoxidável e bandejas floridas. Juntavam fitas e faziam buquês com pratos de papel enquanto anotavam quem deu a torradeira para a noiva e quem deu *The Cupcake Cookbook*. Horrorizavam-se quando alguma fita de presente partia-se ao meio — "Agora já são seis bebês", avisavam com sorrisos e sobrancelhas erguidas. Quando taças de margaritas eram desembrulhadas, sempre diziam "a gente vem visitar pra usar essas taças", e as mulheres mais idosas do chá caíam na gargalhada. Preparavam jogos, arrumavam cronômetros e organizavam questionários intitulados "você conhece bem a noiva?".

Conforme os casamentos aconteciam cada vez mais, era difícil ser agradável. Depois de irem a cinco chás de panela, a novidade acabou. Quando chegou no de número 15, não aguentavam mais ficar catando papel de embrulho. E, depois de vinte chás, estavam simplesmente exaustas. Quem no mundo precisava de máquina de fazer sorvete? Por que alguém gostaria de ter uma panela de fritura em imersão? E onde os casais felizes (que viviam em apartamentos minúsculos em Manhattan) guardariam 24 taças de vinho e uma máquina de fazer pão?

O trem parou na estação, e elas todas se levantaram e saíram em silêncio. Ficaram de pé sob o sol por um momento.

— O dia está muito lindo hoje — disse Mary. Lauren foi até uma lata de lixo na plataforma e vomitou.

— É — concordou Isabella. — Está muito lindo.

*

Enquanto Kristi abria batedeiras e jogos americanos, Lauren e Isabella foram discretamente para a área fumar um cigarro.

— Aposto que ela vai engravidar rapidinho — disse Lauren. Estava bebericando o seu terceiro coquetel com champanhe e já se sentia bem melhor.

— Por quê? — perguntou Isabella.

— Porque então ela vai ter motivo pra que todo mundo dê mais presentes. A gente vai ter que organizar chás de bebê também, conversar sobre gravidez e depois cuidar do pirralho.

— Que fofo — disse Isabella. Deu uma olhada pelas portas corrediças de vidro para checar se alguém sentia falta delas. Mary havia sido capturada e escolhida para registrar todos os presentes, e vasculhava a sala para encontrá-los. Parecia enfurecida e Isabella se sentiu mal, mas antes Mary do que elas. Abby construía o buquê com as fitas que Kristi lhe entregou enquanto rasgava os embrulhos. Ela estava de cabeça baixa como uma criança em trabalho escravo. Kristi havia ficado na dúvida se devia convidá-la para ser madrinha.

— Quer dizer, sei que ela vai ficar honrada — disse Kristi —, mas talvez seja demais porque o casamento dela foi cancelado não tem muito tempo. Não quero que ela seja a madrinha deprimida. — Abby foi a todos os chás de panela e levou tudo na esportiva. E agora lá estava ela passando fitas por pratos de papel. Levantou a cabeça e viu Isabella no outro lado da porta. Seus olhos pareciam feridos, como se acreditasse que Kristi se casava apenas para puni-la. Abby deu um ligeiro sorriso para Isabella e continuou movendo os dedos, girando e tentando fazer aquela droga de chapéu de fitas. Isabella tentou sorrir em resposta, mas depois teve de virar o rosto.

— Isso está ficando ridículo — disse Lauren. Estava de mau humor. — É o meu quinto casamento neste ano. E pra mim já chega. Mas o que eu não entendo é por que tantos chás de panela pra uma pessoa. E por que é necessário terem temas? Por quê? Só pra torná-los mais chatos do que já são?

Isabella fez um "shhh" e deu uma olhada na sala para se certificar de que ninguém estava escutando. O tema daquele chá era "Coisas Que Eu Amo". Todas receberam convites com o seguinte dizer: *Girls in white dresses with blue satin sashes, snowflakes that stay on my nose and eyelashes!* Não deixe de vir comemorar com a nossa futura noiva Kristi Kearney. Traga uma das coisas que você ama!".

— Devia ter trazido cigarro pra ela — disse Lauren, pensativa. Deu mais um trago e jogou a bituca no chão. — É uma das coisas que eu mais amo. Graças a Deus tenho cigarro hoje. Kristi está sendo um pesadelo, né?

Isabella não tinha nada para dizer. Não achava Kristi uma pessoa má, ainda que ela agisse como se fosse.

— Talvez esteja só estressada — comentou Isabella. Vinham conversando sobre Kristi havia meses. Se o casamento não chegasse logo, elas teriam de deixar de ser amiga dela.

Na noite da festa de noivado, a tia-avó de Todd faleceu. Falou-se em remarcar a festa, e Kristi foi conversar com as amigas chorando.

— Esperei muito mesmo por isso — disse ela. — Como eles podem fazer isso comigo?

— Mas uma pessoa morreu — falou Lauren.

— Só acho que ainda dá pra fazer a festa. Quer dizer, a festa é pra mim — disse Kristi. Levou as mãos à cabeça e as amigas ficaram se olhando. E depois continuaram bebendo.

A festa acabou acontecendo. E, mais tarde, Kristi ainda diria que foi uma pena a morte da tia desanimar todo mundo.

— Senti como se não pudesse ficar realmente tão feliz quanto queria, sabe? Como se eu precisasse me controlar pra ter o comportamento certo. Foi muito injusto.

— Vocês acham que ela precisa de remédios? — perguntou Mary depois. Ninguém riu.

Ficaram esperando que parasse, esperando que Kristi percebesse que estava agindo igual a um monstro. Na despedida de solteira dela, chorou quando uma das amigas anunciou que estava grávida.

— Só queria que a noite fosse em torno de mim — lamentou.

Quando Lauren contratou uma mulher para vender brinquedos sexuais na festa, Kristi se virou para ela e disse:

— Acho que isso é uma coisa que você gostaria mais de ter do que eu. Tipo, agora eu tenho o Todd e vamos nos casar, então não preciso de um vibrador. Mas acho que é divertido pras solteiras.

*

— Ontem à noite, somei todo o dinheiro que gastei em casamentos este ano — disse Lauren com uma voz lânguida. — Deu mais de 5 mil dólares. Eu podia ter feito uma viagem pra Belize e ter comprado um guarda-roupa novo.

— Eu me dei conta ontem de que o meu cartão de crédito nunca vai ficar zerado. Nunca — falou Isabella.

Não estavam realmente falando uma com a outra. Era a mesma conversa que tinham desde que os casamentos começaram. Terminaram os respectivos cigarros em silêncio.

— Melhor a gente voltar antes que a Mary não nos perdoe nunca mais — disse Isabella.

— Tudo bem — concordou Lauren e bebeu o resto do coquetel em um só gole.

*

A comida nos chás de panela era sempre a mesma: saladas afeminadas, sanduíches minúsculos, frutas fatiadas, vinho branco e coquetel de champanhe com frutas, bolinhos para a sobremesa. Lauren empilhou uma quantidade alarmante de sanduichinhos no prato.

— Poderia matar por um cheeseburguer — sussurrou para Mary.

— E eu talvez mate você só por diversão — disse a amiga. — Como é que você pôde me deixar sozinha? Tive que anotar todos os presentes sozinha. E elas ficaram perguntando se eu estava namorando alguém. Aí uma das mulheres tinha dificuldade de audição e disse "o quê? Quem você está namorando?" e eu tive que berrar do outro lado da sala "não estou namorando ninguém!".

— Mentira.

— Juro por Deus que isso aconteceu.

Uma das amigas do bridge bateu em uma taça com uma colher até que a sala ficasse em silêncio.

— Sejam todas bem-vindas! Gostaria apenas de dizer algumas palavras sobre a nossa futura noiva, Kristi! — Todo mundo bateu palmas.

— Por que estão batendo palmas? — perguntou Lauren. — Ela não fez nada. — Mary e Isabella fizeram "shhh" e reviraram os olhos. A mulher falou sobre Kristi, sobre vê-la crescer. Lauren enfiou um sanduíche inteiro na boca e mastigou enquanto a mulher falava. Quando Mary deu uma olhada séria para ela, Lauren engoliu e disse:

— Que foi? Estou com fome.

— O tema de hoje é "Coisas Que eu Amo" — continuou a mulher. — Espero que todas estejam prontas para explicar o significado especial por trás dos presentes da Kristi! — Então a mulher começou a cantar: — *Girls in white dresses with blue satin sashes* — e ergueu um dos braços para que todas cantassem junto. As mulheres presentes acompanharam. — *Snowflakes that stay on my nose and eyelashes!* — continuaram cantando e indo de um lado para o outro. Infelizmente, Abby estava de pé perto da mulher que começou a cantar, e a mulher passou o braço por cima dos ombros de Abby, obrigando-a a fazer o movimento de acordo com a música e olhou para ela com um sorriso instigante até Abby começar a cantar com ela. Algumas mulheres estalavam os dedos. Lauren olhou para Isabella e Mary e disse:

— Vocês estão de sacanagem comigo, né?

*

Elas fizeram de tudo para aguentar o almoço e conversaram com todas as mulheres. Coletaram bolas de papel de presente e laços perdidos, ajudaram a limpar os pratos e as taças, e depois levaram todos os presentes para o carro enquanto Kristi agradecia às anfitriãs. Abby disse às amigas que tinha um compromisso na cidade e que não podia cancelá-lo.

— Vai — disseram para ela. Quase a empurraram pela porta. — Foge enquanto dá tempo.

Mary arrumou os presentes atrás do carro.

— Já está quase acabando, né? — murmurou para si mesma. — Por favor, alguém diz que está quase acabando.

Kristi pediu ajuda para levar os presentes para a casa dos pais e depois tirar tudo do carro. Em seguida, insistiu que entrassem para lhes mostrar fotos dos arranjos centrais das mesas. Elas se sentaram no sofá e tentaram admirar as fotos. Lauren apoiou a cabeça para trás e fechou os olhos. Isabella teve certeza de que ela estava dormindo.

— Então, melhor a gente tentar pegar o próximo trem — disse Mary como se tivesse acabado de pensar naquilo.

— Vocês não vão ficar? — perguntou Kristi. — Achei que a gente pudesse jantar e ficar de bobeira.

— Ah, acho que a gente não pensou nisso — falou Mary. — Planejamos voltar pra cidade hoje.

— Mas é o meu chá — disse Kristi. Parecia magoada, como se tivesse dito às amigas que aquele era o seu último dia na terra e que elas a estavam abandonando. Isabella viu que Lauren e Mary começaram a entrar em pânico.

— Eu sei que vocês duas têm coisas pra fazer na cidade, mas eu posso ficar — disse Isabella. Ela esperava que as duas se sentissem gratas pelo sacrifício. Mary se levantou imediatamente.

— A gente queria muito ficar, mas acho que não vai dar hoje — disse Mary. Isabella se perguntou se era a única pessoa que conseguia ouvir a alegria na voz dela.

— Você pode ficar? — perguntou Kristi para Isabella. — Tenho uma prova de vestido amanhã e você podia vir junto.

— Claro — respondeu Isabella. — Vai ser ótimo.

*

Kristi mostrou para Isabella uma fita com a banda que haviam escolhido, depois deram uma olhada nos presentes do chá e debateram se a banda deveria anunciar a festa ou não. Finalmente, arrumaram-se para dormir no quarto onde Kristi havia crescido. Isabella se deitou em uma das camas de solteiro e ficou olhando para uma foto do Fred Savage que ainda estava grudada na mesa de cabeceira.

— Iz, ainda está acordada?

— Hum-hum — disse Isabella.

— Posso perguntar uma coisa?

— Claro.

— Você acha que a Lauren está sendo estranha comigo?

— Não. Como assim estranha?

— É que ela não parece estar feliz por mim — disse Kristi.

— Ela está feliz por você — respondeu Isabella.

— Não sei. Ela me parece meio distante. Acho que talvez seja difícil pra ela entender. — Isabella não falou nada. Não queria estar naquela conversa. — Tipo, a Abby não está empolgada por ser madrinha, mas tem os motivos dela — disse. — Mas o que não entendo é por que a Lauren está sendo chata.

— Pra mim ela está tranquila — falou Isabella.

— É que, sabe, de vez em quando me preocupo com ela — disse Kristi.

— Por quê?

— Só sinto que ela está solitária, sabe. Tipo, ela não conhece nenhum cara, e do jeito que está não vai conhecer.

Isabella ficou em silêncio por alguns momentos. Não sabia como responder.

— Bem, o negócio é que você só conhece a pessoa certa quando conhece a pessoa certa — Isabella começou a falar bem devagar. — E, quanto mais velhas ficamos, mais difícil se torna. E talvez nem todas nós acabemos conhecendo alguém.

— Ah, não dá pra pensar assim — disse Kristi. — Veja só você e Harrison. Vocês se encontraram.

— Mas quem sabe o que vai acontecer? E se terminar e eu não encontrar ninguém? E se a Lauren não conhecer ninguém mais? É o fim do mundo? As pessoas sobrevivem, sabia?

Na faculdade, o namorado de Kristi a chifrava quase toda semana, e Lauren era sempre a primeira a confortar a amiga. Uma vez, planejou de irem a vários bares só para animar Kristi. Isabella ainda se lembrava de como foram de bicicleta de bar em bar com Lauren e Kristi na frente, manobrando e gargalhando. Isabella sempre teve ciúmes de Kristi e Lauren na faculdade. Eram tão próximas que de vez em quando pareciam uma única pessoa em vez de duas.

— Bem, fico feliz que você tenha alguém — disse Kristi. — Fico feliz quando as minhas amigas finalmente conseguem entender como é maravilhoso ter alguém, sabe?

— Sim — falou Isabella —, eu sei.

*

Quando Kristi se casou, ela e o marido fizeram a cerimônia embaixo de uma chupá.

— Não vamos fazer um casamento judaico tradicional — disse Kristi para elas milhões de vezes. — Um padre vai realizar a cerimônia. Mas não quero que o Todd se sinta completamente de fora, então vamos ter um rabino lá também.

O rabino explicou como a chupá representava o novo lar que o casal iniciava. Depois familiares colocaram panos em torno das nucas dos dois.

— Com esse pano, estamos criando uma chupá dentro de uma chupá — falou o rabino. — Isso serve pra simbolizar que Kristi e Todd estarão ligados um ao outro de uma maneira especial apenas para eles. — Kristi e Todd ficaram de pé com os ombros se encostando, envoltos no pano. Isso lembrou Isabella da forma como Lauren e Kristi costumavam se aconchegar juntas, sussurrando e rindo de piadas que só elas entendiam. — Uma chupá dentro de uma chupá — repetiu o rabino. Lauren suspirou e revirou os olhos na direção de Isabella. Ela tentou sorrir, mas, pela primeira vez naquele dia, teve vontade de chorar.

Observou Lauren ajeitando o vestido de madrinha, e observou Kristi e Todd sorrindo juntos, rostos quase se tocando. "Uma chupá dentro de uma chupá", pensou ela. Sentiu as lágrimas enchendo os olhos, mas, quando estava prestes a chorar, Todd quebrou as taças com o pé e todo mundo berrou "Mazel tov!"

Esperança

Shannon teve certeza na primeira vez que o viu. A sua voz era leve, macia e ritmada, a sua estrutura, atlética e forte. Conforme ele falava, os olhos de Shannon saíam e entravam em foco e ela não conseguia desviar o olhar. Ele estava na TV, mas parecia estar na sala falando com ela.

Dan se sentou ao lado dela no sofá e ficou olhando para a tela, olhos parados e boca aberta. Ele lhe pediu que fizesse silêncio quando começou a falar alguma coisa.

— Sabe quem é esse? — perguntou para ela com voz baixa, como se estivesse falando em uma igreja. — É o nosso próximo presidente.

— Você acha mesmo? — falou Shannon. Fez carinho nas costas de Dan. — Vai ser bem difícil ele ganhar.

Dan finalmente tirou o olhar da TV. Parecia decepcionado enquanto balançava a cabeça.

— Você vai ver, Shannon — disse ele. — Acredite em mim, você vai ver.

Mais tarde, Shannon contaria essa história a todos. Explicaria como a voz de Dan mudava quando ele falava, como isso criava um pequeno saltitar de preocupação dentro do seu peito. As amigas a tranquilizariam.

— Com certeza você sabia de alguma maneira — diriam elas. — É fácil ter certeza depois que tudo já passou — adicionariam. Não importava. Apenas Shannon sabia como se sentiu no dia em que viu o Candidato pela primeira vez. Apenas ela sabia que a voz dele a fazia suar, o coração bater mais rápido — da mesma maneira que um animal reage logo antes de ser atacado.

*

Dan sempre amou política. Era um viciado em noticiários de TV que berrava junto com os gurus esquerdistas quando se irritavam com a situação do governo e as falhas da administração. Falava sobre política em festas e discutia sobre leis em bares. Shannon o conheceu assistindo aos debates presidenciais de 2004 em um barzinho no Lower East Side. Tomando Miller Lite, ele explicou os detalhes dos ataques políticos infundados. Shannon concordou meio bêbada e pensou "esse cara é inteligente". Eles saíram do bar para fumar e conversaram sobre como a eleição anterior fora ridícula.

— Transformou o sistema eleitoral deste país em uma piada — disse Dan. E então Shannon deu um beijo nele.

As amigas aprovaram.

— Eu entendo — disse Lauren. — Ele é gato num sentido nerd e político.

— Ele é legal — falou Isabella. — Talvez um pouco louco, mas é legal.

Shannon não ligava por ele ser tão intenso. Ele era dela. Logo depois de se conhecerem durante os debates, começaram a namorar e a se voluntariar, pedindo às pessoas que votassem. Durante dias antes da eleição, ficaram na central dos voluntários e fizeram ligações até os dedos de Shannon ficarem dormentes.

— Acho que vamos conseguir — disse Dan. Shannon nunca achou uma pessoa tão atraente quanto ele na vida. Eles se agarraram em um closet nos fundos do centro de voluntários durante dez minutos e depois voltaram para as ligações.

Naquela noite, beberam e assistiram à derrota do candidato democrata.

— Mais quatro anos disso — falou Dan. — Não sei se aguento. — Shannon pegou a mão dele e a segurou sobre o seu colo. Não estava tão chateada quanto ele, mas tentou parecer que sim. — Fico tão feliz por estar com alguém que entende — disse Dan. Shannon apenas assentiu.

*

Shannon e Dan foram morar juntos e ofereciam jantares nos quais a política dominava as conversas e o debate animado era incentivado. Dan se sentava na cabeceira da mesa e citava artigos que havia lido, pegava o *New Yorkers* para dar suporte ao argumento. Falava e dava palestras, erguendo a taça de vinho quando tocava em alguns pontos importantes como se fosse o líder deles. De vez em quando, quase passava dos limites — como na vez em que chamou Lauren de ignorante quando ela admitiu que votou no candidato do Partido Verde em 2000 porque ficou com pena dele —, mas na maioria das vezes os jantares tinham zero brigas e muito vinho, e Shannon sentia-se feliz.

Dan trabalhava em publicidade, mas o coração não estava investido nessa atividade. Ficava sentado o dia todo escrevendo frases de efeito que acompanhavam anúncios.

— Quero fazer alguma coisa que importa — repetia sempre. Shannon concordava com a cabeça. — Quero um emprego do qual goste — falava, e Shannon fazia um gemido que demonstrava simpatia. Achava que era só papo, apenas algo que as pessoas dizem para sobreviver ao dia. Mas, quanto mais o jovem senador de Illinois aparecia na TV, mais Dan falava sobre o seu descontentamento. Reclamava das horas de trabalho, do salário, das tarefas insensatas. Batia as gavetas da cômoda de manhã enquanto se arrumava para o trabalho, e bebia uma cerveja por noite enquanto assistia ao notíciário, de saco cheio. Então um dia chegou em casa e anunciou que ia se voluntariar para a campanha.

— Você tem tempo pra se voluntariar? — perguntou Shannon.

— A pergunta é — respondeu Dan — como poderia não arrumar tempo?

Dan organizou comícios e treinou voluntários. Foi de porta em porta para se certificar de que as pessoas estavam registradas para votar. Faltou durante três dias no trabalho para participar de um acampamento de treinamento de voluntários em Chicago.

— Perguntei pra você na semana passada se dava pra gente viajar e você disse que não podia tirar nenhum dia de folga no trabalho — comentou Shannon.

— Mas isso não é viagem — falou Dan. — É o nosso país.

Voltou do acampamento com um certificado de graduação e energia renovada.

— É agora — ficava dizendo. — Chegou a hora.

— A hora de quê? — murmurava Shannon.

— O quê? — perguntava Dan.

— Nada — dizia Shannon.

À noite só conversavam sobre eleição. Dan analisava cada palavra que saía da boca de todos os candidatos. Sentava-se a meio metro da TV para não perder nada.

— Ouviu isso? — perguntou apontando um rosto na TV. — Ouviu o tom que ela usou quando falou o nome dele? Inacreditável.

Shannon aprendeu a tricotar e ficava sentada no sofá enrolando novelos enquanto Dan murmurava consigo mesmo.

— Como é que você pode tricotar em um momento desses? — perguntou para Shannon certa vez. Olhou para ela como se a lã fosse o motivo do Candidato estar em baixa nas pesquisas.

Dan lia jornais, homepages e blogs de direita atentamente para ver o que a oposição dizia. Quando Shannon perguntava se ele queria sair para jantar, ele negava com a cabeça. Pediam comida e comiam na frente da TV quase todas as noites. Cada vez mais, ela o encontrava dormindo no sofá de manhã, computador aberto ao seu lado e a CNN tagarelando ao fundo. Dan acordava e esfregava os olhos, e então se focava imediatamente nas notícias.

— Não acredito que perdi isso — dizia. Aumentava o volume. — Shannon, dá pra sair? — pedia. — Não consigo ver a TV.

*

Dan se candidatou a um trabalho na campanha.

— Quanto paga? — perguntou Shannon uma vez.

— Faz diferença? — questionou Dan. — Você não entende, eu faria de graça.

— Seria meio difícil pagar o aluguel, não seria? — quis saber Shannon.

Dan se afastou dela e ligou a TV na CNBC. Shannon foi atrás dele até a sala, mas ele não a olhou.

— Eu estava brincando — disse Shannon. — Meu Deus, não fica tão sensível assim.

— Isso importa muito pra mim — falou Dan.

— Eu sei — disse ela. — Também me importa. — Dan ergueu as sobrancelhas, mas não falou mais nada. Shannon se sentou ao lado dele no sofá e viu o comentador político de olhos arregalados berrando. Era o louro, o que interrompia os convidados e se irritava.

— Ele cospe quando fica animado demais — comentou ela. E assistiram ao resto do programa em silêncio.

*

Quando Dan se demitiu, Shannon o apoiou.

— Vai ser difícil — disse ela —, mas, se é importante pra você, é importante pra mim. — Ela tinha bastante certeza de que falara com sinceridade.

— Vou viajar muito — comentou Dan —, mas é o que sempre quis fazer.

— Claro — concordou Shannon. Não sabia ao certo com o que estava concordando, mas a resposta deixou Dan feliz.

Algum tempo depois, Shannon explicou para as amigas.

— A oportunidade é boa demais pra ele negar — disse ela. — É a oportunidade de uma vida inteira.

— Bem, você sabia isso sobre ele quando o conheceu — falou Mary. — Não deve ser uma surpresa tão grande.

— É só uma merda pra você — disse Lauren.

— É — concordou Shannon. — Isso é mesmo.

*

No começo, Shannon ainda via Dan cerca de uma vez por semana. Depois as viagens começaram a acontecer ao mesmo tempo e ele parecia não conseguir voltar para casa entre uma e outra. Logo estava voando de parada em parada quase sem tempo de telefonar para ela e avisar para onde estava indo. Shannon percebeu que, se queria vê-lo, teria de ir até ele. E foi isso o que fez.

Shannon tremeu de frio em New Hampshire enquanto Dan arrumava um comício a céu aberto. Foi a um evento para arrecadar fundos em Chicago e depois pegou um ônibus para Iowa; pintou cartazes de campanha em uma escola enquanto uma nevasca rugia lá fora, o que preocupou Dan pela possibilidade de os mais idosos não dirigirem até a escola. Shannon pintou cartazes de vermelho, branco e azul. Pintou o nome do Candidato em letras cheias e rebuscadas e fez cartazes que diziam "Davenport quer Mudanças". Pintou "Esperança" tantas vezes que as letras começaram a ficar engraçadas e a palavra perdeu o seu significado.

Shannon foi até Boston e acompanhou Dan em três eventos diferentes em um dia. Apertou a mão do Candidato e quase desmaiou de alegria. Ela o escutou fazendo o mesmo discurso várias e várias vezes, chorando em todas elas. Ele falava sobre as dificuldades que as pessoas têm de enfrentar e sobre querer um país melhor para as crianças. Shannon batia palmas e chorava.

Shannon berrou que estava "animada e pronta" em sete estados diferentes. Distribuiu broches e ajudou a arrumar cadeiras. E, às vezes, quando ia para a cama à noite, ouvia gritos nos comícios dentro da cabeça, baixos e distantes. Pareciam tão reais que ela tinha certeza de que havia pessoas reunidas do lado de fora do apartamento, abraçadas e cantando o nome do Candidato enquanto ela tentava cair no sono.

Dan retornou a Nova York para um evento e Shannon recrutou todas as amigas. Elas ficaram na fila no Washington Square Park durante três horas, esmagadas pela multidão.

— O Dan vai ficar muito feliz por vocês virem — disse Shannon para elas.

— Cadê ele? — perguntou Lauren.

— Lá em cima. — Shannon apontou para o palco. Dan passou rapidamente.

— Que bom que você se encontrou com ele ontem à noite — disse Isabella.

— Ah, não, na verdade não encontrei — falou Shannon. — Ele acabou trabalhando a noite toda. Dormiu aqui.

— No parque? — perguntou Mary. — Tosco.

— Hoje à noite então? — perguntou Isabella.

Shannon balançou a cabeça.

— Ele vai pra Pensilvânia — disse ela. As meninas ficaram em silêncio por um minuto.

— Bem — comentou Lauren —, daqui a pouco acaba, né? — Shannon começou a concordar, mas a música tocou e elas se viraram para o palco, batendo palmas e celebrando.

*

Conforme as preliminares se aproximavam, Dan viajava tanto que Shannon não tinha nem tempo para vê-lo. Ficava em uma cidade por vinte horas e já ia para a próxima. Até as ligações se tornaram mais raras. De vez em quando, ela via a cabeça dele no canto da TV, correndo de um lado para o outro em um ginásio depois de o Candidato terminar o discurso. Ficava procurando por ele, esperando que a sua cabeça loura aparecesse na tela.

— Olha ele ali — berrava, embora não houvesse ninguém por perto para ouvi-la. E, assim que o achava, ele saía correndo para o outro lado e desaparecia.

Quando o Candidato venceu em Iowa, Dan ligou do escritório da campanha. O som estava abafado e distante. Shannon ouviu berros ao fundo e Dan teve de berrar para ser escutado. A sua voz soava grossa, como se estivesse chorando ou prestes a chorar.

*

Quando Dan foi para casa, estava exausto e envelhecido. Às vezes permanecia acordado dias a fio. Os cabelos ficavam em pé em tufos e os olhos estavam vermelhos. Ele entrava no apartamento, tomava banho e ia direto para a cama.

Shannon conversava com ele enquanto ele dormia. Contava sobre o trabalho, enquanto Dan ficava de olhos fechados.

— Hum-hum — murmurava de vez em quando.

*

Dan tinha dois celulares, cada um preso em um lado do cinto.

— Você parece um nerd — Shannon sempre dizia. Dan não ligava. Uma vez, quando estava em casa deitado na cama, Shannon viu uma marca vermelha na cintura dele. — O que é isso? — perguntou e tocou a marca com cuidado.

— Acho que é do celular — respondeu Dan.

— Você tem uma cicatriz por causa do celular vibrar no seu corpo? — perguntou Shannon.

175

— Acho que sim — disse Dan.

— E isso não parece estranho pra você? Não parece errado?

— Na verdade, não — respondeu Dan. Ele se virou e desligou a luz de cabeceira.

— Você foi marcado que nem gado — disse Shannon, mas Dan já estava dormindo.

*

Sempre que Dan se preparava para ir embora de novo, eles brigavam.

— Quando você vai estar em casa? — perguntava Shannon.

— Você sabe que eu não sei — respondia ele.

— Você ao menos sente saudade de mim? — questionava ela.

— Shannon. Não começa isso agora. Você sabe que sinto saudade de você. Não briga comigo logo quando estou indo embora.

Às vezes, ela deixava passar, mas às vezes não. Às vezes, provocava e reclamava até eles brigarem. Era bom berrar com ele, berrar com alguém. Uma vez ela perguntou:

— Digamos que você tenha que jantar com uma pessoa e precise escolher: eu ou o Candidato. E você não me vê há um mês. Quem você escolhe?

— Você, é claro — disse ele. Aproximou-se dela e deu-lhe um beijo de despedida. Era mentira. Ela sabia lá dentro que estava em segundo lugar para Dan. Sempre. Ele se apaixonara por outra pessoa. E a paixão estava vencendo.

Certa vez, depois de ir embora, o cachorro pulou na cama, levantou a perna e fez xixi. Shannon nem berrou com ele.

— Eu entendo — disse para o cachorro enquanto tirava os lençóis da cama. — É uma situação de merda.

*

Conforme os meses passaram, Shannon se esqueceu de como era viver com Dan. Em algumas noites, ela se convencia de que ele tinha ido embora para sempre. E, se Dan fosse embora mesmo, ela decidiu que ficaria com a TV.

As amigas estavam preocupadas com ela. Elas a levavam para um brunch e lhe davam vinho.

— Como você está? — perguntavam.

— Bem, bem — respondia sempre. O que devia dizer? Que Dan preferia fazer campanha no Texas a passar tempo com ela? Que fora abandonada? Que o Candidato roubara o seu namorado? Era mais fácil dizer apenas "Estou ótima".

— Você é tão companheira — falavam elas.

Shannon bebia vinho e concordava.

— É, essa sou eu. — Ela achava que era melhor do que a verdade.

*

No final de agosto, Dan teve quatro dias de folga da campanha. Shannon achou que eles teriam todo o tempo do mundo juntos, mas, quando ele estava no apartamento, tudo o que fazia era trocar e-mails com os amigos da campanha. Checava o celular constantemente. Eles saíam para jantar e Dan ficava curvado, dedos digitando. Às vezes, ela ria de alguma resposta que ele recebia, ou assentia para concordar.

— Seus dedos não doem? — perguntou Shannon. Ele levantou o rosto, surpreso.

— Não — disse ele. — Estão bem.

— Você acha que seria capaz de guardar esse telefone por vinte minutos enquanto comemos, pra que eu consiga de fato conversar com você enquanto estamos finalmente na mesma cidade?

Ele deu um assobio.

— Nossa, Shannon. Calma. — Colocou o celular na mesa ao lado do prato e levantou as mãos em uma rendição de mentira. — Está guardado — falou ele. — Tá bom?

— Não — respondeu ela esticando a mão. — Guardado, guardado mesmo. Me dá. Eu coloco na minha bolsa.

— Shannon, para com isso. Não exagera.

Ela esticou a mão mais ainda.

— Não estou exagerando. Você não está nem mandando e-mails sobre a campanha, está? Apenas sente saudades dos seus amiguinhos de campanha.

Dan entregou o celular, mas olhou para Shannon com os olhos franzidos.

— Você realmente tem que achar um jeito de lidar com as suas questões — disse ele.

— Sim — concordou ela. — O problema é todo esse.

*

Na última noite em que Dan estava na cidade, quis se encontrar com um outro casal de amigos da campanha, Charlotte e o namorado, Chet.

— Por quê? — perguntou Shannon várias vezes. — Por que a gente tem que sair com eles?

— Quero que você a conheça — disse Dan. — Realmente acho que vocês vão se dar bem.

— Meio que duvido — falou ela.

— Por favor — pediu Dan, e ela, por fim, concordou.

A caminho do centro da cidade, Dan contou para Shannon que Charlotte e Chet estavam enfrentando alguns problemas.

— O Chet não está tão feliz por ela viajar tanto — disse ele. — Ele não está gostando muito da campanha.

— Quem? — perguntou ela.

— Shannon.

— O quê?

Ele apenas balançou a cabeça.

Foram a um pequeno restaurante mexicano, no West Village, que servia margaritas de manga com gosto de bala. Dan e Shannon chegaram primeiro e ficaram de pé no bar bebendo margaritas.

— Ah — disse Dan —, olha eles ali! — Acenou e uma loura alta respondeu.

Charlotte tinha quase 1 metro e 80 e era bem magra. O tipo de pessoa que você não acha bonita a princípio, mas, quando olha mais de perto, percebe que é deslumbrante. Tinha um nariz angular marcante e os membros alongados eram graciosos. Podia ter sido modelo. Quando Shannon parou ao lado dela, a sua cabeça bateu nos seios de Charlotte.

— Oi, Shannon! — disse ela e surpreendeu a moça com um abraço. O rosto de Shannon ficou amassado no peito de Charlotte, e ela mal conseguiu respirar. Charlotte finalmente a soltou, mas ainda assim segurou os seus ombros. — Que bom finalmente conhecer você.

Shannon terminou a margarita e mostrou o copo para Dan.

— Estou pronta pro próximo.

Esperaram por uma mesa por bastante tempo e pediram mais duas rodadas de margaritas. Chet e Shannon beberam, e Charlotte e Dan conversavam sobre as pessoas com as quais trabalhavam.

— E a Kelly — disse Charlotte revirando os olhos. — Dá pra acreditar no jeito que ela arruma os eventos? Tipo, colocando as cadeiras em semicírculos? Onde ela acha que está?

Dan morreu de rir, Chet e Shannon se entreolharam. Shannon lambeu o sal do copo.

— Semicírculos, né? — perguntou ela. — Louca. — Dan parou de gargalhar e inclinou a cabeça para ela. Shannon sorriu em resposta.

Quando se sentaram, Shannon sentia as margaritas de manga revirando dentro do estômago. O garçom colocou um cesto de batatas crocantes na mesa e todo mundo comeu. Charlotte pegou um punhado delas e enfiou tudo na boca. Depois começou a fazer um sinal com as mãos querendo dizer "Peraí, não fala! Tenho uma história pra contar!". Chet deu uma olhada periférica em Charlotte, e Shannon se perguntou se ele também odiava a namorada. Charlotte engoliu as batatas e tirou a gordura dos lábios. Tomou um gole da bebida e sorriu.

— Esqueci de contar pra vocês — disse ela. — Ontem à noite, tive o sonho erótico mais vívido, realista e extremamente satisfatório com o Candidato.

— Ah, então a gente já sabe quem vai ser a próxima Monica Lewinsky — disse Shannon. Ela gargalhou sozinha. Dan olhou para ela de boca aberta. — O que foi? — perguntou ela. — Ela pode falar sobre o próximo presidente dos Estados Unidos a fazendo gozar e eu não posso brincar com a Lewinsky?

Charlotte olhou para baixo e fingiu estar constrangida.

— Ai, meu *Deus* — disse Shannon. — Você que começou o assunto. Com o seu namorado sentado do seu lado. — Shannon quis apontar para Chet, mas ele estava mais perto do que ela calculou, e acabou dando-lhe uma cutucada na bochecha. Ele pulou, surpreso. Shannon teve a impressão de que o homem não ouvia nada do que eles diziam.

Terminaram as respectivas *enchiladas* calmamente, com uma conversa agradável e suave. A caminho de casa, Dan repreendeu Shannon.

— Eu não acredito que você falou aquilo — disse. — A Charlotte ficou bem chateada.

— Ah, ficou? — perguntou Shannon. — E você acha que talvez Chet e eu tenhamos ficado chateados por irmos jantar com os nossos namorados com quem nunca estamos, e eles só falarem sobre pessoas aleatórias com quem trabalham na campanha? Pessoas que não sabemos quem são e nunca conhecemos. Foi chato demais. E foi grosseiro. — Os olhos de Shannon começaram a se encher de lágrimas. Ela fungou o nariz. Os ombros de Dan se afundaram.

— Desculpa, Shannon — disse ele. Ela deu de ombros e ele a pegou pelo braço até que ela olhasse para ele. — Estou falando sério. Eu sei que isso é difícil pra você, e realmente fico agradecido pelo seu apoio. Você sabe disso, não sabe? Sabe o quanto isso significa pra mim. — Shannon deu de ombros de novo e deixou que ele a abraçasse.

— A gente não devia ter ido jantar com eles — disse ela. — Isso não é justo. Você está indo embora amanhã.

— Você está certa — concordou Dan. — Devia ter sido só a gente. A Charlotte teve a ideia e eu fiquei sem saber o que fazer. Ela está tendo dificuldades com o Chet. Não sei se eles vão conseguir superar. Eu me sinto muito mal pelos dois.

— É — disse Shannon. — Que ruim pra eles.

*

Shannon sonhou com o Candidato. Sonhou que eles se encontraram sem querer no supermercado e ficaram rindo porque compraram o mesmo molho de tomate. "Você também gosta de Ragú?", perguntou Shannon a ele, e ambos riram e deram os braços. Sonhou que ele foi à casa dela para jantar, e ela contou como ele estava dificultando a vida dela. O Candidato sorriu. Apertou a mão dela. Falou sobre *esperança e crença e estar animado!* Shannon acordou desses sonhos sentindo-se exausta e confusa, e então percebeu que deixara a televisão ligada na CNN. Estavam mostrando uma gravação do Candidato em algum comício. Ele sorria e franzia o rosto, rindo e inclinando a cabeça para demonstrar preocupação. Shannon olhou para ele bem de perto enquanto falava e gesticulava. Ele sabia? Sabia que tinha roubado o namorado dela? Sabia que arruinava todo o planejamento de vida dela? Sabia que estava tornando sua vida infeliz?

Ele terminou o discurso e uma música do Stevie Wong veio estrondando pelos alto-falantes. Ele bateu palmas para a plateia, fez uma expressão séria, e depois sorriu e foi cumprimentar as pessoas. Balançava os ombros e o quadril conforme a música. Ela decidiu que a resposta era não. Ele não sabia nada disso.

*

Todo mundo perguntava de Dan; gente no trabalho, amigas, família, até os vizinhos queriam saber por onde ele andava.

— Como ele está? — perguntavam. — Como estão as coisas na campanha? Estamos com essa na mão?

Shannon sabia que todos estavam nervosos. Com medo de acabarem com um velho louco amante de armas na Casa Branca.

— Está indo muito bem — respondia ela. — Todos estão muito positivos.

— Mas e o rumor dos muçulmanos? — insistiam. — Você acha que dá pra passar por cima? E o broche da bandeira? — perguntavam. Shannon olhava para as suas sobrancelhas franzidas e tentava acalmá--los, mas as suas reservas estavam quase no fim.

*

Conforme a eleição prosseguiu, os rumores se tornaram pesados. As pessoas tentaram pintar o Candidato como um antiamericano, encontraram gravações antigas incriminadoras de um reverendo que ele conhecia e a mostraram tanto que dava a impressão de que aquilo passava 24 horas por dia sem parar. Quando a notícia apareceu, Shannon não falou com Dan durante uma semana. Ele ia de evento em evento tentando fazer com que as pessoas se esquecessem de que um dia ouviram as palavras "Danem-se os Estados Unidos".

Quando Dan finalmente ligou, no meio da noite, Shannon ficou na dúvida se estava dormindo ou acordada.

— Eu só queria dizer oi — falou ele. Pelo tom da voz, parecia não saber que ela quase havia comunicado o desaparecimento dele.

— Você está bem? — perguntou ela.

— Estou — respondeu. — Só cansado. Fico pensando que eles não têm como fazer isso de novo. Não têm como tirar outra eleição da gente.

— Que bom — disse Shannon. Ainda estava metade dormindo.

— Eles não têm como tirar isso da gente — falou ele. — O Candidato merece isso. Precisamos dele. O país precisa dele.

— Hum-hum — concordou Shannon. — Eles não podem tirar isso — repetiu ela.

— Isso mesmo — disse ele. — E, se conseguirem, a gente se muda pro Canadá.

*

Em uma certa noite no começo do outono, Shannon estava passeando com o cachorro na Broadway com a amiga Lauren. O clima mudava e o vento fazia com que Shannon tremesse um pouco. As duas decidiam aonde iriam para beber. Shannon tentava puxar o cachorro para que fosse mais rápido, impedindo que cheirasse os hidrantes que queria cheirar, quando um menino sorridente com uma prancheta parou na frente delas.

— Com licença — disse ele. — Vocês têm um minuto pro candidato democrata?

Lauren começou a dizer alguma coisa, mas Shannon falou primeiro.

— Se eu tenho um minuto pro candidato democrata? — perguntou ela. O menino concordou e sorriu, e Shannon sentiu um calor nos olhos. O cachorro cheirou a perna do menino e depois ficou bem quieto.

— Isso — disse ele. — Se vocês me derem só um minuto, posso explicar como vocês podem ajudar...

— Se eu tenho um *minuto* pro Candidato? Se eu tenho? Um minuto? Pro Candidato? — O menino assentiu de novo, mas agora parecia nervoso. — Deixa eu falar uma coisa pra você — disse Shannon. — Já dei semanas da minha vida, não, meses, pro Candidato. Não, não tenho um minuto pra ele. E quer saber por quê? O meu namorado foi embora pra viajar com ele. Saiu do emprego pra trabalhar pra campanha, eu não o vejo faz um mês. Um mês! Não tenho nem certeza se ele vai voltar, e o negócio é que ele não está nem aí! Não liga porque tudo o que quer é trabalhar nessa porra de campanha que é tão importante. Mais importante do que tudo, inclusive eu!

O menino começou a se afastar.

— Então tá bom — disse ele. — Eu não quis...

— O que você não quis, interromper? Não quis me parar numa noite fria e me fazer escutar você contando como o Candidato é incrível? Quis, sim. E eu já ouvi. Escuto o tempo todo. Do meu namorado, de todo mundo. Já entendi. Ele é incrível.

— Ele é mesmo — concordou o menino com calma. Shannon apertou os olhos. Lauren tentou puxar o braço dela e fazer com que fosse embora, mas Shannon continuou onde estava.

— E por que você está aqui? — perguntou ela.

— Pra informar às pessoas as mudanças que a gente quer ver no mundo — disse ele.

— Não — falou Shannon. — Por que você está *aqui*? — Apontou para a calçada. — Por que está em Nova York? Acha que precisa convencer as pessoas daqui a votarem nele? Deixa eu te dar uma informação, amiguinho. Ele já ganhou em Nova York, tá? A gente já entendeu. Somos democratas aqui. E, de todos os lugares, você está no Upper East Side. Pelo amor de Deus. Para de perder o seu tempo. Vai pra outro lugar! Nem faz diferença se eu votar. Talvez eu nem me dê ao trabalho. Ouviu isso? Talvez eu nem vote!

O menino continuou indo para trás, depois se virou e saiu correndo pela rua abraçando a prancheta. Ficou olhando para trás a fim de ver se Shannon o seguia. Algumas pessoas ficaram paradas na calçada olhando, e Lauren deu cinco passos para a direita, tentando fingir que não conhecia a amiga.

— Todos os votos fazem a diferença — disse uma senhora para Shannon. — Deixa de ser burra.

— Ah, vai se foder — falou ela. O cachorro abaixou a cabeça. Parecia constrangido. Shannon começou a andar em direção ao apartamento dela. Andava rapidamente, e Lauren teve de correr para manter o ritmo.

— Você está bem? — perguntou Lauren.

Shannon parou.

— Estou. Eu acho que talvez não esteja lidando com essa coisa toda tão bem quanto achei que estava.

— Jura? — ironizou Lauren. — Você acha mesmo?

— Dane-se — disse Shannon.

— Olha, eu entendo — falou Lauren. — Se você quiser voltar e empurrar alguma velhinha, estou contigo.

— Talvez mais tarde — disse Shannon. — Primeiro vamos beber.

*

No dia da eleição, Shannon dormiu até mais tarde. Tomou café e foi devagar até a escola pública onde devia votar. Todo mundo no trabalho se atrasaria por causa da votação, então ela também podia tirar vantagem disso. Merecia pelo menos isso.

Shannon sentia frio na barriga enquanto andava, mas não era de animação. Vinha contando os dias para aquele momento havia meses, e agora que ele chegara, não sabia muito bem como se sentir.

Quando Shannon virou na Nineteenth Avenue, viu que a fila ia até o final do quarteirão. As pessoas riam e acenavam para os vizinhos. As mães da escola vendiam pães e bolos e chocolate quente.

— Todo o dinheiro vai pra escola — ficavam repetindo. O grupo na frente da fila era desordeiro e já fazia bagunça por estar de pé por tanto tempo na fila, e as pessoas começavam a fazer barulho para quem saía dos prédios.

— Uhuuu! — berravam. — Você pode fazer a diferença! Que bom pra você!

Todos agiam como se aquilo fosse algum tipo estranho de feira cujo tema era eleição. Shannon pensou em voltar para casa e nem votar. Podia simplesmente dizer a todos que havia votado. Qual era a diferença? No final, ficou na fila, mas colocou os óculos escuros e se recusou a sorrir para as outras pessoas ao redor dela.

Shannon viu um rapaz que conhecia do trabalho passando pela fila.

— E aí! — disse ele para ela. Levantou a mão para um cumprimento, mas Shannon deu apenas um tapa de leve. — Que dia, né? — comentou ele. Virou o rosto para o Sol e sorriu. Como se fosse Natal. Como se houvesse algum milagre a ser testemunhado.

— É — falou Shannon. — Que dia. Você está vindo de onde? Estava no começo da fila?

— Estava — respondeu ele —, mas dei o meu lugar pra uma senhora. Falei que ia pro final da fila, sabe? É o mínimo que posso fazer.

Essa não era a Nova York que Shannon amava. Aquelas não eram as pessoas que viviam ali normalmente. Todo mundo havia enlouquecido. Dan tinha ido embora e talvez nunca mais voltasse. Shannon pensou, enquanto esperava na fila, que ela também estava maluca, que desde o começo não devia ter esperado por Dan. Devia ter feito com que ele escolhesse: "Eu ou o Candidato" é o que devia ter dito.

Shannon pensou nisso enquanto estava na fila e enquanto votava. O que foi que fez? Por que escolheu ser deixada de lado e dar apoio a Dan enquanto ele a deixava? Quando saiu da escola, o grupo de pessoas esperando para entrar sorriu e esperou que Shannon retribuísse o sorriso. Ela não sorriu. Por fim, uma das mulheres disse:

— Espero que você tenha feito a escolha certa.

Shannon apenas olhou para ela e disse:

— Eu também.

*

Naquela noite, Shannon se sentou em um bar com as amigas para assistir à apuração. Estavam todas ansiosas e beberam rápido.

— Então, estamos todas esperançosas, mas com cuidado, né? — disse Mary.

— Claro — falou Shannon. Bebia mais rápido do que todas as outras. A vodca descia que nem água. Só perceberam quando ela caiu do banco.

— Opa — disse Isabella. — Tudo bem aí?

— Acho que a gente precisa pedir uma comidinha — comentou Lauren. Levantou a mão para chamar o barman.

— Ela está só muito animada. — Shannon ouviu Mary falando isso para alguém do bar. — O namorado dela está na campanha e finalmente vai voltar pra casa.

— Ele não vai voltar pra casa — Shannon tentou dizer, mas não saiu direito e ninguém entendeu.

Quando o Candidato fez o discurso dele naquela noite, Shannon chorou, é claro. Todo mundo chorou. O bar todo assistiu em meio a lágrimas porque foi incrível e inspirador e todos se sentiam aliviados. Mas Shannon não chorou como o resto das pessoas. Não eram pequenas lágrimas caindo. Não, Shannon ficou com as narinas infladas, ela soluçou e perdeu o ar e o rosto dela virou um tomate. Era como costumava chorar quando pequena, quando a mãe dizia "Você precisa se acalmar", e a mandava para o segundo andar para fazer isso. Shannon se sentou no meio de todo mundo e chorou como se o mundo estivesse acabando.

As amigas todas se sentaram ao redor dela e se revezaram fazendo-lhe carinhos nas costas. Finalmente, Lauren a levou para casa e garantiu que ela iria para a cama e tomaria um Advil.

— Vai pra cama — disse Lauren. — Amanhã você vai se sentir melhor.

— Nada vai ser como antes — falou Shannon.

— Isso mesmo — concordou Lauren, entendendo errado. — Está tudo diferente agora.

*

Dan recebeu uma oferta de emprego em D.C. logo depois da eleição. Shannon chorou e eles brigaram. Ele aceitou o emprego e se mudou para lá. Eles tentaram fazer com que desse certo durante um tempo. Ela pegava o trem para visitá-lo, e ele dirigia para Nova York nos fins de semana livres. Mas não estava funcionando. Shannon não conseguia parar de pensar que era a segunda opção dele, que Dan havia escolhido outra pessoa que não ela. Isso ela não conseguia perdoar.

Em uma das últimas vezes que Shannon visitou Dan, esbarrou com um amigo antigo de faculdade. Ele estava sentado no bar bebendo cerveja com outro homem. Contou a ela que a namorada de anos havia se juntado à campanha, e que conseguira um emprego na administração. Era a responsável por encontrar hotéis para o presidente e sua equipe, e no momento estava na Alemanha.

— Não a vejo faz dois meses — disse ele.

— Vocês ainda estão juntos? — perguntou Shannon. Ele deu de ombros e bebeu um gole grande da bebida.

— Como é que você pode estar com uma pessoa se não a vê nunca? — respondeu por fim.

— Essa pergunta — disse Shannon — é muito boa.

*

Dan e Shannon terminaram pelo telefone cerca de duas semanas depois disso. Ela culpou o Candidato pela separação deles. (Não o chamava de presidente, como todo mundo fazia. Para ela, ele sempre seria o Candidato.) Shannon pensou nisso e concluiu que o Candidato provavelmente era responsável por todos os tipos de términos. Ela e Dan representavam apenas a ponta do iceberg. Em todo os Estados Unidos, namorados e namoradas foram destroçados em nome da Esperança.

Shannon estava com raiva por ninguém cobrir essa notícia. As pessoas falavam sobre plano de saúde, mas ninguém falava sobre o Fenômeno da Infelicidade nos Relacionamentos que o Candidato havia causado. Ela começou a escrever um artigo para o *New York Times*, mas não avançou muito. Não conseguia colocar o que acontecera em palavras.

Shannon parou de ler jornais. Parou de assistir a CNN e MCNBC. Cada dia em que acordava parecia ter menos valor. Era terça-feira ou segunda-feira ou quarta-feira. Que diferença fazia? Não ligava para quem era o presidente e quais mudanças ele ia promover no país. Estava sozinha, e só tinha espaço para pensar nisso.

As amigas tentaram animá-la.

— Vamos lá — diziam. — Vamos sair. Esquece o Dan. — Mas Shannon se recusava.

— Sabe de uma coisa? — falou Lauren. — No fim das contas, você era boa demais pra ele.

— Isso é só uma frase de efeito que as pessoas usam — disse Shannon.

— Shannon — começou Lauren —, o cara tinha dois celulares no cinto. Ele não era perfeito. — Mas isso só fez com que Shannon chorasse.

Em seus momentos mais obscuros, Shannon desejava que tudo tivesse sido diferente. Deitava na cama à noite, cabeça embaixo das cobertas, e gostaria que o Candidato tivesse perdido. Nunca admitiu isso para ninguém, e não tinha certeza se realmente queria isso. Mas talvez quisesse. Ela se sentia precipitada quando tinha esses pensamentos tarde da noite. Foi democrata a vida toda, e lá estava ela desejando que os republicanos tivessem vencido por pouco mais uma vez. Às vezes, ria para si mesma, sentindo-se fútil, da mesma maneira que se sentiu quando roubou uma barra de chocolate no quarto ano. Que vergonha os pais sentiriam se tivessem descoberto. Que vergonha sentia de si quando se olhava no espelho de manhã.

Pensou em ligar para Dan só para dizer "queria que ele tivesse perdido", e depois desligaria. Mas não conseguia fazer isso. Tinha medo de que apenas reafirmasse a crença de Dan de que fez bem em trocá-la pelo Candidato, de que foi a melhor coisa que ele já fizera.

Shannon gostaria de ser uma pessoa mais forte, uma alma menos centrada em si que se sentiria feliz em colocar as necessidades do país à frente das suas. Mas talvez não fosse. Talvez fosse nada mais do que uma mimada fraca e egoísta que queria o que queria. Sim, ela sentia vergonha.

Começou a assistir a vários *reality shows*. Assistia a esses programas por horas a fio e se surpreendia quando olhava para o relógio e descobria que um dia inteiro havia passado. Ficava mais tranquila quando via as pessoas comendo insetos e buscando o amor em cerimônias com rosas. Isso lhe transmitia paz.

Shannon costumava julgar pessoas que assistiam a esses programas, esse lixo na TV. Agora, era tudo o que aguentava fazer. Assistia a qualquer coisa que passava — famílias famosas e problemáticas, adolescentes arrogantes em acampamentos de reabilitação e até um casal com uma ninhada de bebês *in vitro* que brigava e berrava. O preferido de todos, entretanto, o que ela esperava a semana toda para assistir, era um programa sobre perda de peso no qual pessoas morbidamente obesas eram enviadas a um rancho e forçadas a se exercitarem e a morrerem de fome até atingirem um peso saudável.

Essas pessoas choravam e brigavam. Caíam no chão da ginástica e imploravam para que não as mandassem para casa. Tentavam desfazer todas as escolhas negativas que fizeram. Shannon assistia na cama, encolhida embaixo das cobertas, chorando sem parar ao ver as pessoas gigantes lutando para se libertarem de seus corpos obesos. Chorava com elas enquanto corriam em esteiras e levantavam pesos. Chorava pela luta delas e pelos objetivos que queriam alcançar. No fim, ela as compreendia. Tudo o que queriam era um novo começo. Tudo o que queriam era um pouco de esperança.

Porquinhos

$\mathcal{I}$sabella e Harrison iam para Boston. Como ele queria pegar a estrada cedo, colocou o despertador para às 5h da manhã.

— Isso não é cedo — disse Isabella quando o alarme começou a tocar. — Isso é no meio da noite. — Harrison ficou pedindo à Isabella que fosse mais rápida a manhã inteira, o que só a fez querer voltar para a cama. Finalmente, às 8h15, eles estavam no carro saindo da cidade. Quando Isabella perguntou se podiam parar para pegar um café no Dunkin' Donuts, Harrison franziu o nariz e disse:

— No Dunkin' Donuts? Sério? — Mas parou o carro e foi pegar café para ela.

— Pronto — disse ele entregando o grande copo feito de isopor à Isabella. Fungou o nariz.

— Você não quer café? — perguntou ela.

— Vou esperar — respondeu ele.

*

Estavam indo para Boston visitar os amigos de Harrison, Brinkley e Coco. O casal tivera um filho havia poucos meses e ficava insistindo que fossem visitá-los. Isabella ouviu os nomes

Brinkley e Coco tantas vezes naquelas últimas semanas que achou que perderia o controle. Todos os amigos de Harrison tinham nomes que a faziam lembrar de personagens de desenho animado. Esses nomes costumavam ser engraçados para Isabella, mas agora eram apenas irritantes.

— Qual o nome da bebê mesmo? — perguntou ela mesmo sabendo. — Bitsy?

— Elizabeth.

— Isso.

*

Isabella bebeu café e ficou olhando pela janela. Estava animada para ir a Boston, mesmo que não ligasse para ver essas pessoas e conhecer a bebê delas. Era outubro, e Isabella sentia como se devesse ir para algum lugar. O outono sempre fazia isso com ela. Deixava-a inquieta, como se estivesse prestes a voltar para a escola; como se precisasse se matricular em aulas e comprar lápis, cadernos e pastas que combinassem.

Ela comprara uma roupa rosa com bolinhas nos pés para a bebê. Quando mostrou o presente a Harrison antes de embrulhá-lo, ele assentiu e disse "ótimo". Ela também comprou um coelhinho rosa que combinava, mas no último instante resolveu tirá-lo do embrulho. Era macio e tinha uma expressão de preocupação, e Isabella teve a sensação de que a bebê não ia gostar. Ela o imaginou perdido em uma prateleira com animais maiores, então o colocou na gaveta da mesa de cabeceira e continuou a embrulhar o presente.

Harrison também fez faculdade em Boston, o que fazia Isabella sempre se perguntar se eles haviam passado um pelo outro na rua ou se esbarrado em algum bar. Ela perguntara sobre isso uma vez no comecinho do namoro; achou romântica a ideia de talvez terem estado no mesmo lugar anos antes.

— Provavelmente não — disse ele.

— Não — concordou ela. — Provavelmente não.

Harrison estudou na Tufts e era dois anos mais velho. Ela fez Boston College, no outro lado da cidade. Isabella se sentia triste ao pensar que eles nunca mais voltariam para lá, nunca mais ficariam bebendo de bar em bar e dançando só porque podiam, só porque deviam. Não que ela quisesse voltar para a faculdade, não exatamente. Ela apenas sentia saudades de lá de vez em quando, das consequências daquelas noites, das marcas inexplicáveis e das carteiras perdidas, dos números de telefone sendo requisitados, das pegações com quase estranhos em bares lotados.

Harrison parecia não sentir saudade alguma do passado.

— Mas você não queria poder voltar, só por uma semana? — perguntou.

— Acho que talvez sim — respondeu ele. Ela sabia que a resposta não era sincera.

*

Isabella era capaz de passar horas olhando fotos da faculdade. Gostava de colocá-las ao lado de fotos mais recentes de casamentos e reuniões e compará-las. Não é que pareciam velhas agora — não tinham nem 30 anos! É que pareciam tão jovens nas fotos da faculdade, com carinha de bebê e pele viçosa. Isabella analisava as diferentes fotos delas, vestidas com fantasias ridículas ou todas arrumadas para um jogo de futebol. Impressionava-se com a animação nas expressões delas, como se mal pudessem esperar pela próxima festa, como se tivessem muita diversão pela frente.

Isabella não conseguia parar de pensar na pele delas naquelas fotos. Era orvalhada e rosada, e ela não entendia por que elas reclamavam tanto. A impressão que dava era a de que todas tinham passado creme corretivo. Agora, a pele delas era mais apagada e fosca. E Isabella tinha certeza de que continuaria assim.

Até as fotos de faculdade de Harrison a deixavam triste — ele em uma casa suja do lado de um barril de cerveja, abraçando amigos, sorriso meio embriagado. Ela ficava com saudade por jamais poder conhecê-lo naquela época. Eles se conheceram depois de ambos já terem empregos, e Isabella ficava com o coração partido por nunca ter conhecido o Harrison da faculdade. Analisou as fotos dele com a namorada da faculdade e tentou imaginar como eram; sentiu ciúmes pelo fato de a menina da foto conhecer Harrison de um jeito que ela não poderia.

*

A viagem para Boston era meio demorada, e eles escutaram o National Public Radio a maior parte do caminho. *Não me conta... Eu adivinho!* era o programa que estava no ar, um dos favoritos de Harrison. Ele ria de coisas que Isabella não achava engraçadas. Ela quis perguntar do que ele estava rindo, mas sabia que a resposta provavelmente seria um olhar que dizia *você não é tão inteligente quanto eu, por isso não entende*, e, sendo assim, ficou calada.

Isabella caiu no sono no final da viagem e acordou confusa e de mau humor quando entravam no caminho que dava na garagem. Estava de boca aberta e havia um traço de baba na bochecha. Ela secou o rosto e olhou para Harrison, irritada.

— Por que você não me acordou? — perguntou.

— Você já está acordada — disse ele e desligou a ignição.

Brinkley estava na frente da casa com o Golden retriever deles, mas Isabella o viu acenando e desejou não terem ido. Limpou a boca novamente para garantir que se livrara da saliva e passou os dedos pelos cabelos.

— Está pronta? — perguntou Harrison. Ela abriu a porta e saiu.

Brinkley foi até ela para cumprimentá-la e deu-lhe um beijo na bochecha. Todos os amigos de Harrison tinham modos impecáveis. Ela teve de resistir à vontade de fazer uma reverência.

— Coco está lá dentro com a bebê — disse ele.

*

A bebê — Isabella teve de admitir — era linda. Não tinha aquela pele vermelha e cheia de pequenas espinhas que os recém-nascidos têm de vez em quando. Essa bebê era rosada e branquinha com cabelos escuros e olhos de um azul profundo. Isabella não queria ter se apaixonado, mas foi o que aconteceu imediatamente.

Coco estava mais engraçada do que Isabella se recordava, talvez por ter engordado um pouco durante a gravidez. Sempre foi uma mulher pequena, mas agora havia a gordura inconfundível da sobra da bebê em sua estrutura baixa.

— Tudo o que eu quero agora é salsicha — disse ela, com os olhos bem abertos. — É bizarro. Carne vermelha e salsicha.

Ela ofereceu vinho para Isabella e encheu duas taças gigantes de vinho tinto.

— Não é pra eu beber enquanto amamento, mas foda-se. Acabei de passar nove meses sem beber nada. E, além disso, no final do dia eu já estou louca de passar o dia todo só com esse pingo de gente — disse ela sorrindo para a filha.

Isabella gostava da Coco Gorda muito mais do que da outra versão.

*

Eles beberam até o jantar e beliscaram queijo e biscoitos. Revezaram quem segurava a bebê e Coco abriu o presente. Isabella segurou Elizabeth e desejou ter levado o coelho. Quando finalmente se sentaram, estavam todos um pouco bêbados.

Brinkley colocou bife nos pratos de todos e deu o maior para Coco, o que Isabella achou extremamente gentil. Ela sempre achou que Brinkley seria o tipo de marido que não gostaria de ter uma esposa gorda. Sentiu os olhos se encherem de lágrimas e disse a si mesma que devia parar de beber o vinho.

*

Harrison e Isabella planejaram ir à Newbury Street para darem uma volta e almoçarem, mas, quando ela terminou de tomar banho e de se vestir e foi até a cozinha na manhã seguinte, já havia outro plano.

Coco estava fazendo uma cesta de piquenique para levarem ao parque Boston Common. Quem tinha uma cesta de piquenique? Será que todo mundo, com exceção de Isabella, tinha uma?

Ela ficou olhando para Harrison em busca de contato visual, mas ele pareceu nem notar. Aquilo não era o planejado. Encheu mais uma caneca de café e conversava com Brinkley sobre um cara que eles conheciam que fora demitido por roubar dos clientes. Isabella não tinha certeza, mas achava que o nome desse cara era Mortimer.

Harrison se aproximou da caneca de café, chegou o nariz bem perto da boca e respirou fundo.

— Isto aqui — disse ele olhando para Isabella — é café de verdade.

Isabella sentiu tanto ódio que quase cuspiu. As narinas dele ficaram gigantes quando ele inspirou o cheiro do café, e ela se sentiu enjoada. Sorriu e pediu um Advil.

*

Isabella não fazia um piquenique havia anos. Talvez mais. E ela sabia por quê. Além de ser desconfortável se sentar a céu aberto, era estranho ficar mexendo em potes cheios de sopa tentando não derramar nada e segurando os guardanapos quando batia vento. Ela, entretanto, sorria para não ser rude. Sentia dor de cabeça por causa do vinho e queria que eles ainda estivessem na cama. Fazia frio quando ventava — frio demais, certamente, para comer ao ar livre.

O Boston Common era bonito, principalmente com todas as folhas mudando de cor e os lindos tijolos marrons ao fundo. As pessoas de Boston pareciam mais limpas e bem-dispostas do que as de Nova York. Mas o Boston Common não era o Central Park, e, para Isabella, parecia pequeno e ansioso, como se estivesse se esforçando demais.

A bebê estava coberta de uma maneira que chegava a ser insana, e tudo o que Isabella conseguia ver era um pequeno nariz no meio de uma pilha de mantas. Coco se abaixou e encostou o seu nariz na bebê.

Isabella sentiu alguma coisa que certamente era inveja, embora não soubesse direito por quê. Ela gostaria de querer se sentar mais perto de Harrison e receber o seu abraço, mas não queria.

Harrison explicava como o fundo de cobertura para o qual trabalhava estava se ajustando à economia, e como as perspectivas deles mudavam. Toda vez que dizia a palavra "derivadas", as têmporas de Isabella latejavam. Coco e Brinkley escutavam com atenção, não apenas por educação. Estavam mesmo interessados no que ele dizia.

Isabella percebeu que ele era chato. Ficou escutando uma história relacionada ao trabalho e de repente se deu conta: ele era chato, e os amigos dele eram chatos, e esse piquenique *naquele instante* estava chato. Harrison provavelmente tinha um desejo secreto de se casar e mudar para Boston e comprar um Golden Retriever e ser chato o tempo todo. Ela realmente não o conhecia.

E pior, e se ele não quisesse se casar com ela e mudar para Boston? Ela não tinha certeza se queria ficar com ele, mas sabia que queria que ele quisesse isso. O cérebro deu voltas, ela fechou os olhos e virou o rosto para o Sol.

Às vezes, Harrison parecia um velho, corcunda e acabado. Ficava de mau humor depois do trabalho, afrouxava a gravata e assistia ao noticiário da noite. Talvez fosse melhor não terem ido morar juntos tão cedo, mas o aluguel em Nova York era insano, e, além de os contratos dos apartamentos dos dois logo vencerem, eles passavam quase todas as noites juntos. Pareceu uma boa ideia. Agora Isabella não conseguia imaginar como sairiam dessa situação, mesmo que quisessem.

— Você odeia o Ken de vez em quando? — perguntou Isabella à amiga Mary duas semanas antes. Estavam fazendo as unhas em uma noite de quarta-feira depois do trabalho, e a pergunta saiu. Ken era o novo namorado de Mary, um cara legal que fazia todas as amigas comentarem "ah, lá está ele. Era isso que ela estava esperando", como se encontrar o par perfeito fosse uma garantia, bastava ter paciência o suficiente.

Mary ergueu as sobrancelhas e analisou uma das unhas que havia acabado de borrar.

— Se eu odeio ele? — perguntou.

— É. Se odeia ele — repetiu Isabella. — Outra noite eu olhei pro Harrison e simplesmente... sei lá.

— Eu não sei se chego a *odiar* — disse Mary —, mas ele com certeza me estressa pra caralho de vez em quando.

*

Naquela noite, eles foram ao North End comer comida italiana. Comeram massa e beberam menos vinho do que na noite anterior, e Brinkley, Coco e Harrison trocaram informações sobre pessoas com quem estudaram.

— Cathleen está grávida de novo — disse Coco —, mas não está divulgando ainda, então não fala nada.

Coco sempre sabia das melhores fofocas, e quase tudo o que dizia vinha seguido do aviso de que não devia estar contando. A primeira vez que Isabella conheceu Coco foi no casamento do amigo de Brinkley e de Harrison, Tom. Além da noiva ter traído o noivo durante a faculdade com outro amigo, Dave, que não foi convidado para o casamento, uma das madrinhas era apaixonada pelo noivo desde o primeiro ano da faculdade.

Isabella entendeu essas confissões como um sinal de que Coco realmente gostava dela, que queria ser amiga, e ficou lisonjeada com a atenção. Mas, depois de mais alguns encontros, Isabella percebeu que não havia nada de especial nela. Coco simplesmente não conseguia guardar segredo.

*

De volta em casa, Coco ofereceu biscoitos e serviu vinho para todo mundo. A bebê estava totalmente acordada, deitada no chão sobre uma manta rosa com um móbile de animais de pelúcia acima dela. Balbuciava com eles como se contasse uma história.

— Você tem muito a dizer hoje à noite, não tem? — perguntou Coco para a bebê.

— Que nem a mãe — disse Harrison, e todos riram.

Por algum motivo, isso fez com que Isabella se sentisse de fora, como se tivesse interrompido uma reunião. Ficou sentada no chão ao lado da bebê fingindo estar tão interessada em Elizabeth que nem ligava para a conversa ao redor. Os três ainda trocavam informações sobre pessoas da faculdade, mas focavam nos amigos periféricos, pessoas que Isabella sequer conhecera.

— A Dorothea foi demitida! — Coco quase berrou isso, de tão feliz que ficou por se lembrar da notícia. Sentou-se em cima das pernas e se preparou para contar a história toda. — Estava prestes a ser promovida, ou achou que seria. E estava procurando lugar pra comprar na cidade, aí chamaram ela. Dá pra acreditar nisso? — Deu um gole no vinho para causar um efeito dramático. — Ela está bem constrangida, então não saiam anunciando nem nada. Precisou voltar a morar com os pais em Long Island. Dá pra imaginar? Credo — disse Coco tremendo.

Isabella na verdade conseguia imaginar, sim, e se perguntou se era a única. Do jeito que estava, a vida lhe parecia muito frágil, muito instável. Se perdesse o emprego, voltar a morar com os pais talvez fosse exatamente o que faria. Não era casada com Harrison e eles não tinham filhos. Ela podia simplesmente vender a cama e o sofá, fazer as malas e se mudar para a casa dos pais, fácil assim.

Ela não achava isso anormal. Mas será que Coco era mais normal que ela? Tinham quase a mesma idade e Coco já iniciara uma vida com bebês, Golden Retrievers e cestas de piquenique. Era uma vida que parecia estar a quilômetros de distância.

Isabella se sentou de pernas cruzadas na frente do bebê e começou a fazer cócegas nos dedinhos de seus pés.

— Este porquinho foi no mercado, este porquinho ficou em casa... — começou bem devagar. Os olhos de Elizabeth se alargaram e ela ficou séria. — Este porquinho comeu carne-seca, e este porquinho não comeu nada. — Elizabeth estava quase completamente parada, olhos fixos em Isabella. — E este porquinho fez *óinc, óinc, óinc* enquanto andava pela estrada! — Isabella terminou a rima e fez cócegas nas pernas e na barriga da bebê. Elizabeth ficou com medo por um instante, mas depois começou a gargalhar e a bufar.

— Você tem tanto jeito com ela — disse Coco. Isabella sentiu-se ofendida por ela soar tão surpresa.

— Isabella tem várias sobrinhas e sobrinhos — disse Harrison, não de maneira áspera, embora tenha feito Isabella se sentir uma adolescente esquisita que eles tentavam cativar e incluir. Ela pediu licença logo depois disso e foi para o segundo andar dormir. Os três permaneceram acordados conversando até tarde, e foi um tanto solitário ficar escutando as vozes deles em outro cômodo.

*

Isabella não dormiu bem naquela noite. Estava acordada e vestida, sentada ao lado da mala pronta, antes mesmo de Harrison sair do banho. Coco preparou rosquinhas e bolinhos e café, então eles se sentaram para comer, e ela teve a certeza de que o fim de semana jamais acabaria. Bebeu o café e desejou que as despedidas e abraços e promessas de visitas em breve terminassem de uma vez. Harrison foi lento para arrumar as coisas e se demorou à mesa. Isabella achou que fosse se levantar e dar um berro.

Finalmente, pegaram a estrada. Ela queria passar pela Boston College, talvez parar na loja e comprar uma camiseta. As janelas do carro estavam abertas, e o vento que entrava era um vento tão perfeito de outono que a deixou feliz. Colocou a mão para fora e sentiu o frescor misturado com o restinho de verão.

— Você se divertiu? — perguntou Harrison olhando para Isabella e colocando uma das mãos sobre sua perna. — Desculpa se não foi exatamente o que você queria fazer.

— Você se mudaria pra Boston? — perguntou ela.

— Não — respondeu ele. Olhou para ela de novo. — Por quê? Mudar pra cá é uma coisa que você acha que vai querer fazer?

Ela sentiu um alívio imediato e balançou a cabeça indicando que não. Sorriu para ele.

— É um lugar bom pra visitar, uma ótima cidade pra fazer faculdade, mas não consigo me ver morando aqui de novo — disse ele. — É tipo uma cidade de mentira, sabe?

Ela deu uma risada, feliz por ele dizer exatamente o que ela estava pensando. Isabella teve tantos questionamentos quanto a Harrison no fim de semana que acabou perdendo noção de onde estava. O que isso queria dizer exatamente? Para ela, não podia ser nada bom.

Pegou a mão de Harrison e deu-lhe um beijo, depois a segurou sobre a própria perna.

— Foi ótimo — disse ela. — Bem divertido. — Ele sorriu e voltou a se concentrar na estrada. — Aquela bebê é bem fofa, né?

— É — falou ele, e recolheu a mão para fazer uma curva.

*

Quando estacionaram no campus, Isabella se sentiu do mesmo modo como quando voltava às aulas no outono. O estômago dela ficou pesado de tanta animação, a garganta coçou. Ela começou a olhar em volta como se fosse ver alguém conhecido. Grupos de meninas andavam no refeitório com calças de pijama e rabos de cavalo desengonçados. Riam e berravam, e Isabella teve vontade de se juntar a elas e comer bacon e ovos enquanto conversavam sobre a noite anterior. O que aconteceu? Ela queria saber. Quem ficou com quem? Você gosta de algum menino da faculdade?

Isabella e Harrison caminharam de mãos dadas, e ela mostrou os dormitórios onde morou e os outros prédios. Ela sabia que ele estava entediado, mas não ligava.

— Não é bonito aqui? — perguntou ela. — Não é mais bonito do que a Tufts? É realmente o campus mais lindo que eu já vi.

Ele finalmente riu e colocou um dos braços sobre os ombros dela.

— Talvez você tenha uma opinião tendenciosa, não acha? — perguntou ele. Falava com ela no tom de voz *você é uma fofinha*, que costumava usar muito mais no começo da relação. Ele não usava mais aquele tom, e Isabella não tinha certeza se isso era normal.

Isabella havia percebido duas semanas antes que aquele era o relacionamento mais longo que ela já tivera. Tinha 29 anos agora. Não era mais possível comparar isso ao Will louco da faculdade, ou ao Ben, o maconheiro. Aquilo já se tornara um "relacionamento de verdade", o relacionamento ao qual teria de comparar todos os outros relacionamentos futuros. Ou não, caso ele perdurasse.

Durante a faculdade, 29 anos parecia uma idade impossivelmente velha. Ela achou que a essa altura já teria se casado e estaria com filhos. Mas os anos se passavam e ela não se sentia diferente do que fora. O tempo continuou avançando e ela permanecia ali, a mesma.

Tinha a impressão de que tudo acontecia de maneira mais fácil para os outros. Com os amigos de Harrison, por exemplo. Eles simplesmente se casavam e tinham filhos e pareciam nem pensar muito sobre isso. Talvez esse fosse o problema dela. Talvez estivesse pensando demais sobre o assunto. Ou talvez o fato de pensar tanto nisso fosse sinal de que não era natural para ela.

Não muito tempo antes, houve uma manhã em que os dois ficaram deitados mais tempo, o que não era o normal de Harrison. Os domingos eram dias em que ele saía para correr e geralmente estava de pé e na rua antes de ela acordar. Naquele domingo, entretanto, ele não foi a lugar algum. Pediram café da manhã no Bagelry e assistiram a *Meet the Press* com o *New York Times* espalhado sobre a cama toda.

Ela se incomodava por ele ser tão energético no fim de semana. Ficar na cama enquanto ele corria fazia com que se sentisse preguiçosa. Naquela manhã, estava pronta para arrumar uma briga com ele por sair do apartamento. E então, como se Harrison soubesse que ela estava pensando nisso, ele não foi.

— Não vai correr hoje? — perguntou.

Ele deu de ombros.

— Não estou com vontade — respondeu.

Isabella mantinha dois porquinhos de pelúcia chamados Buster e Stinky na mesa de cabeceira. Harrison sempre achou estranha a maneira como ela gostava de animais de pelúcia, a maneira como se atraía por bonecos pequenos e coisas fofas.

— Você é tão estranha — disse ele rindo quando ela fez com que um sapo de pelúcia coaxasse para ele. E ela sabia que ele realmente quis dizer isso.

Os namorados do passado achavam essa característica fofa e encantadora. Eles a presenteavam com animaizinhos de pelúcia. Ben chegava até a fazer vozes para eles — geralmente quando estava chapado —, e fingia que andavam na cama para fazê-la rir.

Harrison ignorava Buster e Stinky completamente, exceto quando ficou brincando com Buster como se fosse uma bola durante uma ligação longa. Naquela manhã, entretanto, Isabella voltou do banheiro e encontrou os dois porcos no meio da cama em uma posição comprometedora. Ela ficou olhando para eles até finalmente entender que estavam fazendo um 69.

Ela permaneceu em pé à beira da cama até Harrison olhar para ela.

— Meu Deus — disse ele —, um bando de porcos indecentes aqui. Devem ter aprendido de tanto olhar pra você.

— Você sabe — disse ela — que eles dois são meninos, né?

— Você está dizendo que dois porcos machos não podem se apaixonar? Não aprendeu nada com os pinguins nos zoológicos?

Isabella riu e voltou para a cama com ele. Durante aquele dia todo, sempre que saía do quarto, Harrison colocava os porcos em outra posição erótica. Sim, pensou ela no final do dia. Posso passar o resto da vida com ele.

Ela temia que talvez eles estivessem namorando há tempo demais para acabarem juntos. Era como tentar mergulhar de um trampolim; se você fizesse tudo direito, tudo bem. Mas, se ficasse olhando para baixo pensando em todas as coisas ruins que poderiam acontecer, era o fim. Você simplesmente acabaria descendo as escadas de volta para a segurança do solo.

Harrison estava ao lado de um prédio com dormitórios checando o celular. Ela o observou de costas. Como é que conseguiria viver bem se alternava dias em que o odiava e dias em que o amava? E se isso não parasse nunca?

Ela parou atrás dele, ficou nas pontas dos pés até que o nariz estivesse perto da orelha dele, e então fungou baixinho e devagar. Harrison inclinou a cabeça como se ela fizesse cócegas nele e abaixou o celular. Isabella continuou fungando até ouvir a risada dele, e então parou e beijou-lhe a nuca.

— Oi, porquinha — disse ele e se virou. — Achei você.

— Achei você — repetiu ela. Isabella encostou o rosto no dele e fungou de novo até ele sorrir e lhe dar um beijo.

Placenta

Todo mundo falava sobre bebês. Começou quando alguém sugeriu que Shannon ia se casar porque estava grávida.

— Ela conhece o cara há seis meses — disse a amiga Annie —, e cá estamos no casamento deles. É um pouco suspeito.

— Você acha que tem um filho a caminho? — perguntou Lauren. — Eu não acho, não.

— Talvez ela só quisesse se casar — falou Isabella. E, para mudar de assunto, perguntou à amiga Katie como estava a gravidez dela. Katie começou um discurso sobre como foi difícil para ela engravidar a segunda vez.

— Você sempre acha que vai ser tão fácil — disse ela. — Eu já tinha o Charles, então achei que podia engravidar quando bem quisesse. — Katie parou para tomar um gole de água, e Lauren sentiu esperança de que a conversa tivesse terminado, mas Katie continuou. — Enfim, comprei um livro chamado *Controlando a Fertilidade* e ele realmente mudou a minha vida — falou ela.

Annie deu um berro.

— Também comprei esse livro! É incrível. — As duas começaram a conversar sobre como experimentaram o fluido cervical delas para descobrirem quando estavam ovulando.

— Fluido cervical? — sussurrou Lauren para Isabella.

— Corrimento — sussurrou Isabella em resposta. Lauren largou o bolo e pegou a bebida.

— Isso é muito nojento — disse ela.

— Totalmente — respondeu Isabella.

Quando as duas começaram a comparar as diferenças entre o fluido que parecia "clara de ovo" e o fluido que era "fofo", Lauren se levantou para pegar mais bebida. Quando voltou, as duas estavam conversando sobre placenta. Isabella pegou a bebida e sorriu.

— Lembra quando o Michael Jackson disse que pegou a criança quando ainda estava na placenta? — perguntou Lauren. Isabella riu e balançou a cabeça. — Que foi? — quis saber Lauren. — É a única história de placenta que eu tenho. Estou só tentando participar. — As duas caíram na gargalhada.

Todo mundo mencionava Michael Jackson o tempo todo. Havia falecido no começo daquela semana, e, toda vez que Isabella ligava a TV, ele olhava para ela. Era impossível esquecê-lo. Até a banda do casamento tocava bastante Michael Jackson. O casamento da Shannon virava um show em memória ao cantor. Foi estranho.

— Sabe qual música está na minha cabeça faz tipo uma semana? — perguntou Lauren. — "Billie Jean". Eles tocam isso o tempo todo e eu não sei o que fazer. Você acha que a música vai me enlouquecer? Ela fica na minha cabeça o tempo todo, *"Billie Jean is not my lover..."*.

— Você tem a pior voz do mundo — disse Isabella.

— A morte do Michael Jackson é muito triste — falou Katie.

— Não acho que é — disse Lauren. — Não sei por que, mas não fiquei nem um pouco triste.

— Você sabe qual nome vai dar pro bebê? — perguntou Isabella.

— Bem, eu gosto de Jason, mas não sei.

— Talvez fosse legal você o chamar de Blanket — disse Lauren.

*

Isabella queria que as amigas parassem de falar sobre filhos antes de Mary chegar à mesa. Mary sabia que estava grávida havia duas semanas, mas ninguém sabia. Confessou para Isabella e Lauren uma noite quando estavam no apartamento dela. Lauren tinha levado champanhe para comemorar o seu novo emprego de agente imobiliária.

— Ah, por favor — disse Lauren quando Mary falou que não queria beber. — Finalmente arrumei um emprego lucrativo. Se você não pode comemorar isso, então o que pode comemorar? — Encheu a taça e a colocou na frente de Mary, bem embaixo do nariz, até que a amiga virou o rosto e disse:

— Estou grávida. — Desse jeito.

— Puta merda — disse Lauren abaixando o copo. — Por que não falou antes?

— Não consigo acreditar — Mary ficou repetindo. — Simplesmente não consigo acreditar.

— Bem, veio em muito boa hora — disse Isabella. — Tipo, você vai se casar em breve.

— Vou — concordou Mary, devagar. — Só não planejei isso. Não achei que fosse acontecer dessa forma.

Uma semana mais tarde, Mary ligou para Isabella contando que não estava mais grávida.

— Não sei direito o que aconteceu — disse ela. — O médico falou que é normal.

— Bem, então com certeza é — falou Isabella.

— Estou me sentindo tão idiota — disse Mary. — Sei que não foi planejado, mas depois passei a querer. Agora sinto que causei isso com a força do pensamento.

— Não acho que é assim que funciona — comentou Isabella.

— É, acho que não. — Mary não soou muito convencida.

*

Agora estavam no casamento de Shannon e o único assunto sobre o qual conseguiam falar era bebês.

— Vocês sabem por que a Kristi disse que não podia vir ao casamento? — perguntou Katie. — Porque eles só viajam quando a sogra dela pode ir junto, e ela estava ocupada. Não podem deixar o bebê nem por uma noite, porque a Kristi *só* amamenta. Ela nunca nem tira o leite pra estocar. Isso é bizarro.

— O bebê já não tem quase 1 ano? — perguntou Isabella. As duas assentiram.

— Nojento — disse Lauren.

*

Como Ken estava preocupado com Mary, falou com Isabella depois do casamento.

— Estou preocupado com ela — disse. Isabella deu um abraço nele. Era um cara legal.

— Acho que ela vai ficar bem — respondeu Isabella. Ken concordou com a cabeça. Sempre que ele estava ao lado de Mary, colocava a mão em seu braço.

*

Katie falava sobre o plano de parto para o segundo bebê. Lauren olhou para ela com nojo e medo. Isso não era nada, pensou Isabella. Harrison e Isabella viram o vídeo de verdade do nascimento de Charles. Isso aconteceu acidentalmente. Katie e Tim os convidaram para jantar certa noite e, enquanto todos bebiam vinho, comiam pequenas quiches e admiravam o bebê, Katie perguntou:

— Querem ver o vídeo do parto? — Isabella teve a certeza de que nem ela, nem Harrison disseram sim, mas também não disseram não, então acabaram assistindo a Katie se contorcendo na TV enquanto um Charles lamacento vinha ao mundo. Quando saíram do apartamento naquela noite, Harrison apertou o botão do elevador e simplesmente soltou um "puta que pariu". Isabella sentiu um grande amor por ele em virtude disso.

— Eles não são os melhores amigos do mundo — disse Isabella sentindo que devia confessar isso. Harrison apenas balançou a cabeça e olhou para o teto.

— Puta que pariu — repetiu. — Puuuta que pariiiu.

*

Lauren havia colocado a primeira camada do vestido de madrinha sobre a cabeça e dançava "Beat It".

— Acho que talvez seja bom suspender a bebida da Lauren — disse Isabella para ninguém em especial.

— Isso não é nada apropriado — falou Katie. Isabella combinou consigo mesma que contaria isso para Harrison depois. "Você acredita que ela acha isso não apropriado?" vai dizer para ele. "E mostrar um vídeo com um close da sua vagina para os amigos?" E ele vai rir.

*

Isabella não via Harrison há algum tempo. Provavelmente estava evitando ficar perto de Katie. Isabella tinha certeza de que ele sentia medo dela depois daquele vídeo, e compreendia o motivo.

Ela saiu do salão e viu Mary e Ken no outro lado do terraço de pedras com vista para o mar. Mary inclinou a cabeça sobre o braço de Ken e ele beijou a testa dela. Isabella sentiu que estava espiando, mas permaneceu ali e os observou.

Harrison veio por trás de Isabella e sorriu quando viu que ela estava chorando.

— Você está chorando? — perguntou. Ela balançou a cabeça em sinal negativo. — Você é a pior mentirosa do mundo — disse ele. Isabella sempre chorava em casamentos. (Se bem que ela geralmente chorava na cerimônia, não na festa.)

— Está tudo bem? — quis saber Harrison.

Isabella assentiu.

— Estou só feliz.

— Estou vendo — disse ele. Tirou um lenço do bolso e entregou-o a Isabella para que assoasse o nariz. Harrison sempre levava lenços para ela em casamentos. Além do avô, ele era a única pessoa que ela conhecia que andava com lenços de verdade.

A primeira vez em que ele deu um lenço a ela foi como achar uma nota de vinte dólares no casaco de inverno: inesperado e de uma sorte incrível. Ela se emocionou com a alegria que acompanhou esse gesto — e isso nunca mudou, nem diminuiu. Toda vez em que ele lhe dava um lenço, Isabella ficava zonza de tanta sorte.

— Você perdeu uma conversa incrível sobre partos.

— Que pena — disse Harrison. — A Katie mostrou algumas fotos do Charles no canal vaginal?

— Dessa vez, não. A conversa foi mais sobre placentas.

— "Placenta" vem do latim e significa "massa achatada" — falou Harrison.

— Como você sabe disso? Por que você tem essa informação na cabeça?

Harrison ergueu os ombros.

— Ouvi em algum lugar. — Sorriu.

— Acho que você assiste muito ao Discovery Channel — disse Isabella.

*

Quando Harrison lhe deu um cachorro no aniversário de 30 anos, Isabella ficou impressionada pela responsabilidade.

— Acho que vou matar o bicho — ficava dizendo repetidamente. Ele garantiu que ela não faria isso. Isabella queria um cachorro fazia tempo, mas, quando o ganhou, começou a duvidar se estava pronta. Talvez pisasse nele, se esquecesse de alimentá-lo ou deixasse alguma coisa venenosa que ele acabasse comendo. As possibilidades eram infinitas.

Na segunda noite em que o cachorro estava no apartamento deles, Winston chorou tanto que Isabella acabou se deitando no chão ao lado dele. Acordou com Harrison de pé na frente dos dois.

— Quem é dono de quem? — Winston estava enrolado em uma bolinha na frente da barriga dela, e Isabella olhou com cuidado para ter certeza de que ele continuava respirando. Depois olhou para Harrison, esfregou os olhos e disse:

— Acho que talvez ele seja o dono de nós dois, mas vamos ver.

Harrison sorriu.

— Você é uma boa mãe — falou ele, e foi escovar os dentes. Desse jeito, no meio do nada, *você é uma boa mãe.*

— Quer voltar pro salão? — perguntou Isabella a ele. — A Katie está contando os planos do próximo parto dela.

Harrison pensou um pouco.

— Não — respondeu. — Não quero.

Isabella torceu o lenço e sorriu.

Botão

O pai de Ken havia morrido, então Mary não tinha como ser honesta em relação às coisas da maneira que gostaria.

— Minha mãe só tem a mim — dizia Ken sempre que Mary mencionava qualquer coisa.

— Ela tem mais três outros filhos — falou Mary.

— Que não são como eu — completou ele, apoiando o braço sobre os ombros dela.

Mary tentou ser caridosa. Afinal de contas, era católica. Podia sofrer em silêncio. Tentava não dizer nada quando Ken passava fins de semana inteiros na casa da mãe, fazendo o imposto de renda dela e ajudando a escolher uma porta para a nova garagem.

— O meu pai cuidava dessas coisas todas — dizia ele sempre que Mary reclamava que não o via com tanta frequência.

No primeiro encontro de Mary e Ken, ele recebeu uma ligação da mãe no meio do jantar.

— Desculpe — disse assim que voltou. — A minha mãe fica nervosa quando não respondo. O meu pai faleceu há alguns anos e ela está muito sozinha.

Mary seria capaz de chorar de tanta felicidade. Estava em um encontro amoroso com um cara verdadeiramente legal que amava a mãe e não tinha medo de dizer isso. Três dias depois, entretanto, já não era tão encantador.

Ken foi morar no apartamento de Mary, mas avisou que jamais poderia contar isso à mãe.

— Mas a gente tem 30 anos — disse Mary. Nunca o achou tão sem graça quanto nesse dia.

— A minha mãe é antiquada — falou ele — e não quero aborrecê-la. Passou por tanta coisa com o meu pai e tudo mais. — E então Mary não podia dizer nada.

— Alguns cordões umbilicais são mais fortes do que outros — disse Lauren a ela. Parecia a primeira fala de um filme de terror.

*

— Pode me chamar de Botão — disse a mãe de Ken quando eles ficaram noivos. — Ou de mãe.

Todo mundo chamava a mãe de Ken de Botão. Sempre chamaram. A maioria das pessoas nem sabia que o seu verdadeiro nome era Virginia.

— O meu pai me achava graciosa como um botão — explicou ela certa vez a Mary. — E o apelido pegou.

Mary não conseguia imaginar ter de chamar uma mulher adulta de Botão. Chamá-la de mãe seria ainda pior. Mary tinha certeza de que a oferta não fora sincera. Queria continuar chamando-a de sra. Walker, como sempre. Porém, agora que o assunto havia sido abordado, ela sabia que não teria como, então disse apenas "obrigada" e parou de chamá-la de qualquer nome.

— O que posso fazer? — perguntou Mary a Isabella. — A família dele é obviamente louca.

— Assim como a família do Harrison — disse Isabella. — Eles nunca se abraçam. Contei isso pra você? Eles literalmente só acenam uns para os outros em cantos opostos da sala, isso quando não se veem há meses. É bizarro.

— Bem, a mãe do Ken abraça os filhos se eles saem da sala por mais de cinco minutos.

— Jura?

— Juro.

— Isso é meio estranho.

— Eu sei.

— A família do Harrison nunca se fala no telefone. Nunca. Só se vão se encontrar em algum lugar e querem confirmar a hora.

— A família do Ken só sai pra comer no T.G.I. Friday's ou no Chili's — disse Mary e Isabella riu.

— O irmão do Harrison come com as mãos e nunca pede licença quando sai da mesa. Ele simplesmente se levanta e vai embora.

— Não acho que Botão quer que a gente se case.

— Sério?

— Sério. Acho que ela quer que o Ken só preste atenção nela.

— Eca — disse Isabella.

— Pois é.

*

Todo verão a família de Ken se reunia no lago Minnetonka, em Cable, Winsconsin.

— Vocês não têm vontade de ir a outro lugar, não? — perguntou Mary.

— Só vamos lá — explicou Ken. — O meu pai começou a levar a gente quando eu era um bebê ainda.

Mary e Ken namoravam havia dois anos, mas Mary nunca foi convidada para "o lago". Ken passava férias com a família dela, mas nunca mencionava convidá-la quando era a vez dele. Agora que estavam noivos, Botão ligou para Ken a fim de dizer que devia convidar Mary. Ele contou-lhe isso como se fosse motivo para ela ficar animada.

— Você vai ver o lago! — disse ele. Mary sorriu. Nenhum lago valia uma semana com Botão.

Levaram o dia inteiro para chegar lá. Tiveram de pegar um avião até o Aeroporto Internacional Minneapolis-St. Paul e depois dirigir por três horas até o lago. Quando chegaram, Botão estava de pé na varanda esperando por eles.

— Estou tão feliz por você ter vindo — disse ela a Mary com um leve traço de sotaque britânico falso. Deu a impressão de que vinha praticando a frase.

Mary viu que Botão tentava sorrir, mas não conseguia colocar a boca na posição correta. Ken entrou para colocar a roupa de banho e correu para o lago antes mesmo de Mary entrar na casa. Ela olhou para ele com uma expressão de *Não me deixa aqui sozinha*, mas ele apenas berrou:

— Me encontra no lago quando estiver pronta! — Mary e Botão se entreolharam na varanda.

— Deixa eu mostrar onde fica o seu quarto — disse Botão, levando Mary para um retângulo estreito ao lado da cozinha. Havia uma cama pequena montada ali, e ela tomava quase o espaço todo do quarto. Mary colocou a mala no chão e tentou parecer feliz por dormir em uma antiga despensa.

— Muito obrigada por me receber aqui — agradeceu Mary. — Estou tão feliz de estar aqui. O Ken sempre fala deste lugar.

Botão estava afobada.

— Bem — disse ela. — Bem, que bom.

— Quer ajuda com alguma coisa? Com o jantar ou alguma coisa assim?

— Não, já está tudo arrumado — falou Botão. — O jantar vai ser às 18h. — Quando Mary finalmente ficou sozinha na despensa, decidiu se deitar e tirar um cochilo.

"Esta é a minha família agora", pensou consigo mesma. "Eu vou ser legalmente unida a Botão." Tentou dizer para si que não devia ser tão dramática, mas se imaginou passando as férias com aquelas pessoas e uma única lágrima caiu do olho. Ela tinha o direito a uma lágrima. Teria uma sogra chamada Botão.

*

O lago era bonito, porém gelado. Ken a levou para um passeio em um dos caiaques, e garantiu a ela que não morreria.

— Aqui — disse ele jogando um colete salva-vidas para ela. — Coloca isso.

Remaram até o meio do lago turvo. Mary foi na frente porque Ken disse que a pessoa mais pesada devia ir atrás. Ela tentou se virar algumas vezes para fazer perguntas, mas, sempre que fazia isso, o caiaque balançava, então ela ficou olhando apenas para a frente. A água corria pelos remos e uma poça grande se formava aos pés deles. A única coisa boa em estar no caiaque era que Botão se tornava cada vez menor na margem do lago. Mary estava começando a curtir quando ouviu Ken soltar um "Opa".

— Que foi? — Mary virou a cabeça, e o caiaque balançou para a direita. — Opa, o quê? Que houve?

— Nada demais — disse Ken. — Mas é melhor a gente voltar. Acho que tem alguns buracos no caiaque.

Mary agarrou o remo e começou a bater na água. Ouviu Ken rindo.

— Tá tudo bem — disse ele. — Juro que, mesmo que o caiaque afunde, a gente não está tão longe. Dá pra nadar até lá.

Quando voltaram, Botão estava de pé na margem com a mão sobre o peito.

— Ai, fiquei tão preocupada! — disse ela. — Como assim você achou que podia pegar o caiaque? Não usamos isso tem anos. — Mary teve a impressão de que Botão olhava para ela quando disse isso.

— Mãe, estamos bem — disse Ken. Era mais alto do que a mãe e, quando a abraçava, ela ficava minúscula.

— Bem — disse Botão. — Bem, fiquei preocupada.

— Eu sei, mãe, eu sei! — Ken e a mãe foram na frente pelo caminho até o chalé. Mary foi atrás deles, tremendo e com os pés molhados.

*

Tornou-se evidente para Mary que os Walker tinham uma rotina no lago e que, só de estar lá, ela já a estava atrapalhando. No domingo à noite, eles foram ao Lodge para jantar, e comeram peixe e coalhada. Na segunda-feira à noite, fizeram cachorros-quentes na grelha. Terça-feira era noite de taco. Quando foram ao supermercado, Mary sugeriu que comprassem salmão para grelhar, mas a família inteira olhou para ela como se fosse louca.

— Só comemos peixe no Lodge — disse a irmã de Ken. Mary concordou como se aquilo fizesse sentido.

Foram ao Lodge na quarta-feira à noite para um bingo.

— Sabe do que este lugar me lembra? — perguntou Mary. — Daquele lugar de verão aonde eles vão em *Dirty Dancing*, sabe? — A irmã de Ken riu.

— *Dirty Dancing?* — perguntou Botão. — Que tipo de filme é esse?

Mary se sentiu como acabasse de admitir para a Botão que assistiu pornô hard core, então resolveu calar a boca e se focar em seus cartões de bingo. Ken estava no bar pegando gim e tônica para a mãe. Ele apareceu e olhou para as mesas de bingo para ver onde estavam sentadas. Mary e Botão acenaram ao mesmo tempo. Ken viu Mary e sorriu, e depois começou a se aproximar da mesa.

— Ah — disse Botão. — Ele viu você primeiro. Acho que agora você é a menina número um dele.

Por um instante, Mary achou que havia escutado errado. E, no instante seguinte, sentia-se simplesmente muito assustada para conseguir responder. Por fim, disse:

— Estou usando uma cor bem chamativa. Deve ser mais fácil me ver por causa disso.

*

Os irmãos de Ken não paparicavam Botão tanto quanto ele. É claro que eram muito gentis com ela, só não ficavam observando cada movimento para garantir que estava bem o tempo todo.

— Talvez seja porque ele é o mais velho — disse Isabella para Mary no telefone. Ela foi até a cidade e ligou para Isabella de um telefone público. Não tinha sinal de celular em Cable, mas precisava conversar com alguém antes que perdesse a cabeça.

— Talvez — falou Mary.

*

Todo ano a família de Ken tirava uma foto na frente do lago. Naquele ano, Mary se voluntariou para tirar, mas Ken disse:

— Não, você deve sair na foto. — Botão esticou os ombros e Mary disse:

— Que tal eu tirar uma só de vocês e depois uma comigo? — Botão sorriu para ela.

No avião, voltando para casa, Mary contou as picadas de mosquito.

— Vinte e três! — anunciou para Ken. — Não, peraí — vinte e quatro! Ken riu.

— Falei pra você não sair correndo sem colocar repelente. Você não acreditou em mim.

— Só achei que fosse mais rápida do que os mosquitos — disse Mary.

— Fico feliz por você ter visto o lago — falou Ken. Mary sorriu.

— Acha que vamos conseguir ir no ano que vem, com a lua de mel e tudo mais? — perguntou Mary. — Não sei se tenho direito a tantos dias de férias.

— Vamos dar um jeito. Mesmo que você não consiga, eu vou ter que escapar alguns dias pra ir lá.

— É uma viagem meio longa pra só alguns dias — disse Mary. Ken deu um tapinha no joelho dela.

*

Quando se casaram, Botão chorou. Mary tinha certeza de que eram lágrimas de tristeza, não de felicidade.

— Você está maluca — disse Ken. — A minha mãe adora você.

Quando Ken dançou com a mãe, foi o momento em que ela mais pareceu feliz. Mary ficou ao lado dela por algum tempo durante a festa, e, no momento em que o garçom passou com uma bandeja de camarão, Botão disse:

— Você sabe que o Ken não come camarão, não sabe? Ele fica cheio de alergia.

— Sim — respondeu Mary. — Eu sei.

— Ah, OK. — Botão parecia aliviada. — Só quis me certificar. Só não estava entendendo por que você serviria camarão no seu casamento se sabe que o seu marido tem alergia.

Mary foi até o banheiro e se trancou na cabine de deficientes físicos. Ficou de pé, toda vestida, e respirou fundo várias vezes, até que ouviu Isabella entrando.

— Mary? — chamou. — Está aqui?

Mary abriu a cabine e ficou parada.

— Botão — disse ela.

Isabella assentiu.

— A mãe do Harrison me falou na semana passada que achava que roupa de bolinha estava fora de moda.

— E daí? — perguntou Mary.

— Eu estava usando um vestido rosa de bolinhas brancas — disse Isabella.

— OK — falou Mary. — OK. — Ela e Isabella voltaram para a festa.

*

Quando Mary descobriu que estava grávida, Ken ligou para a mãe imediatamente.

— Ela está chorando — disse ele para Mary quase sem usar a voz. Mary sorriu.

Todos foram jantar para comemorar.

— A gente vai saber o sexo do bebê em breve — comentou Mary.

— Ah, não! Você vai saber? — Botão parecia aterrorizada.

— Sim, a gente achou que seria melhor se preparar.

— Mas é a maior surpresa da vida. Por que você arruinaria isso? Mary não sabia o que dizer.

— Vocês vão ter que se mudar daquele bairro — disse Botão. — Não podem ter um filho ali. É meio perigoso. — O bairro onde moravam não era perigoso desde a década de 1970. Agora estava cheio de lojas da Starbucks e da Baby Gap, e ninguém em sã consciência diria que era um lugar perigoso.

— Talvez — falou Mary. — Vamos pensar nisso.

— Já pensaram em alguns nomes? — perguntou Botão. Mary sabia que ela tentava ser gentil.

— Pensamos em Parker talvez, se for menino. Se for menina, nós gostamos de Lola.

— Lola? Vocês não podem chamar um bebê de Lola! Parece nome de prostituta.

— Mãe — disse Ken, rindo. — Não parece nome de prostituta. — Mary ficou em silêncio.

— Que tal Brittany ou Tiffany? — sugeriu Botão olhando para Mary. — Ou Mandy ou Christina?

— Talvez — falou Mary. — Temos tempo pra decidir.

Botão concordou com a cabeça.

— Bem, se o nome for Lola, talvez eu a chame de outra coisa. — Parecia contente, como se aquilo resolvesse o problema. Mary tentou trocar um olhar com Ken, mas ele estava olhando para o hambúrguer.

*

— Ela quer que a neta seja uma patricinha! — disse Mary. — Brittany ou Tiffany? Que tipos de nomes são esses? São nomes de mentira que você dá pros seus filhos de mentira no segundo ano!

— Jura? — perguntou Isabella. — Eu sempre escolhia Brandy naquela idade.

— Isabella.

— Oi, desculpa. Ela tem mau gosto com nomes.

— Mau gosto? Ela quer que a neta seja uma cantora adolescente que usa calça de couro e faz votos de ficar virgem até engravidar aos 17 anos.

Mary começou a chorar e Isabella fez carinhos nas costas dela.

— Talvez seja um menino — sugeriu.

*

O bebê nasceu com todos os dedos das mãos e dos pés, o que deixou Mary feliz. Ela não estava tão preocupada assim, mas em uma noite, antes de descobrir que estava grávida, ela e Isabella beberam uma quantidade absurda de vinho. Então quando pôde contar todos os dedinhos, sentiu-se aliviada.

Era um bebezinho atarracado, e eles o nomearam Henry, o nome do pai de Ken. Mary sabia que o marido estava feliz com ela, e ela também gostava do nome. Mary gostava de segurar os pés dele e colocá-los em sua boca.

O bebê tinha cabelos loiro-claros e olhos azuis, como Ken. Às vezes, quando se concentrava para fazer necessidades, parecia-se com Ken quando estava trabalhando em um caso que achava que perderia.

— Ele é o bebê mais lindo que você já viu, não é? — perguntou ela para Ken.

— É — respondeu ele. — Acho que é.

*

Botão foi visitar no dia em que eles saíram do hospital.

— Mal posso esperar pra vê-lo! — disse ela a Mary quando chegou.

— Você podia ter visitado no hospital — falou Mary.

Botão balançou a cabeça.

— Não — disse ela. — Eu lembro como é. Vocês precisam de um tempo a sós pra se acertarem. A minha sogra entrou pelo hospital logo depois que eu tive o Ken, e foi demais pra mim! As pessoas não fazem mais isso. — Ela se aproximou de Mary para cochichar. — Cá entre nós, a minha sogra era meio terrível. — Piscou para Mary.

Henry balançava mãos e pés no ar.

— Ai! — exclamou Botão. — Olha pra esses pés! Você não tem vontade de comer os dois?

— O tempo todo — disse Mary. Ela se abaixou e sorriu para Henry. — Olha quem está aqui — cantarolou para ele. — Olha quem veio ver você! A vovó Botão está aqui.

— Acho que tem que trocar a fralda dele — falou Botão. — É o tipo de coisa que você deve fazer logo.

Mary pegou o bebê e o levou até o trocador. Começou a limpá-lo, mas Botão se aproximou e a afastou.

— Não — disse Botão pegando o lenço da mão de Mary. — Melhor fazer assim. Aqui, deixa que eu mostro. Faz assim.

Jesus está chegando

— *J*esus está chegando.

Em seguida:

— Jesus está chegando, pessoal, melhor vocês se prepararem.

Isabella olhou para a plataforma do metrô para achar o homem que estava tentando avisá-la sobre Jesus. Não viu ninguém, o que a deixou nervosa. A voz dele estrondou ao seu redor.

— Está preparada? Jesus vai saber se você não estiver preparada. — Era sexta-feira à noite e Isabella só queria chegar em casa. Ultimamente, vinha tendo a impressão de que alguém a empurraria nos trilhos enquanto esperava pelo metrô, e o fato de aquele homem falar sobre Jesus não garantia que não fosse ele.

— Você vai estar pronta quando ele chegar? Vai estar pronta? — ecoou a voz para ela. Isabella tremeu e torceu para que o metrô chegasse logo.

*

As coisas foram meio estranhas para Isabella a semana inteira. Parecia que Nova York estava fazendo de propósito. Começou no domingo, quando um barbudo maluco cuspiu nela na rua

223

e a chamou de puta. Na segunda-feira, enquanto assistia à TV, uma barata gigante do tamanho de um cachorro saiu de trás da estante de livros e morreu no meio da sala. Tremeu e se contorceu e depois finalmente parou de se mover. Isabella achou que ela estava tendo um ataque de epilepsia.

Na terça-feira, houve uma situação com a roupa íntima. A lavanderia entregou as suas roupas em casa naquela noite, o que geralmente a fazia se sentir maravilhosamente organizada e controlada — por apenas um dólar por quilo ela deixava toda a roupa suja na loja e recebia tudo limpo e dobrado no mesmo dia —, mas dessa vez, quando abriu o embrulho, encontrou uma calcinha que não era dela. Era uma calcinha grande de cor clara, feita de seda, com uma rosinha na cintura. Ela a pegou com o dedão e o indicador como se estivesse suja, apesar de saber que provavelmente fora lavada junto com as suas coisas. O cachorro dela, Winston, sentou-se e ficou olhando para a calcinha com a cabeça inclinada para o lado tentando entender por que Isabella a segurava.

No final, ela jogou a calcinha fora. Pensou em devolvê-la, mas achou que, de qualquer maneira, o pessoal da lavanderia não saberia de quem era. Foi uma coisa insignificante, mas fez com que Isabella se sentisse meio enjoada, como se alguém tivesse entrado no apartamento dela e tocado em todas as suas calcinhas. Sabia que não fazia sentido, afinal de contas ela pagava essas pessoas para lavaram as calcinhas dela. Fazia isso de propósito. Mesmo assim, sentiu-se meio inquieta ao pensar que as coisas das pessoas podiam se misturar com tanta facilidade — que a calcinha de outra pessoa podia acabar na gaveta dela.

Na quarta-feira, Isabella encontrou um pelo no queixo. Não notou nada estranho naquela manhã, mas, quando tocou o rosto, lá estava: um fio preto e grosso. Quando teve tempo para crescer?

— Isso não está certo — disse Isabella ao espelho quando tirou o pelo. — Isso não está certo!

— O quê? — perguntou Harrison do outro lado da porta.

— Nada — respondeu ela.

Na quinta-feira, descobriu que Beth White ia se divorciar. Mal podia acreditar. Sentiu-se insegura. Beth e Kyle haviam se casado cinco anos antes em um casamento perfeitamente sem graça em Nova Jérsei, com um DJ em vez de uma banda e frango em vez de carne. Não eram o tipo de pessoal para o qual você olhava e pensava "eis a face do amor" ou "é isso que quero ter um dia". Mas formavam um casal compatível de uma forma bem comum, e Isabella sempre achou que faziam uma boa combinação.

Ela foi uma das madrinhas de Beth, e lembrou-se de que a amiga estava tão inchada no dia do casamento que o vestido não fechava. Isabella conhecia Beth havia 12 anos, e, em dez desses 12 anos, ela estava com Kyle.

— Vou me mudar pra cidade — disse Beth quando ligou para Isabella.

— Nossa — falou Isabella. — Que bom. E a casa?

— Vamos vender. Lauren não contou? Pedi alguns conselhos imobiliários para ela e ela recomendou uma pessoa pra gente. Vou sair desse fim de mundo. Vamos poder sair juntas sempre!

— Ótimo — disse Isabella. — Ótimo.

Na sexta-feira, a chefe de Isabella pediu a ela que digitasse algumas anotações. Era uma tarefa que Isabella costumava fazer quando era assistente de Snowy, mas fora promovida a editora assistente um ano antes. Então, quando Snowy se aproximou e despejou as anotações na mesa de Isabella, ela ficou boquiaberta. Será que estava sendo rebaixada de cargo, ou que imaginou que fora promovida? Será que o tempo retrocedera? Ela ficou olhando para as anotações por um tempo e depois as colocou em uma pilha organizada no canto da mesa.

— Você sabia que a Snowy me pediu pra digitar as anotações dela? — perguntou Isabella para Cate.

— Ela faz a mesma coisa comigo — disse Cate.

— Ela não sabe que tem duas assistentes novas? — perguntou Isabella. Cate ergueu os ombros.

— Provavelmente não — respondeu ela. — Essa mulher é muito louca. E, além disso — disse com voz mais baixa —, ouvi dizer que está preocupada com o emprego.

— Assim como todo mundo, né? — falou Isabella.

A Cave Publishing estava perigando. O diretor financeiro vinha mandando alguns e-mails que mencionavam a economia em termos vagos. Usava palavras como "reduções" e "adaptações", mas ninguém sabia o que tentava dizer. Cate estava convencida de que todos seriam demitidos em breve.

— É só uma questão de tempo — dizia várias vezes para Isabella. — Guarda dinheiro. Esta merda de empresa provavelmente nem vai pagar direito pela nossa demissão.

Quando Isabella chegou ao metrô na sexta-feira, sentia-se derrotada. Fazia tanto calor que ela tinha certeza de que derreteria.

— Jesus está chegando — disse a voz. Isabella secou o suor da testa. Achou que fosse desmaiar.

Foi para casa, ligou o ar-condicionado e ficou deitada na cama. Talvez, pensou ela, as coisas parecessem pior por causa do calor. As pessoas sempre ficavam agitadas quando fazia aquele calor — o ar parecia pegajoso entre os prédios e isso dificultava a respiração. Não havia o fenômeno da brisa em Nova York e a cidade inteira começava a feder a lixo. Era só isso, decidiu ela. O clima. Tentou ficar completamente parada. O ar-condicionado zumbia na janela. O suor logo começou a evaporar e ela se sentiu melhor. Harrison estava fora da cidade a trabalho por alguns dias. Isabella decidiu pedir comida tailandesa para o jantar e ficar em casa. Apesar de se sentir melhor, era mais seguro ficar no apartamento. Não fazia sentido sair.

*

O lado esquerdo de Isabella estava doendo. Começou no ombro, depois foi para o queixo e para a perna. Ela reclamou um mês inteiro, até que Harrison falou que ela devia ir ao médico.

— Mas, tipo, deve ser um tumor avançado — disse ela para Harrison. — O que eles vão poder fazer?

— Juro pra você que não é um tumor — respondeu Harrison. Ela sabia que ele não tinha autoridade alguma para fazer essa promessa.

— Tá bom — disse ela. — Vou no quiroprático.

— Você tem um caso brando de JTM — disse o quiroprático. — Está carregando muito estresse desse lado. O seu alinhamento está completamente torto.

— O que eu faço então?— perguntou Isabella.

— Vou mostrar uns exercícios de alongamento pra você. E você devia comprar um protetor bucal pra parar o seu bruxismo. Depois pode voltar aqui, mas o que você realmente precisa fazer é diminuir o seu nível de estresse.

— Ah — falou Isabella. — Só isso? Certo, obrigada.

*

— Você devia fazer ioga — disse Mary a ela. — Vai relaxar você.

Isabella foi fazer hot ioga, o que acabou se revelando um equívoco terrível. Fazia quase quarenta graus na sala, e ela mal conseguia respirar

— Talvez vocês se sintam meio enjoados ou moles durante a aula — disse a instrutora para todos. — É normal. É uma reação normal. É só ir administrando.

— Não vai nesse tipo de aula — disse Lauren a ela. — Ai, meu Deus, essa é, tipo, a pior de todas. Vai na *hatha*.

A nova aula de ioga de Isabella foi melhor. A temperatura era normal, e fez com que ela se lembrasse da igreja por causa dos cânticos e das reverências e das mãos em posição de oração. No final da aula, a instrutora jogou lavanda neles, e todos ficaram deitados sem se mover, o que foi bom. O tapete de ioga dela, entretanto, tinha cheiro de chulé, o que atrapalhou a sua transcendência.

*

— Talvez fosse melhor se a gente saísse de Nova York — disse ela para Harrison. — As coisas não estão indo bem aqui.

— Mas as outras cidades não estão tão melhores — comentou Harrison. — E, além disso, nós dois temos empregos aqui.

— Por enquanto — falou Isabella.

— Por enquanto — concordou ele.

— Empurrei uma pessoa no metrô — admitiu Isabella. — Estavam indo devagar demais, então dei um empurrãozinho.

Harrison riu.

— Então você acha que tem que sair de Nova York?

— Isso — disse Isabella. — Eu sempre digo que, quando empurro alguém, é hora de ir embora.

— Bem... é algo a se pensar.

*

Isabella saiu para beber com Lauren e Mary. A única coisa que queriam fazer era falar sobre Beth White.

— A casa é uma boa merda — contou Lauren. — Eles não cuidaram dela e nesse mercado? Não vão fazer dinheiro nenhum com ela.

— Palavras de uma agente imobiliária fenomenal — disse Mary.

— Falei pra eles não venderem — comentou Lauren. — A Beth não me ouviu. Disse que quer se livrar dela.

— Jesus — disse Isabella. — O que aconteceu exatamente? Alguém sabe?

Lauren deu de ombros.

— Ela disse que foi mútuo.

— Que droga — falou Mary.

— Mas eu vinha me perguntando por que eles não tinham filho, sabe? — disse Lauren. — Sabia que tinha alguma coisa errada.

— Ela me disse que vai ficar com a custódia do cachorro — falou Mary.

— Essa é a frase mais triste que já ouvi — disse Isabella. Quando ela chegou em casa naquela noite, olhou para Winston e perguntou: — Você ficaria comigo, né? Você me ama mais. — O cachorro bocejou e olhou para o outro lado.

*

— O que está acontecendo? — perguntou Isabella a Cate. Ficou presa no metrô sem ar-condicionado e chegou vinte minutos atrasada no trabalho. Quando entrou no andar onde trabalhava, havia várias pessoas na sala de conferências e algumas estavam chorando.

— Eles fecharam o setor inteiro de ficção para jovens adultos. Informaram pra todo mundo hoje.

— Então essas pessoas todas foram demitidas?

— Foram — disse Cate. — Que loucura, né?

— Como é que eles podem simplesmente fechar um setor inteiro? — perguntou Isabella. O seu vestido estava grudado nas pernas; ela tentou ajeitar o pano sem fazer movimentos muito óbvios.

— A empresa está com problemas sérios — sussurrou Cate. — Acho que vamos ter sorte se continuarmos aqui por mais uns dois meses.

*

— Não tem nada que você possa fazer quanto a isso — disse Harrison a ela. — Só atualiza o seu currículo e faz o seu trabalho. Só isso.

Isabella sentiu frio no estômago e ouviu a instrutora de ioga na sua cabeça dizendo "talvez vocês se sintam enjoadas. É uma reação normal".

— Mas esse foi o único trabalho que eu tive nessa área — falou Isabella. — Se eu sair agora, com o cargo que tenho, não vou conseguir emprego em lugar nenhum.

— Você ainda tem o seu emprego agora — disse Harrison. — E você é muito habilidosa.

— *Você é muito habilidosa?* Que tipo de frase é essa pra se falar a uma pessoa?

Harrison pediu a ela que se acalmasse e Isabella começou a berrar.

— Odeio quando as pessoas falam pra eu me acalmar! Você fica calmo. Não me chama de habilidosa e depois manda eu me acalmar, não.

Isabella fez uma mala e saiu do apartamento.

— Volto amanhã — disse ela. Harrison ficou em pé na frente da porta, confuso.

Isabella foi para o apartamento de Mary e Ken. Ken deu uma olhada nela e levou Henry para o quarto.

— Acho que você está só estressada com o trabalho — disse Mary para ela.

— Talvez — falou Isabella —, mas não acho que seja isso.

— Não fiquei com a impressão de que Harrison passou dos limites, não — disse Mary.

— Não — concordou Isabella. — Eu que passei dos limites. — Pensou no lado esquerdo do seu corpo, todo retorcido e curvado, e então mandou uma mensagem para Harrison dizendo "Desculpa. Eu sou maluca". Ele respondeu "Tudo bem".

Isabella e Mary beberam bastante vinho, e Isabella acabou dormindo no sofá. Acordou com Henry dançando na frente dela assistindo a Vila Sésamo.

— Oi! — disse ele. Isabella viu que a fralda do bebê estava cheia antes mesmo de cheirá-la. Ela se sentou e sorriu para ele.

— Oi — respondeu, e isso o deixou tão feliz que ele sorriu e se agachou.

— Acho que o Henry precisa de uma fralda nova — disse ela para Mary. Depois disso, levantou-se e foi para o banheiro vomitar. Ouviu Henry batendo na porta.

— Ummmblll! — berrou ele. Isabella sabia que estava dizendo "Deixa eu entrar! O que você está fazendo?".

— Agora não, Henry! — falou Isabella.

— Blll, baaa!

— Eu sei — disse Isabella. — Eu sou uma desgraça.

*

Todo dia no trabalho Isabella tinha certeza de que seria mandada embora. E, como se isso já não fosse estressante o suficiente, Peggy, uma das editoras, não a deixava em paz. Falava com ela sobre cada vírgula, cada ponto e vírgula, a ponto de fazê-la querer berrar. Peggy tinha por volta de 40 anos e usava ternos com cores bizarras, ombros largos e botões estranhos. Sempre que Isabella olhava para ela, lembrava-se do livro didático de estudos sociais da quinta série. Peggy devia estar ali com um título que dizia "um dia você vai trabalhar em um escritório e vai ter colegas de trabalho. Mulheres e homens trabalham juntos em igualdade".

Peggy a fazia sentir repulsa e tristeza alternadamente. Isabella reclamava dela quase toda noite com Harrison. Então um dia ela chegou ao trabalho e ficou sabendo que Peggy havia sido mandada embora.

— Eles se livraram de quase metade dos editores — contou Cate a ela. — A Terninho foi embora.

Isabella foi para casa naquela noite e chorou.

— Estou me sentindo tão mal — disse para Harrison. Ele fez carinho nas costas dela e falou:

— Eu sei.

*

Lauren vinha tentando organizar uma viagem para todas as amigas de faculdade havia um ano. Começou sugerindo que fossem para as Bahamas, mas encontrou muita resistência. Finalmente, planejou um fim de semana nos Hamptons.

— Isso é patético — dizia ela. — Era pra ser uma viagem para comemorar os nossos aniversários de 30 anos e já se passou um ano inteiro. E tudo o que vamos fazer é ir pra praia?

— Vai ser divertido — falou Mary. — Os Hamptons é o lugar perfeito.

Beth White estava animada com o fim de semana. Ficava mandando e-mails para o grupo todo dizendo coisas do tipo "cuidado com a divorciada" e "é tipo uma despedida de solteiro ao contrário pra mim!". Os e-mails deixavam todas desconfortáveis.

— Acho que ela perdeu a noção — disse Mary.

— Completamente — concordou Isabella.

*

Harrison estava deitado no sofá lendo o jornal enquanto Isabella arrumava as malas para a viagem. Winston estava enrolado sobre o peito dele. De vez em quando, Winston levantava a cabeça e lambia o queixo de Harrison. Ele era um cachorrinho branco muito fofo, e, quando ficava parado, parecia de pelúcia. Isabella o amava mais do que tudo. Assim que tirou a mala do armário, ele parou de olhar para ela. Virava a cabeça e só prestava atenção em Harrison.

— Harrison, se a gente terminar, você me dá o cachorro? — pergunto Isabella.

Harrison abaixou o jornal e olhou para ela.

— Desculpa, o quê?

— A Beth White vai ficar com o cachorro, mas disse que teve de brigar com o Kyle pra conseguir.

— Ah — disse Harrison. — Entendi.

— Então, você me dá o cachorro?

— Não — falou Harrison. — Se você terminar comigo, eu sequestro o Winston. Viajo pelo país com ele e tiro uma foto dele em cada estado, e depois mando as fotos pra você só pra irritar.

— Justo — disse Isabella. Sentou-se na cama e apoiou a cabeça no peito de Harrison, logo ao lado do cachorro. — Amo você — falou ela.

Harrison pegou a ponta do cabelo dela e o encaracolou nos dedos.

— Bom saber — disse.

*

— Você está com cara de cansada — disse Isabella para Mary. Estavam no segundo andar do trem de dois andares para os Hamptons. Mary olhava pela janela e tinha círculos negros embaixo dos olhos.

— Não dormi bem ontem à noite — falou Mary. — Posso contar uma coisa estranha?

— Sempre — respondeu Isabella.

— Tá, mas você tem que prometer que não vai contar pra ninguém. É muito estranho.

— Prometo.

— Acordei de um pesadelo e estava mordendo o braço de Ken — disse Mary.

— Jesus, qual foi o sonho? — perguntou Isabella.

— Então, sonhei que o Ken se casava com uma mulher negra. E ele ficava dizendo "desculpa, desculpa, mil desculpas. A gente ainda pode ficar juntos, mas eu tenho que me casar com ela". Eu chorava, e depois a mulher veio e começou a brigar comigo. Eu mordi o tornozelo dela, e, quando acordei, Ken estava berrando.

— Isso é bem estranho — disse Isabella.

— Eu sei. E se eu fizer isso agora? Se eu ficar mordendo o Ken quando estiver dormindo?

— Não acho que isso vai acontecer — falou Isabella.

— Mas pode acontecer. Além disso, eu sou péssima mãe.

— Não é, não — respondeu Isabella. — De onde vem isso?

Mary suspirou.

— Henry adoeceu semana passada e eu nem percebi. Ele estava coçando a orelha no chão e gemendo *Aiii, aiii* antes de eu me dar conta.

— E daí? Você levou ele no médico a tempo.

— É. Agora estou me sentindo mal por deixá-lo este fim de semana.

— Empurrei uma pessoa no metrô semana passada — contou Isabella.

— Sério? — perguntou Mary.

— É, simplesmente aconteceu. Isso faz você se sentir melhor?

— Um pouco.

*

Lauren levou umas mil garrafas de vinho para a casa, e, quando as amigas chegaram, todas disseram:

— Ah, é vinho demais. A gente nunca vai beber isso tudo.

— Planejei cinco garrafas pra cada uma pro fim de semana todo — disse Lauren. — Acreditem em mim, a gente vai beber tudo.

— Não — discordaram todas. — Não, é vinho demais. — Na segunda noite, mais da metade já tinha ido embora e todas pararam de falar nisso.

*

Beth White falou o fim de semana inteiro. Ficou falando sobre o divórcio desde o momento em que chegou.

— Uma decisão tão difícil — disse ela. — Mas estou numa situação melhor agora.

Isabella tentou evitar ficar sozinha com ela.

— Sei que ela precisa conversar sobre isso — disse para Lauren —, mas ela tem uma psicóloga, não tem?

Lauren levantou os ombros.

— Meu Deus, espero que sim. Já sei coisas demais sobre a vida íntima deles agora. Coisas demais.

— Não vou trocar o nome — contou Beth a elas. — Pensei nisso, mas vou continuar Beth White. — Isabella não achava uma decisão sensata.

— Por que ela não voltaria a ser Beth Bauer? — perguntou ela a Lauren. — Ela não tem filhos. É muito estranho.

— Não sei — respondeu Lauren. — Talvez esteja com medo de ninguém se lembrar de quem ela é com o nome de solteira.

— Talvez — disse Isabella. Essa possibilidade a deixou inquieta.

*

Na última noite, foram comer em um restaurante de frutos do mar. Voltaram para a casa entupidas de comida e cansadas. Estavam todas bebendo vinho quando notaram que Beth White chorava no canto.

Estava de cabeça baixa e os ombros chacoalhavam. Chorava tanto que ninguém conseguia entender o que falava.

— O que houve? — sussurrou Mary para Isabella. Ela simplesmente balançou a cabeça.

— Não faço ideia — respondeu. Ficaram sentadas ouvindo Beth tentando puxar o ar. "Ela está engasgando", pensou Isabella. Tentou se lembrar dos passos para fazer RCP caso precisassem. Ficaram todas em pé em torno dela olhando, até que Isabella se ajoelhou na frente da amiga. Tocou a perna de Beth e disse: — É uma reação normal. — Lauren estava de pé à direita dela e balançou a cabeça olhando para Isabella. Finalmente, Sally pegou Beth pelo braço e foi para o segundo andar. As outras se dispersaram em silêncio. Ninguém queria falar sobre o que acabara de ver.

Mary e Isabella se sentaram na varanda, e Isabella fumou um cigarro.

— Achei que você tivesse parado — disse Mary.

— Parei — respondeu Isabella. — É uma emergência.

— Não sinto tanta falta de fumar quanto sentia — comentou Mary.

— E você parece meio decepcionada com isso — falou Isabella. Mary deu de ombros. — Cadê o seu vinho?

— Ah, acho que deixei lá dentro.

— Você está grávida?

— Oi?

— Ai, meu Deus, está! Você está grávida, sua vaca.

— A maioria das pessoas diz parabéns.

— Não acredito que você está grávida!

Mary sorriu, e parecia constrangida, mas feliz.

— É muito cedo. Não contei nem pra minha mãe. Estou grávida de tipo três dias.

— Nossa — disse Isabella —, você vai ter dois filhos. Você vai ter dois filhos antes mesmo de eu me casar.

— Adoraria se você estivesse grávida também — comentou Mary.

— Pra você ter alguém pra ficar sóbria com você?

Mary assentiu.

— Isso. Eu ficaria feliz. Se você engravidasse agora, eu nem me sentiria mal. Ficaria apenas feliz por mim.

— Você — disse Isabella — é uma boa amiga.

Mary riu.

— Não conta pra ninguém, tá? Está muito cedo ainda. Tudo pode acontecer.

— OK — disse Isabella. — E vou fazer um acordo. Se você esperar, tenho o meu primeiro filho junto com o seu terceiro. E aí ficamos grávidas juntas. Combinado?

— Combinado.

*

Acordaram no domingo de manhã com dor de cabeça. Mary teve de pegar um trem bem cedo, então já havia partido quando Isabella acordou. A casa estava uma zona, e todas andavam de um lado para o outro em silêncio jogando latas e garrafas fora. Lauren tentou varrer o chão, mas tinha areia demais e, após alguns minutos, ela desistiu.

Beth White desceu as escadas com a mala pronta. Os cabelos estavam molhados e presos em um rabo de cavalo. Parecia jovem ali de pé, como uma aluna de escola que acabou de sair da aula de natação. Abby e Shannon estavam um pouco atrás dela, uma em cada lado como se fossem carcereiros ou seguranças prontas para agir caso necessário.

— Desculpa — disse Beth. — Desculpa ter feito uma cena tão exagerada.

— Não pede desculpas — responderam todas. — Que bobeira.

Isabella foi embora para pegar o trem.

— Fim de semana divertido — disse para Lauren.

— Super — ironizou a amiga. — Entre outras coisas. Que grande celebração dos nossos 30.

— Todo mundo diz que é a melhor década — comentou Isabella.

— Eu sei — falou Lauren —, mas acho que é só pra fazer com que você se sinta melhor, tipo quando as pessoas falam que pombo cagando em você dá sorte, ou quando chove no dia do casamento.

— Pode ser — disse Isabella.

— Pode ser que não também.

— É, pode ser que não.

*

Isabella caiu no sono na viagem de volta e acordou de mau humor e com sede quando pararam na Penn Station. Todo mundo ficou se empurrando no trem para sair primeiro. Normalmente Isabella daria cotoveladas para sair na frente, mas dessa vez apenas deixou todo mundo passar. Subiu a escadaria para sair da Penn Station e notou que o homem na frente dela havia parado e tirava a calça.

— Dá licença — disse ela e passou por ele correndo.

O sol estava forte, Isabella esperou um táxi. Ficou parada observando as pessoas voltando para a cidade. Saíam da Penn Station, uma por uma, com suas roupas amassadas. Queimadas de sol e suadas, corriam para pegar táxis. Meninas levavam bolsas com estampas berrantes repletas de biquínis molhados e camisetas cheias de areia, e andavam rapidamente com chinelos enquanto digitavam em celulares. Estavam todos cansados de tanto tomar sol e beber, queriam apenas voltar para os respectivos apartamentos.

Todo mundo tumultuando a rua, pensou Isabella. Tumultuando, tumultuando.

Ela entrou em um táxi e abriu a janela. Harrison mandou uma mensagem dizendo que estava preparando o jantar. Ele sabia fazer exatamente duas coisas: sanduíche e fajitas. O telefone dela tremeu de novo e ela olhou para baixo. "Vai ser fajitas", escreveu Harrison. Isabella sorriu.

O vento soprou pela janela e ela ficou vendo as pessoas se movendo feito formigas lá fora. Sentiu-se feliz por estar sentada quieta em um táxi, feliz por estar a caminho de casa. Imaginou Harrison e Winston sentados no sofá esperando por ela. O táxi parou na esquina da Fifty--Ninth com a Eighth Avenue, e ela viu um homem parado ali vestido todo de branco. Era um homem pequeno com um rosto perfeitamente redondo.

— Jesus está chegando — ouviu o homem falar, e soltou uma gargalhada. O motorista deu uma olhada nela pelo espelho retrovisor.

— Eu o conheço — disse Isabella. Para ela, foi sorte. Qual era a possibilidade de aquilo acontecer? Não conseguia explicar, mas ficou muito feliz em vê-lo. Sorriu para o homem e acenou pela janela. Ele olhou e acenou em resposta conforme o táxi se afastava. Ela encostou a cabeça para trás, fechou os olhos e deixou a brisa soprar em seu rosto.

Willard descarga abaixo

No segundo encontro, Mark levou um peixe-dourado para Lauren, o que a deixou nervosa. Lauren sabia que o tempo de vida normal de um peixe-dourado era cerca de cinco dias, mas, quando era pequena, teve um que durou cinco anos. Sendo assim, ela achou um comprometimento muito grande quando Mark lhe deu a bolsa plástica com o peixe.

— Aqui — disse ele —, comprei isto pra você. — Mostrou a bolsa como se tivesse acabado de encontrá-la no corredor antes de entrar no apartamento dela, como se fosse normal dar um peixe-dourado a uma mulher que você mal conhece.

— Ah — disse Lauren. — Obrigada. Acho que é pra botar em água, não é? — Mark não riu. Ou não entendeu a piada, ou não achava Lauren engraçada. Ela não sabia qual era pior.

Mark ficou de pé à porta enquanto Lauren procurava um vasilhame apropriado nos armários. Por fim, escolheu uma tigela de vidro que nunca tinha usado. A água devia ser morna ou fria? Ela não sabia. Resolveu colocar água morna para que o peixe não sentisse frio, e o jogou na água. Estava fedendo.

Lauren ganhara o outro peixe no Festival da Abóbora quando tinha 7 anos e o batizou de Rudy, inspirada em Rudy Huxtable do *The Cosby Show*. Os pais não gostaram.

— Você ganhou um peixe? — perguntaram. Reviraram os olhos e avisaram que ele provavelmente morreria em breve. Acharam um vasilhame antigo de peixe no porão e compraram comida para ela. — Não se apega muito — disseram para Lauren. A pequena Rudy, entretanto, persistiu. Nadou com garra ano após ano. Quando finalmente encontraram Rudy flutuando com a barriga para cima na superfície da água, a família inteira ficou chocada. Era como se tivessem esperando que ela fosse viver a vida inteira, como se estivessem esquecido que morrer era uma possibilidade.

Lauren ficou observando o peixe novo nadando. Parecia fraco. Nada como Rudy.

— Acho que preciso comprar comida de peixe — disse ela.

— Dá resto de pão — falou Mark. Pelo tom, parecia não ser a mesma pessoa que comprara o peixe para ela.

— Não sei se esse peixe consegue comer pão — disse Lauren. Mark apenas deu de ombros.

— Qual nome você vai dar pra ele? — perguntou Mark.

Lauren pensou. Será que devia usar Rudy para atrair sorte? Talvez isso ajudasse o rapazinho a ter mais força.

— Willard — resolveu por fim. — Por causa do Willard de *Footloose*.

— De onde?

— *Footloose*. O filme?

— Nunca ouvi falar — disse Mark. Olhou para o relógio de pulso e depois para Lauren.

— Ah, então vamos ter que assistir juntos — falou Lauren. — É maravilhoso.

— Está pronta? — perguntou Mark. Lauren assentiu e colocou o casaco.

— Boa noite, Willard — disse ela para a tigela. Deixou a luz acesa na cozinha para ele não ficar desorientado.

*

Mark era estranho. Lauren sabia disso. Soube que ele não era normal desde o momento em que se aproximou dela na delicatéssen. Ele a interrompeu enquanto ela colocava adoçante no café.

— Oi — disse ele, e Lauren se assustou enquanto mexia o café.

— Oi — respondeu. Estava atrasada para se encontrar com um cliente e não tinha tempo para ficar de papo com estranhos.

— Eu já vi você aqui — falou ele. — Todo dia de manhã, mais ou menos nesta hora, vejo você pegando o seu café e uma rosquinha de vez em quando.

Lauren ficou olhando para ele. Nunca havia notado a sua presença.

— É mesmo? — perguntou. Ela só se deu conta de que talvez devesse ter ficado nervosa mais tarde.

— Toma o meu cartão — disse o homem. — Me liga. Eu gostaria de sair com você.

Lauren pegou o cartão, mas não olhou para o papel.

— Certo.

— Vou ficar aguardando o seu contato — falou ele. Virou-se de costas e foi embora.

Lauren achou isso meio prepotente. Ela não tinha como negar que ele era muito bonito, mas, mesmo assim, as pessoas não abordam as outras no meio do café da manhã para pedir que saiam com elas. Ou abordam? Não, elas não fazem isso.

Lauren pensou nele durante todos os seus compromissos naquele dia. Estava acompanhando um jovem casal de Kansas City. Mudavam-se para a cidade e queriam encontrar um lugar para morar imediatamente. A esposa era loura e usava um vestido curto em tom pastel. Reclamava de todos os lugares que via.

— Não sei — dizia. — É tão pequeno. É muito pequeno.

— Esse tamanho é o básico para um quarto e sala em Nova York — falou Lauren. A esposa olhou para ela com raiva.

— Nós queremos ter filhos em breve. Bebês — disse a esposa. Lauren assentiu.

— Entendo. Bem, várias pessoas neste prédio colocam uma parede para fazer um segundo quarto. É um bom tamanho, então vocês não ficariam sem espaço.

A esposa olhou para a mão de Lauren.

— Você é casada? — perguntou.

Lauren negou com a cabeça. Disse a si mesma que devia ser gentil para não perder uma boa comissão. Aquele casal precisava se mudar rapidamente. Eram contra aluguel. A compra era garantida.

— Não sou casada — disse Lauren. — Mas uma das minhas melhores amigas vive em um prédio como este e eles colocaram uma parede para fazer o quarto do filho. Pode ser difícil de imaginar como ficaria, mas, se você visualizar naquele canto ali, dá pra ter uma boa ideia.

— Eu acho que daria certo — falou o marido. — Você não acha? — Passou o braço por cima da esposa e apertou-lhe o ombro. Passou o dia inteiro muito animado. Sentia-se culpado por fazer com que se mudassem e tentava compensar a situação com a sua infeliz esposa em tom pastel.

— Se vocês quiserem lugares maiores, podemos dar uma olhada no Brooklyn ou em Hoboken — sugeriu Lauren.

A esposa balançou a cabeça.

— Não — disse ela. — Queremos ficar em Manhattan. Já falamos isso pra você. Não ouviu? — Ela se afastou e ficou virada para a parede com os braços cruzados. O marido deu um leve sorriso para Lauren e foi até a esposa. Lauren esperou em silêncio enquanto o casal olhava para o bebê imaginário no quarto imaginário. Sabia que, de vez em quando, as pessoas precisavam apenas de um pouco de tempo para se visualizarem em um novo lar, para verem possibilidades em um espaço vazio. Sendo assim, esperou.

*

Lauren ligou para Mark naquela noite. Não era nem a sua intenção. Não mesmo. Estava comendo sushi em casa e viu o cartão dele na bolsa. Ligou antes mesmo de pensar nisso.

— Oi — disse quando ele respondeu. — Mark?

— Isso — falou ele.

— É... oi, é a Lauren... da delicatéssen, lembra? — Depois de se apresentar, deu-se conta de que não havia falado o seu nome para ele.

— Oi, Lauren. — Ele não soou nem um pouco surpreso. Parecia estar esperando pela ligação dela.

— Então — disse Lauren. — É, resolvi ligar.

— Estou vendo. — Ele ficou em silêncio; Lauren esperou. Decidiu não dizer mais nenhuma palavra, e, quando estava prestes a desistir, ele a chamou para jantar.

— Claro — respondeu ela. — Acho que seria uma boa.

*

— Que bom — disse Mark no terceiro encontro — que você come. Lauren tinha acabado de pedir bife. O comentário dele fez Lauren ter certeza de que Mark saíra com várias anoréxicas no passado, pessoas magras e desmilinguidas que só pediam salada. Só de pensar ela já se sentia entediada.

Eles foram para o apartamento dele naquela noite. Era bem limpo. Não, limpo não. Era apartamento de quem tem TOC. Não havia quase nada nas estantes. Nenhuma revista espalhada pela mesa de centro. Nenhuma foto, nenhuma bugiganga. Nada. Parecia os apartamentos que ela arrumava para venda, quando eliminava qualquer traço que indicasse humanos morando ali.

— Bonito — disse ela.

— Eu sei — falou Mark.

A cama dele era baixa e tinha uma coberta azul-escura bem simples. Ele ficou de pé na cama e começou a tirar a blusa com toda naturalidade, como se estivessem juntos há anos. Pendurou a camisa no closet e tirou a calça. Lauren ficou parada tentando não assistir, mas também tentando não deixar tão óbvio que não estava assistindo.

— Você quer uma camiseta pra dormir, ou tudo bem dormir de calcinha?

— Seria bom ter uma camisa — disse Lauren. Quem era esse cara? Ele foi até a gaveta e pegou uma camisa perfeitamente dobrada com um "Colgate" na parte da frente.

— Você estudou na Colgate? — perguntou ela.

— Não, estudei na Princeton.

— Entendi.

Lauren foi trocar de roupa no banheiro e, pela primeira vez naquela noite, ficou muito nervosa. Não sabia quem era aquele cara. Não conhecia nenhum dos seus amigos, não fazia ideia se estava dizendo a verdade sobre onde trabalhava, nem mesmo se o seu nome era aquele. Lauren havia assistido a *Psicopata Americano* na TV recentemente, o que foi um erro. Ficou sem ar. Chegou a dizer que dormiria ali? Tudo o que ele perguntou foi "quer ir pra minha casa?". Era meio prepotente da parte dele, não era?

Ela pegou o celular na bolsa e mandou uma mensagem para Isabella dizendo que estava no apartamento de Mark, e depois mandou o endereço. Pelo menos alguém sabia onde ela estava. Se bem que, caso estivesse morta, isso não faria muita diferença, não é?

Quando saiu do banheiro, Mark estava deitado na cama lendo um livro gigante. "Você é maluca", disse ela para si própria. "Você é louca. Passou muito tempo solteira." Lauren achava que a cada ano que passava sozinha se tornava cada vez mais louca. Ficaria presa no seu jeito estranho de viver e nunca mais conseguiria se misturar com alguém.

Mark sorriu para ela quando saiu do banheiro e esperou Lauren se deitar para então desligar a luz. Ela sentiu os lábios dele em seu pescoço, e então ele se posicionou acima dela enquanto beijava a área da clavícula. Não, decidiu Lauren. Ele não é um assassino.

*

Lauren esperou que Mark ficasse menos estranho, mas isso não aconteceu. Ele mudava as fronhas dos travesseiros a cada dois dias e deixava revistas pornôs à mostra no banheiro. Tinha algumas gravatas que só usava em reuniões, e não deixava Lauren se sentar na cama dele quando estava com as roupas que usara na rua. Porém, de longe a coisa mais estranha em Mark era isto: a comida favorita dele era macarrão com queijo.

Ele não gostava do macarrão com queijo mais chique e retrô servido em restaurantes caros, com queijo *gruyère* e lagosta. Não gostava nem do feito em casa, que era ao mesmo tempo grudento e reconfortante. Não, Mark preferia o macarrão fluorescente feito com farinha, leite e manteiga — daqueles que vendem em caixinha por $1,79.

Pelo menos uma vez por semana Mark fazia uma caixa de macarrão com queijo e se sentava em frente à TV para enfiar tudo goela abaixo. Não dividia. Comida direto da panela. Comia tudo.

Se fosse uma pessoa diferente, talvez aquilo não chocasse tanto. Mas não era. Ele era o Mark. Vestia ternos que Lauren tinha quase certeza de que custavam mais do que o aluguel dela. Devolvia garrafas de vinho em restaurantes depois de prová-los e achar que estavam "fora do tom". Ela não conhecia a família dele, mas tinha certeza de que ficaria horrorizada ao saber o que Mark fazia com o macarrão dele. Será que ela conseguiria namorar uma pessoa que atacava um macarrão daquela forma? Ela o observava atentamente cada vez que ele fazia isso, certa de que testemunhava alguma coisa profundamente pessoal e reveladora. Era como vê-lo se masturbando, mas Lauren não conseguia parar de olhar. Era fascinante, nojento e encantador, tudo ao mesmo tempo.

*

— Você gosta dele? — perguntou Mary, depois do sétimo encontro. Lauren ergueu os ombros. Não estava com vontade de conversar sobre gostar ou não de um cara com as amigas. Isso fazia com que ela se sentisse uma criança que as amigas distraíam.

Quando mais jovens, Lauren e as amigas conversavam sobre meninos constantemente. Contavam cada detalhe e dissecavam cada frase.

Mas, conforme os anos foram passando e elas começaram a morar em apartamentos separados, isso mudou. Aqueles não eram apenas garotos aleatórios com os quais elas namorariam e terminariam. Eram garotos com os quais poderiam acabar se casando. E, sendo assim, pararam de compartilhar tantos detalhes sem nem mesmo perceber. Quer dizer, a maioria parou. Annie era mais lenta, então bebeu vinho tinto e contou a todas elas que o namorado, Mitchell, tinha pau pequeno. No casamento deles, Lauren só conseguia pensar nisso.

Lauren quis contar para Mary sobre o macarrão com queijo, e o fato de que, quando Mark conheceu a sobrinha dela de 1 ano de idade, Lily, pegou a mãozinha dela sem nem sorrir e disse "Oi. Oi, Lily". Queria perguntar para Mary se era bizarro gostar de um homem que dava peixes de presente. Queria que Mary a ajudasse a determinar se Mark era um sociopata ou apenas um pouco estranho.

Mary ficou olhando para ela na expectativa, massageando a barriga e gemendo como se estivesse com contrações. O filhinho dela, Henry, dançava na sala. Lauren sabia que não conseguiria. Era esquisito demais ficar sentada ali contando essas coisas para Mary, esquisito demais falar sobre Mark dando-lhe um peixe enquanto Mary engatinhava atrás do seu filho. Então Lauren apenas disse:

— Sim, sim. Gosto dele, sim. — Era a verdade, pensou ela. Só não era a verdade por inteiro.

*

No dia em que Rudy morreu, Lauren foi dar comida a ela antes da escola e a encontrou com a barriga para cima e totalmente branca. Deu um pequeno berro e os pais surgiram correndo. O pai parecia chocado e a mãe parecia ter aberto um Tupperware e encontrado mofo.

— Vamos ter que jogá-lo na privada — disse o pai.

— A Rudy é menina — falou Lauren.

— Claro. — O pai colocou uma das mãos no ombro da filha.

A mãe deixou que os dois fizessem tudo, que levassem o vasilhame até o banheiro do segundo andar e jogassem Rudy na privada. O pai já estava levando o vasilhame para o banheiro do primeiro andar, mas a mãe berrou:

— Esse é o banheiro das visitas. — Falou como se ele fosse louco, como se todo mundo soubesse que não se deve dar descarga em um peixe em banheiros de visitas. Ela balançou a cabeça e disse: — Leva pro segundo andar.

— Você quer fazer isso? — perguntou o pai, e Lauren balançou a cabeça. Ele pareceu aliviado e deu a descarga. Eles permaneceram de pé um ao lado do outro e viram a pequena Rudy girando e girando.

Lauren não pensou durante a descarga, e sentiu vergonha quando o pai lhe deu um abraço de adeus. Porém, naquele dia na escola durante o ditado, as lágrimas começaram a cair de seus olhos. Estava mortificada. Não se chora no sexto ano. Lauren, acima de todo mundo, não chorava no sexto ano. Era durona. Mas, quando a professora começou a ler as palavras "submarino, cristalizado, imigrante", as lágrimas de Lauren caíram na folha e fizeram uma bagunça. Ela se sentia péssima por Rudy ter morrido. Não conseguia nem se lembrar se havia checado como ela estava na noite anterior. E se a Rudy ficou morrendo a noite toda? As lágrimas correram mais rápido, escorregando em um só movimento pelas bochechas e caindo no papel com um *ploft*. Finalmente, Lauren levantou a mão e não esperou até que a professora falasse alguma coisa, levantando-se e indo até o banheiro, onde se trancou em uma das cabines e chorou até Lisbeth ser enviada para ver como estava.

Ela falou para a turma toda que teve uma reação alérgica ao tipo de cereal que comera no café da manhã naquele dia. Foi uma reação, disse ela, que causou uma dor tão repentina e forte que ela chorou. Quando Tina Bloom sugeriu que a história de Lauren era mentira porque o pai dela era alergista e nunca ouvira falar de algo parecido, Lauren a chamou de burra e, acima de tudo, de maldosa por não demonstrar simpatia; as outras meninas da turma ficaram sem falar com Tina durante uma semana.

*

No décimo encontro, Mark confessou a Lauren que jamais gostaria de morar com outra pessoa.

— Jamais? — perguntou Lauren.

— Jamais — respondeu ele. Não parecia lamentar isso. Lauren também não tinha certeza se algum dia teria vontade de morar com alguém, mas isso não era o tipo de coisa que se diz em voz alta. É o tipo de coisa que se mantém para si, ciente de que, se você está em um namoro sério ou em um casamento, você simplesmente faz isso. Porque isso é o que as pessoas fazem.

— Então qual o seu plano? — perguntou Lauren.

— Meu plano pra quê?

— Tipo, digamos que você conheça uma pessoa um dia e se case. Vão morar em casas separadas?

— Talvez — falou Mark. — Um apartamento fora da cidade e outro no centro? Ou então dois apartamentos separados que se conectam de alguma forma? — Ele ficou perdido nesses pensamentos e Lauren sentiu-se horrorizada. Foi como no quinto encontro deles, quando ele amarrou o casaco à prova d'água na cintura e nem se tocou de que devia estar com vergonha quando entraram no zoológico do Central Park.

— Talvez você mude de ideia algum dia — disse Lauren por fim. Queria que ele parasse de pensar nisso.

— Talvez — falou Mark —, mas duvido. Não gosto de gente tocando nas minhas coisas.

*

Lauren se encontrou com o casal de Kansas City no dia do fechamento da compra. A esposa usava um vestido quadriculado e carregava uma bolsa de mão.

— Parabéns! — disse Lauren. — Vocês vão amar Nova York.

O casal caminhou pelo apartamento vazio e Lauren recomendou uma agência de limpeza que poderiam acionar caso quisessem uma limpeza pesada antes de levarem os móveis. Viu a esposa parada na frente da nova parede que fora erguida para formar um segundo quarto.

— Está tudo bem? — perguntou Lauren.

A esposa sorriu para ela.

— É que eu nunca me imaginei aqui, sabe?

— Sei — disse Lauren. — Sei bem como é isso.

*

No 14º encontro, Lauren levou Mark ao apartamento de Mary para um jantar. Mary e Isabella vinham pressionando a amiga.

— Muito estranho a gente não ter conhecido ele ainda — viviam dizendo para Lauren.

— Tá bom — falou ela. — Tá bom, levo ele pra jantar.

Henry gostou de Mark de cara. Henry sempre escolhia a pessoa que lhe dava menos atenção e passava a noite tentando conquistá-la. Isso preocupava Mary. Ela tinha certeza de que ele acabaria em um relacionamento abusivo.

— É simplesmente muito bizarro — dizia ela. — É como se ele percebesse quem não gosta de criança e não deixasse essa pessoa em paz.

Essa noite não foi diferente. Henry se sentou no chão aos pés de Mark e ficou brincando com os cadarços dele. De vez em quando, fazia carinho na perna de Mark. Mary lançou um olhar de desculpas para Lauren, enquanto Isabella ria e tentava distrair Henry.

— Não! — berrou Henry para Isabella. — Vai embora. — Agarrou um punhado da calça de Mark e se segurou nela como se fosse um caso de vida ou morte.

"Então ele odeia crianças", pensou Lauren. Ela meio que suspeitava disso, mas agora Henry confirmava. Viu Henry subir no colo de Mark e colocar a cabeça no peito dele.

— Mark — disse Henry com a voz perfeitamente clara. Nunca dizia o nome de Lauren claramente. Ele a chamava de "Peg" por motivos que ninguém entendia.

— Acho que esse rapazinho precisa trocar de fralda — disse Mark em um determinado momento. Quando Mary foi pegar Henry, ele berrou como se um estranho o arrancasse dos braços dos pais.

— Mil desculpas por isso — disse Mary para Mark.

— Não tem problema. — Mark passou a mão na parte da calça onde Henry estava sentado.

— Não sei o que deu nele — disse Mary enquanto Henry chutava e chorava. Deu uma olhada em Lauren. *O seu namorado detesta criança*, o seu rosto parecia dizer. "E daí?", pensou Lauren. Ela também não gostava tanto, mas não tinha ódio exatamente. Não se devia odiar crianças, certo? Mesmo que você não saiba se quer ter filhos, o certo é gostar um pouco de crianças. Lauren jamais achou que namoraria um amante de crianças, mas certamente nunca achou que namoraria uma pessoa que as odeia. Procurou algum sinal no rosto de Mark que indicasse que ele era neutro nisso, mas não conseguiu decifrar nada.

*

No dia em que a irmã de Lauren teve a bebê dela, Lauren dirigiu até Boston para vê-la no hospital. Não havia planejado isso, mas, conforme a data do parto se aproximava, foi ficando mais claro que era isso o que se esperava dela. Estava cansada e com um pouco de ressaca quando entrou no quarto de hospital. A mãe dela e a sogra de Betsy estavam curvadas sobre a cama segurando o bebê como se fossem roubá-lo. Quando Lauren entrou, as duas pediram licença e foram tomar café.

Antes que Lauren pudesse dizer "o bebê é fofo", Betsy começou a falar.

— Eu rasguei — disse ela.

— Quê? — perguntou Lauren.

— Eu rasguei durante o parto. O meu médico não gosta mais de fazer episiotomia, então eu não fiz.

— Episio-quê?

A irmã respirou fundo.

— Episiotomia. Você sabe... quando fazem um corte na vagina pra facilitar o parto.

— Não — disse Lauren —, não sabia. — Ela se sentou, sentindo-se meio tonta de repente.

— Bem, o parto durou horas e a anestesia começou a passar lá embaixo, então eu senti o rasgo. Eu falei "a gente tem que fazer alguma coisa", mas ninguém escutou.

— Hum-hum — disse Lauren. Ela se perguntou se ela ainda estava dopada. Deve estar, pensou Lauren, caso contrário jamais discutiria essas coisas. A irmã sentia tanta vergonha de tudo que uma vez, quando ainda eram adolescentes, Lauren perguntou se podia pegar um absorvente interno emprestado e Betsy ficou muito vermelha e chamou Lauren de pervertida.

— Eles tiveram que me costurar e eu senti tudo — continuou. — Aposto que está uma bagunça lá embaixo. Não consigo nem imaginar. E agora temos que ter cuidado por causa de infecções.

Lauren olhou para a sobrinha, vermelha e meio com cara de quem foi pega no flagra. A sua cabeça era pontiaguda e ela parecia ter um caso severo de acne.

— Vai voltar ao formato normal — disse a irmã.

— Oi?

— A cabeça dela. Só está em cone porque levou muito tempo pra passar pelo canal vaginal.

— Entendi — falou Lauren.

— Escuta, Lauren, você pode fazer uma coisa pra mim?

— O quê?

— Você pode olhar lá embaixo e me dizer como está? Estou imaginando a cara do Freddy Krueger agora, e seria muito bom se você pudesse me dizer que não está tão ruim.

— Você quer que eu olhe a sua vagina suturada e a descreva pra você?

— Não faz parecer tão nojento — disse a irmã. — Por favor.

Os lábios de Lauren ficaram selados. Ela e Betsy haviam dividido um quarto durante 15 anos, e toda santa noite Betsy se virava para a parede quando ia colocar o pijama. Lauren costumava se perguntar se Betsy deixaria algum menino vê-la pelada. Ficou honestamente surpresa quando Betsy anunciou que estava grávida.

— Por favor, Lauren. Por favor? Antes que a mamãe e a sra. King voltem. Por favor? Não quero pedir pro Jerry fazer isso. É muito humilhante.

Betsy começou a chorar um pouco, o seu nariz escorria e pingava na boca. Lauren ficou com vontade de vomitar.

— Ai, meu Deus, tá bom — disse Lauren. — Vamos resolver isso logo.

Meses depois, quando a sobrinha de Lauren já estava fofa e de cabeça arredondada, e Betsy já retomara os seus modos pueris, Lauren a caçoava por causa desse momento.

— Estou com a vagina muito seca hoje — dizia no meio do nada.

— Você é nojenta — respondia Betsy.

— Ah, desculpa. Não é pra gente conversar sobre o estado das nossas vaginas? Tinha a impressão de que não teria problema aqui — disse ela apontando para o carro. Lily balbuciava no acento traseiro.

— Quer saber de uma coisa, Lauren? Deixa de ser vaca. Tinha acabado de passar por trinta horas de parto e eles deviam ter feito cesariana, mas não fizeram. Não tive privacidade com alguém com quem pudesse falar sobre isso.

— Tudo bem — disse Lauren. — Não tenho problema nenhum com isso.

Certa vez, as duas estavam andando na rua e viram uma lesma rosa morta no chão. Lauren deu um tapa no braço de Betsy e apontou.

— Olha isso. Será que caiu da sua vagina?

Betsy franziu os olhos.

— Torço pra que, no dia que você tiver filho, a sua vagina fique dilacerada em mil pedacinhos — disse ela.

— Ah, obrigada, querida irmã, mas não sei se algum dia vou ter filhos.

— Ah, vai sim. — Betsy riu como se a irmã não soubesse de nada. — Acredita em mim, vai sim.

Lauren ficou com medo da voz sábia de Betsy. Ela era dois anos mais velha do que Lauren, e de vez em quando precisava lembrar a si mesma que Betsy não sabia tudo. Mesmo assim, era assustador pensar que o parto transformara Betsy em uma pessoa que falava em voz alta sobre a sua vagina sendo cortada. Se foi isso o que fez com Betsy, o que faria com ela? Ela parou de provocar a irmã durante certo tempo. Se carma existisse, então caçoar dela não era boa ideia, pensou Lauren. No entanto, na última Ação de Graças, quando o peru estava todo pronto e recheado, alguns cranberries secos e pedaços de pão de milho vazavam da cavidade aberta; Lauren abraçou a irmã de lado e apontou para o peru.

— Sabe o que isso me lembra? — perguntou.

— Vai pro inferno — respondeu Betsy, e Lauren não conseguia parar de rir. Dane-se o carma.

*

No 27º encontro, Mark fez macarrão e queijo no apartamento de Lauren. Planejaram pedir comida chinesa, mas Lauren almoçou tarde e não estava com fome, então Mark decidiu fazer uma caixa de Kraft. Eles se sentaram no sofá e assistiram a seriados, e ele comeu o macarrão laranja neon em colheradas gigantes, transbordando. Comeu a panela toda e depois se encostou e acariciou a barriga. Soltou um arroto gigante e depois um suspiro feliz.

— Adorável — disse Lauren. Ele sorriu.

Os dois ficaram sentados assistindo à TV em silêncio. Depois foram para a cama e leram. No silêncio, Lauren pensou na sua cliente em tom pastel de Kansas City olhando para o local vazio onde a parede do bebê seria construída. Olhou para Mark.

— Foi a primeira vez que você comeu macarrão e queijo no meu apartamento — disse ela.

Mark colocou o dedo na revista para marcar onde estava e franziu as sobrancelhas.

— Hum — falou ele. — Acho que foi. — E então os dois voltaram a ler.

*

Willard morreu em uma manhã fria de novembro. Lauren o encontrou caído de lado. Estava ficando branco e apenas uma das barbatanas batia. Ela tinha certeza de que fora infarto. Ficou sentada na cozinha com ele por um tempo e depois (na certeza de que era o mais humano a se fazer) o levou para o banheiro e o jogou descarga abaixo. Fez tudo depressa.

Lauren lavou a tigela e a jogou fora. Devia ter comprado um vasilhame de peixe. Ele merecia isso. A cozinha pareceu vazia sem ele ali, e Lauren se sentiu solitária no apartamento.

— Que coisa idiota — disse ela em voz alta. — Era só um peixe. — Depois apoiou a cabeça nos braços e chorou.

*

— O peixe morreu — disse Lauren —, o que não pode ser bom sinal.

— Bem — falou Isabella —, os peixes morrem bastante. Acho que a gente teve, tipo, quatrocentos peixes-dourados diferentes na minha casa quando eu era pequena. Alguns cometeram suicídio pulando da vasilha.

— O que você está querendo dizer com isso? — perguntou Lauren.

— Só estou dizendo que podia ser pior.

— Sei lá — disse Lauren. — Parece mau presságio.

*

Eles estavam tomando café da manhã na rua, comendo panquecas de mirtilo no 49º encontro, quando Mark disse:

— Eu gostaria de contratar você.

— Me contratar? — perguntou Lauren. — Cara, já estou fazendo de graça. Se você começasse a me pagar agora, isso mudaria a natureza do nosso relacionamento.

Mark sorriu de leve.

— Quero contratar você como agente imobiliária. Quero comprar um imóvel novo.

— Ah — disse Lauren. — OK.

*

Lauren havia mostrado apenas três apartamentos quando ele encontrou um do qual gostou. Mark foi ver o lugar sete vezes. Na oitava visita, Lauren nem se deu ao trabalho de falar sobre o imóvel. Eles apenas ficaram parados olhando para os quartos. Finalmente, Mark disse:

— Acho que vou comprar. Gosto daqui.

— Eu também. Vamos olhar os closets mais uma vez.

Mark concordou e foi até o closet do corredor de entrada. Ele se inclinou para a frente, com metade do corpo dentro do closet.

— Acho que você devia vir morar aqui — disse ele com a voz abafada.

— Tem uma muralha aqui? — perguntou Lauren. Ela nem sabia como uma muralha caberia ali.

— Não — disse Mark esticando a coluna. — Acho que você devia vir morar. Aqui.

— Ah — falou Lauren. — Pode ser uma boa ideia.

— Tem espaço suficiente nos closets.

— Certamente. — E os dois ficaram de pé olhando para o espaço no closet vazio da muralha.

*

No dia em que se mudaram para o apartamento, Mark deu uma tartaruga para Lauren.

— Aqui — disse ele como se a tivesse encontrado no corredor. — Uma tartaruga pra substituir o peixe.

Lauren pegou o pote de plástico e olhou para a pequena tartaruga. Sempre quis ter uma.

— Vou ter que ir à loja de bichos — disse ela. — Nem sei do que tartarugas precisam.

— Qual nome você vai dar pra ela? — perguntou Mark.

— Não sei direito — respondeu Lauren. Colocou o pote na mesa e os dois ficaram olhando. — Talvez Rudy? — disse ela. Pensou nisso. Certamente era uma possibilidade. Era uma possibilidade agora, uma que não existia antes.

Até a minhoca girar

— *I*sabella — disse a mãe dela. — Não precisa ficar tão deprimida. As coisas parecem ruins, e vão ficar assim até a minhoca girar. E depois disso você vai olhar pra este momento e rir.

— Até o quê? — perguntou Isabella. — Até o que girar?

— A minhoca — disse a mãe. — É uma expressão. — Parecia entediada com Isabella. Tudo bem. Ela estava entediada consigo mesma.

— Tá, mãe. Tenho que ir. Preciso atualizar o meu currículo. — Isso era meio mentira, meio verdade. Isabella precisava atualizar o currículo, mas não ia fazer isso quando desligasse. Só precisava parar de falar com a mãe. Elas se despediram e desligaram. Ela ficou sentada no apartamento olhando para o cachorro. Será que devia ir à academia? Eram 14h30 de uma terça-feira. As pessoas iam à academia nesse horário? O cachorro ficou olhando para Isabella. Ele parecia saber que ela estava mentindo quanto ao currículo.

— Que foi? — perguntou Isabella. O cachorro suspirou e se deitou no chão.

*

— Às vezes — disse Mary —, quando as pessoas são despedidas, elas acabam conseguindo empregos maravilhosos. Isso força as pessoas a saírem e encontrarem o que querem fazer.

— Mas já encontrei o que quero fazer — disse Isabella. — Acontece que escolhi uma indústria que está falindo. Jamais vou encontrar outro emprego como esse. Meu cargo nem vai existir mais.

— É — concordou Mary. — Acho que isso é fato. — Mudou de posição no sofá, encostou-se para trás e ficou oscilando de um lado para o outro.

— Tudo bem aí? — perguntou Isabella.

— Tudo — disse Mary. — É que, se eu não tiver essa droga de bebê logo, vou cortar a minha barriga.

— Ah — falou Isabella. — Bem, se é só isso...

*

— Talvez você devesse tomar um banho — sugeriu Harrison, depois de tocar o topo da cabeça dela. Isabella estava na cama havia três dias. — Estou começando a sentir um fedor aqui.

— Isso é tão cruel — disse ela. — Isso é muito cruel, Harrison.

— Eu sei. — Ele deu um abraço nela, e, quando ela levantou a mão para secar as lágrimas, tocou o próprio cabelo oleoso. A textura era de graxa. Decidiu que um banho não era uma má ideia.

— Tá bom — disse ela. — Vou tomar banho. — Ela foi e ficou de pé embaixo da água quente com os braços cruzados sobre o peito e os olhos fechados. Ficou lá até que tivesse tanto vapor no banheiro que ela mal conseguia ver. Depois disso, colocou um moletom limpo e escovou os cabelos recém-lavados.

— Não está se sentindo melhor? — perguntou Harrison.

— Sim — respondeu Isabella. — Estou. — E estava mesmo. Mas, ainda assim, dormiu a maior parte do dia. Apenas passou a esconder de Harrison melhor. Quando o alarme dele despertava, ela se levantava e enchia uma caneca de café, depois se sentava no sofá e assistia ao *Today*. Depois que ele lhe dava um beijo de despedida, ela esperava alguns minutos, trancava a porta com a corrente e voltava para a cama. Perto das 17h30 ela se levantava, lavava o rosto e colocava roupas limpas. Então se sentava n frente do computador no sofá e ficava ali até ele chegar.

— Estou só procurando emprego — dizia quando ele chegava em casa.

*

— Você está sinistro — disse Isabella para Harrison quando ele entrou. Ela nunca havia usado essa palavra para descrever uma pessoa, mas, quando o viu à noite, foi a única que lhe pareceu adequada. — Você está sinistro — repetiu.

Harrison olhou para ela com o canto dos olhos e foi pegar uma cerveja na geladeira. Abriu a bebida e apoiou as mãos na bancada, mas continuou sem falar. Isabella começou a ficar com medo. Ele ia deixá-la. Ou contar que estava tendo um caso. Ou que tinha um filho. Ele tomou um gole da cerveja e disse:

— Eles estão reduzindo o número de funcionários no meu setor.

Ela demorou um tempo para entender que ele falava sobre o trabalho dele. Estava tão preparada para ouvir que tinha um filho secreto que se sentiu quase aliviada. Só então percebeu o que ele dissera.

— Espera. Você está sendo desligado? Você?

Harrison ergueu os ombros.

— Eles não informaram isso. Estão sendo bem vagos sobre a situação toda. Mas o meu chefe me chamou no escritório dele e disse que há vagas pra mim no escritório de Boston.

— E isso significa o quê?

— Pelo que entendi, ele me disse que ou eu trabalho lá, ou sou demitido.

— Em Boston?

— Em Boston.

Os dois ficaram calados por alguns minutos. Isabella não sabia ao certo para onde aquela conversa iria depois disso. Eles não eram casados. A opção de ela ir atrás dele aonde quer que ele fosse não era automática. Na verdade, era o oposto de automática, mesmo que ela não soubesse como chamar esse oposto.

— E aí, você está pensando em ir? — perguntou ela.

— Acho que sim. Creio que não tenho escolha.

— Entendi — falou Isabella. — Acho que não mesmo. — Isabella começou a chorar e Harrison ficou olhando para ela.

*

— Você quer ir comigo? — perguntou Harrison. Isso foi mais tarde, quase no meio da noite. Nenhum dos dois estava dormindo.

— Ir com você pra onde? — perguntou ela.

— Isabella. Pra Boston.

— Ah — disse ela. — Não sei. Você quer que eu vá com você?

— Quero. Eu sei que pode ser meio injusto pedir isso, mas quero que você venha sim.

— Está bem — falou Isabella.

— Está bem, então você concorda? — perguntou Harrison.

— Não. Só está bem.

— Como assim?

— Não sei direito. E se você ficar aqui?

— Eu não posso — respondeu Harrison.

— Bem, pode sim — falou Isabella. — Você pode fazer o que quiser.

— Mas não vou fazer o que eu quiser — disse Harrison. E ficaram os dois deitados até o amanhecer.

*

— Isabella — falou a mãe dela —, o mais importante é ficar calma e tomar uma decisão racional.

— Você fala como se fosse fácil — disse Isabella.

— Só estou dizendo que não adianta ficar sufocada no desespero. As pessoas têm altos e baixos, mas estou falando pra você que, quando a minhoca girar, você estará mais forte por ter passado por isso.

— Sabe de uma coisa? — perguntou Isabella. — Nunca ouvi você usando essa expressão na minha vida, até duas semanas atrás. Jamais ouvi isso.

— Claro que ouviu. Não seja ridícula.

— Você é quem fica falando sobre minhocas.

*

— A bebê é muito fofa — disse Isabella para Mary no hospital. — Estão mais decididos quanto ao nome?

— Não — respondeu Mary. Olhou para a bebê com os olhos franzidos. — Eu realmente achei que ia escolher Ava, mas olha pra ela. É grande demais pra ser Ava, você não acha?

— Hum... acho o que você achar — falou Isabella.

— O que eu acho é que jamais pensei que teria uma bebê de quatro quilos e isso está me desestruturando. Imaginei a Ava como uma bebê pequena, e agora simplesmente não combina. Se eu não pensar em um nome logo, acho que o Ken vai me matar. Ele ainda gosta de Ava.

— Henry e Ava soam bem juntos — disse Isabella. — E, além disso, acho que Harrison vai ser transferido pra Boston.

— Não! — falou Mary. — Não acredito. — Começou a chorar imediatamente.

— Mary? Você está bem? — perguntou Isabella.

— Estou — respondeu. — São só os hormônios. Começa do começo da história.

— Quer se concentrar no nome da bebê antes de o Ken voltar?

Mary suspirou.

— Isso pode levar dias. Por que você não começa primeiro?

*

— Que droga — disse Lauren.

— Pois é — falou Isabella.

— Fiquei me perguntando por que você queria se encontrar comigo em um bar no meio da tarde — disse Lauren. — Não que eu me importe.

— Achei que fosse o único lugar bom pra escolher — respondeu Isabella. Deu um gole na vodca com pomelo. — Além disso, esta bebida tem suco, então é totalmente apropriada pra tomar de dia.

— Totalmente — concordou Lauren. — Mas e aí, o que você vai fazer?

— Não faço ideia. — Isabella começou a chorar. — Só sei que provavelmente vou chorar por causa disso todos os dias.

— Que bom — disse Lauren. — Você deve mesmo chorar por causa disso todos os dias. Dá uma boa aliviada. Chorar prolonga a vida.

— Jura? — perguntou Isabella. — Nunca ouvi isso.

— Eu meio que inventei. É uma teoria que tenho. Mas faz sentido, não faz?

— Talvez faça — disse Isabella.

— Escuta, qualquer decisão que você tomar vai ser certa — falou Lauren.

— Como você sabe?

— Porque, se não fosse a coisa certa, você não decidiria tomá-la.

— Isso não faz sentido algum — disse Isabella.

— Ou faz total sentido? — perguntou Lauren.

— Você está bêbada?

— Acho que sim.

— Que beleza — falou Isabella. — Também estou. Vamos pedir mistos-quentes.

*

— Você pensou mais? — perguntou Harrison.

— Pensei — respondeu Isabella.

— Realmente quero que você venha comigo. Não quero ficar lá sozinho. — Ele pegou a mão de Isabella e esperou que ela falasse. — Você não quer ficar comigo?

— Quem está indo embora é você — disse Isabella.

*

— Isabella, não acho que você devia se mudar pra Boston com o Harrison, a não ser que vocês fiquem noivos — comentou a irmã dela, Molly. Ligou para Isabella só para dizer isso. — A mamãe acha o mesmo.

— Você sabe que outra coisa a mamãe acha? — perguntou Isabella.

— Ela acha que o seu corte de cabelo foi um erro. E eu também acho. Não acho que você devia fazer um corte de lésbica se não está pronta pra adotar esse estilo de vida.

— Estou tentando ajudar você — disse a irmã.

— E eu realmente estou tentando ajudar você também — falou Isabella. — Não corta o seu cabelo de novo. Sei que vai levar anos pra ele voltar a ter um tamanho aceitável, mas você precisa esperar. E, até lá, usa rabo de cavalo artificial ou alguma coisa desse tipo.

*

Mary tentava contar uma história para Isabella, mas ficava chorando.

— Desculpa. Não sei o que está acontecendo comigo.

— Tudo bem — disse Isabella.

— Isso não aconteceu quando eu tive o Henry — falou Mary. — Acho que os meus hormônios estão permanentemente danificados. Não consigo parar de chorar.

— Tenho certeza de que eles vão voltar ao normal em breve — disse Isabella. — Mas conta, o que aconteceu depois?

— Certo — Mary respirou fundo. — Então, estou eu na Target tentando trocar umas mamadeiras e a mulher no balcão me informa que eles têm uma política que diz que você só pode trocar três coisas dentro de um mês. E então eu não consegui trocar as mamadeiras, sendo que as pessoas me deram de presente e eu não preciso delas. — Mary parou de falar e assoou o nariz.

— Certo — disse Isabella. — Certo. Tenta não ficar tão chateada.

— Eu sei, eu sei. Só falei praquela puta que nós ganhamos presentes repetidos e ela agiu como se eu estivesse tentando roubar a loja. Ficou repetindo "senhora, a senhora precisa se acalmar". Como se fosse culpa minha.

— Devia ser uma puta mesmo — falou Isabella.

— E era — concordou Mary. A voz dela falhou um pouco. — Tá, acabei. Agora precisamos conversar sobre você e Boston. Você acha que vai acabar indo?

— Ainda não tenho certeza. O que você acha?

— Às vezes eu gostaria que o Ken fosse transferido pra outro estado — disse Mary.

— Sério? — perguntou Isabella. — Você quer se mudar?

— Não, não me mudar. Mas, se ele fosse transferido pra Boston ou algum lugar assim e ficasse fora a semana toda... seria bom.

— Sério? — surpreendeu-se Isabella.

— Sério, tipo, eu ficaria com o controle remoto todas as noites e a gente ainda se veria nos fins de semana. Seria legal ter algum tempo sozinha.

— Bem, mas você teria as crianças mesmo assim — falou Isabella. — Não estaria sozinha de verdade.

— Verdade. É, acho que não daria certo.

— Está tudo bem com vocês?

— Sim, tudo bem. É que às vezes fico de saco cheio de ter gente ao meu redor. De vez em quando, Ken faz a mesma quantidade de perguntas que Henry. Ele se ofereceu para ir fazer compras ontem e me ligou umas três vezes enquanto estava lá. Se ainda não sabe que tipo de queijo a gente come, será que vai saber algum dia?

— Provavelmente não — disse Isabella.

— Não — falou Mary. — Provavelmente não. É exaustivo. Prefiro fazer as compras eu mesma. Ele chegou em casa com queijo sem gordura e peru defumado com pimenta. Tipo, qual o problema dele?

— Talvez só precise de prática? — opinou Isabella.

Mary balançou a cabeça.

— Não. Ele teve prática. Ele simplesmente não sabe fazer. Já sei que daqui a dez anos ele vai me ligar do supermercado pra perguntar se precisa comprar suco de laranja com polpa ou não. Ele bebe toda manhã e não sabe!

— Ele sempre foi assim? — perguntou Isabella.

— Sempre — disse Mary. — Sempre foi. Só nunca me toquei de que ele seria assim o resto da vida.

— E o que você vai fazer? — quis saber Isabella.

— Como assim?

— Bem, você está feliz? — perguntou. Ela não sabia se era a coisa certa a perguntar, nem se tinha permissão para tal.

— Estou — respondeu Mary. — Quando penso nisso, ele é capaz de me irritar muito, mas eu gosto mais de ter ele por perto do que de não ter ele por perto.

— Então como seria se ele arrumasse um emprego em Boston?

— É, eu sei. Só falei por falar. Não ia gostar disso de verdade, eu sei. Às vezes é bom sonhar. Mas sei que isso não é o que eu quero de verdade. Eu gosto daquele palhaço.

— Que bom. — Isabella respirou fundo. Estava preocupada achando que Mary contaria que ia deixar Ken.

— Acho que é dessa forma que você vai decidir a questão Harrison e Boston — disse Mary. — Se você gosta dele o suficiente para não querer ficar longe.

— É — concordou Isabella. — Acho que sim.

— Mas quer saber? — disse Mary.

— O quê?

— Vou começar a escrever as listas de compras mais detalhadas do mundo para o Ken. E, se ele vier com produtos errados, mando voltar pro supermercado.

— Acho um bom plano — falou Isabella.

— Também acho.

*

— Às vezes as coisas na vida não são fáceis — disse a mãe dela. — Às vezes você tem que fazer umas escolhas muito difíceis.

— Eu sei — falou Isabella —, mas algumas pessoas não precisam. Algumas pessoas nunca precisam fazer escolhas como essa.

— E algumas pessoas neste mundo estão morrendo de fome, Isabella. A vida não é justa.

— Eu sei — disse Isabella —, mas isso me parece injusto.

*

— Você não pode se mudar — falou Lauren. — Você é a minha última amiga sem filhos. Se for embora, vou ter que começar a ir no Mamãe e Eu só pra ver pessoas.

— Não acho que você ia gostar dessa aula — comentou Isabella.

— É — disse Lauren. — Sem mencionar que vou chamar a atenção se for sem uma criança.

— É capaz.

— Então, você simplesmente vai embora?

— É — disse Isabella. — Acho que vou.

— Sinto que essa é uma decisão bem adulta de se tomar — falou Lauren.

— Sério? — perguntou Isabella. — Porque sinto como se tivesse 14 anos de idade.

— Bem-vinda ao clube.

*

— E o segundo apartamento que nós vimos? — perguntou Harrison.

— O que ficava na área do Cleveland Circle. Aquele tinha uns closets bem grandes.

— Não sei direito se gostei daquele — disse Isabella.

— Por quê?

— Ele fica em Boston.

— Ah, sim — falou Harrison. — Tinha me esquecido disso.

*

— Acho que você precisa fazer mais contatos — disse Harrison. Isabella ainda não tinha um emprego em Boston. Ela não estava tão incomodada. Se não tivesse um emprego lá, podia fingir que não estava realmente se mudando.

— Acho que *você* precisa fazer mais contatos — falou Isabella. Harrison suspirou.

— Estou falando sério, Isabella. A época não é boa pra arrumar emprego. Você realmente precisa sair e traçar um caminho.

— Traçar um caminho? Será que dá pra você falar mais que nem um pai de 70 anos?

— Estou só tentando ajudar.

— Não está conseguindo.

— Estou com a impressão de que você não quer realmente encontrar um emprego — disse Harrison.

— Você está preocupado com o quê? Que eu não vou conseguir pagar o aluguel? Fica calmo, está tranquilo.

— Não é isso — falou Harrison.

— Então o que é? O quê?

— Nada — disse Harrison. — Esquece.

— Não vou esquecer. Você sabe que estou me mudando pra lá por sua causa.

— Eu sei — falou. Ele saiu do quarto e deixou Isabella deitada na cama. Voltou duas horas depois. — Desculpa — pediu ele.

— Acho bom — disse Isabella.

— Não ligo se você tiver emprego ou não — falou Harrison. — Só quero que você esteja feliz e ache alguma coisa lá de que goste.

— Eu sei — disse Isabella. — Eu sei.

— Você tem certeza de que quer se mudar?

— Sim — respondeu ela. — Tenho.

— Como você sabe?

— Porque eu prefiro você perto de mim do que longe.

— Isso parece bem simples.

— Acho que é.

*

— A única pílula no pote — disse a mãe — é que você nunca dirigiu uma van de mudança.

— Pílula no pote?

— Isabella — disse a mãe —, não dificulta.

— Bem, enfim, não vou dirigir. O Harrison vai dirigir. Ele é a pílula no pote.

— Não — falou a mãe. — Eu quis dizer que o resto do plano de mudança soa bom, mas dirigir vai ser difícil.

— Talvez a minhoca devesse tomar a pílula — disse Isabella. — Daí não teria nenhuma pílula no pote.

A mãe suspirou.

— Isabella, acho que você é a pílula no pote.

*

— Pessoas no metrô que ficam grudadas umas nas outras — disse Harrison. — Coloca isso na lista. — Jogou as caixas no chão fazendo o cachorro dar um pulo.

Isabella se levantou e foi até a geladeira, onde haviam pendurado uma lista de coisas que odiavam em Nova York. A ideia era fazer com que se sentissem melhor por irem embora. Até então havia ratos, baratas, poças gigantes que você tem de pular, pessoas andando com guarda-chuvas que batem em você, os atendentes da farmácia Duane Reade, e agora pessoas no metrô que ficam de pé muito perto umas das outras.

— Ah, e as pessoas no metrô que deixam a perna encostar na sua, e quando você se afasta elas chegam mais perto? — perguntou Isabella.

— Não é a mesma coisa? — questionou Harrison.

— De jeito nenhum — disse ela. Harrison concordou.

— Coloca na lista — falou ele.

*

— Posso mesmo ficar com o seu sofá? — perguntou Lauren. Segurava a nova bebê de Mary. Ela e Isabella ficaram revezando a bebê a noite toda e bebendo vinho. Mary estava apenas sentada no sofá observando.

Parecia nem se preocupar por, sempre que passavam a bebê uma para a outra, dizerem "não deixa ela cair".

— Pode — respondeu Isabella. — Fica sim. Não acho que vai ficar bom no apartamento novo.

— Por que você não me ofereceu o sofá? — perguntou Mary.

— Você tem uma bebê — disse Lauren. — Você não precisa de um sofá.

— Isso — falou Isabella. — É por isso.

*

— Por que tem tanto lixo neste apartamento? A gente nunca joga nada fora?

Cada gaveta que eles abriam estava cheia de lixo. Cada prateleira, repleta de roupas que não usavam.

— Somos uns porcos — disse Isabella. — Somos pessoas porcas. — Segurou um suéter velho de Harrison que tinha uma estampa meio neon. — Harrison — falou ela —, o que é isto?

Harrison ergueu os ombros.

— Um suéter.

— Sim — disse Isabella. — Isso eu percebi. Mas por que você tem um desses suéteres do Bill Cosby? — Harrison pegou o suéter da mão dela e o colocou na sacola de roupas para doar.

— É velho — respondeu ele.

— Por favor, coloca — pediu Isabella. Harrison suspirou, pegou o suéter do saco e o colocou. Estava com muita boa vontade para agradá-la naqueles dias. Era cortado e bem quadrado, com uma estampa que lembrava um raio. Isabella se contorceu de tanto rir, até que os joelhos não aguentaram mais e ela se sentou no chão.

— Ah, você gosta disso? — perguntou Harrison. Ele tirou o suéter e começou a balançá-lo para ela. Isabella estava sem ar. — Não mexe com o suéter, Isabella! — Ele o girou várias vezes e bateu no traseiro dela com ele, Isabella gargalhava.

— Quer saber? — disse Harrison. — Só por causa disso, vou guardar o suéter. — Ele o dobrou e o colocou no topo de uma pilha de roupas no sofá. Isabella estava deitada com a barriga para cima; secou as lágrimas.

— Não — disse ela —, não precisa se punir só pra se vingar de mim.

— Me punir? — perguntou ele. — Só vou usar isso quando estiver com você. E vou segurar a sua mão pra que todo mundo saiba que somos um casal.

— Isso vai ajudar a gente a fazer vários novos amigos em Boston.

— O plano é esse — disse Harrison.

*

— Estou preocupada com o fato de Winston não se ajustar direito à mudança — disse Isabella. Quando ouviu o nome dele, o cachorro inclinou a cabeça para o lado e olhou para ela.

—Tenho certeza de que ele vai ficar bem — disse Harrison. — Você se preocupa demais com esse cachorro.

— Ele tem os amigos dele no parque de cachorros e está confortável aqui. Talvez odeie Boston.

— Você não acha que talvez esteja projetando só um pouquinho? — perguntou Harrison.

— Não — respondeu Isabella. — Isso é a coisa mais idiota que já ouvi.

*

— Por que você ainda tem isso? — perguntou Mary. Mostrou uma garrafa fechada de tequila que Isabella comprara no México na viagem de primavera no primeiro ano da faculdade.

— Simplesmente nunca joguei fora — disse Isabella. — Fui mudando de apartamento pra apartamento, mas me pareceu meio ridículo levar pra Boston.

— O seu apartamento é realmente deprimente sem as coisas — falou Lauren olhando para o apartamento. — Não acredito que vocês vão dormir em colchões de ar hoje.

— Nem eu — disse Isabella. Estavam todas sentadas em um círculo no chão do apartamento vazio com a garrafa de tequila no meio.

Mary olhou a garrafa com cuidado.

— Você acha que a larva é de mentira? Ela já não teria se decomposto?

— O álcool mantém as coisas frescas — informou Lauren.

— É por isso que você ainda parece tão jovem? — perguntou Isabella. Lauren deu um tapa no traseiro dela e a amiga deu um grito e chegou um pouco para a frente. — Vamos lá, gente — disse ela. — Acho que a gente devia beber. Não vou colocar a garrafa na mala. Vai ser legal.

— Tenho certeza de que, se a gente beber isso, vai morrer — disse Mary.

— Ai, meu Deus. O seu plano é esse? Você quer matar todo mundo pra não ter que se mudar pra Boston? — perguntou Lauren.

— Sua piranha esperta — falou Mary. — Vai parecer que foi suicídio em massa.

— Vocês duas são completamente bizarras — disse Isabella. — Sabiam disso?

— Olha quem fala — brincou Lauren.

— Aqui — falou Isabella. — Deixei alguns copinhos só pra essa tequila. Vai, gente, eu me mudo amanhã. Vamos beber só um pouquinho. Aqui, eu coloco o telefone bem do nosso lado pra gente ligar pra emergência se for veneno.

— Tá bom, tá bom — disse Lauren. — Vamos tomar.

Elas beberam a primeira dose, e Mary segurou o copo vazio e o cheirou.

— Dá pra imaginar — falou ela — os meus filhos ficando órfãos porque eu morri de tequila passada?

— Acho que o mais sinistro seria se a Ava descobrisse que você a chamou de Gertrude durante três dias antes de mudar o nome de volta — disse Lauren.

— Ela só ficou com cara de Ava quando fomos pra casa — justificou Mary. — Já falei isso pra você.

— Tá — falou Isabella. — A pequena Gertie vai totalmente entender isso.

— Vamos beber mais uma dose em homenagem à pequena Gertie — disse Lauren. Colocou mais tequila nos copos.

— Vamos — concordou Mary —, mas para de chamá-la de Gertie. Fico realmente assustada de ter chamado minha filha assim.

Lauren pegou a garrafa e a mexeu para que a larva nadasse na tequila.

— Você sabe — disse ela — que esta garrafa de tequila na verdade era minha.

— Eu sei — falou Isabella. — Eu me lembro.

Na terceira noite delas no México, as três dormiram na praia e acordaram com marcas tortas de sol e areia na boca. Durante dois dias, Mary ficou deitada na cama do hotel gemendo e coberta de aloe. Isabella permaneceu com ela, queimada e enjoada, recusando-se a sair até que as marcas se tornassem pelo menos um pouco mais fracas. O vermelho de Lauren logo virou um bronzeado, e ela voltou a curtir a semana de folga no meio da primavera na noite seguinte, quando ganhou um concurso de biquínis no bar do hotel. Voltou para o quarto naquela noite com vários cordões com miçangas e a garrafa de tequila com a larva no fundo.

— Olha o que eu ganhei! — disse ela berrando e pulando na cama, até que Isabella vomitou. Lauren pediu desculpas e deu-lhe a tequila para compensar.

— Não acredito que você entrou num concurso de biquínis — disse Mary da cama. O seu rosto estava coberto com um pano molhado e a sua pele tinha uma coloração verde por causa da aloe.

Lauren se levantou e colocou as mãos na cintura.

— Sou adulta — disse ela. — Posso fazer o que quiser. Sou uma mulher crescida.

Lentamente, Mary tirou o pano úmido do rosto e o jogou em Lauren.

— Você é a mulher crescida mais bêbada que eu já vi — falou.

Durante anos, sempre que qualquer uma delas reclamava de alguma coisa, outra dizia:

— Diz pra elas. Você é uma mulher crescida!

Isabella serviu mais três doses.

— Às mulheres crescidas — disse, levantando o copo. Percebeu que não soava mais tão engraçado. Talvez isso não parecesse verdade o tempo todo, mas elas não estavam mais queimadas de sol no México. De alguma maneira, nos últimos dez anos, elas foram de lá até aqui.

Tomaram a dose. Mary esticou as pernas para a frente e Lauren se apoiou nas mãos atrás do corpo.

— Acho que talvez eu e o Mark nos casemos — disse Lauren. — Estávamos falando nisso outro dia. Talvez a gente vá no cartório e faça isso.

— Você está grávida? — perguntou Isabella.

— Sim, Isabella. Estou grávida. Estou grávida, então decidi tomar uma garrafa de tequila envenenada com vocês e anunciar.

— O quê? — perguntou Mary.

— Ai, meu Deus do céu! — falou Lauren. — Não estou grávida, suas retardadas.

— Ah — disse Isabella. Balançou a garrafa e ficou vendo a larva dando várias voltas. — Que bom pro bebê.

— E quando você acha que vão se casar? — perguntou Mary. — Vai ter festa ou não?

Lauren balançou a cabeça.

— Não. Nada de festa. A gente só estava conversando sobre como gosta de morar juntos e ele sugeriu que a gente se casasse, e achei que era uma boa ideia.

— Como assim? — perguntou Mary. Olhou para Lauren e depois para a garrafa. Os seus olhos apontavam direções diferentes. — Acho que a minhoca acabou de se mexer. — Mary deu um soluço e riu, e depois tapou a boca.

— Ai, Jesus — disse Isabella olhando para a garrafa. — Você está certa. A minhoca girou.

Agradecimentos

Este livro é dedicado aos meus pais, Pat e Jack Close, que merecem milhões de agradecimentos pelo apoio e incentivo nas últimas décadas. M&D, vocês são o máximo.

Também sou eternamente grata a:

Kevin Close, por sempre querer ler o que escrevi e por me achar engraçada.

Chris e Susan Close, por muitas coisas, mas especialmente por me darem Ava Jane Close, a sobrinha e afilhada mais querida do mundo.

Carol e Scott Hartz, por abrirem a sua casa para mim, por me darem conselhos jurídicos, e, o mais importante, por me receberem em sua família.

Sam Hiyate, um agente e amigo maravilhoso, por apostar em mim e na minha escrita.

Moriah Cleveland, por responder a e-mails tarde da noite com ideias de histórias, por editar o livro em cima da hora e por me manter sã em geral.

Lee Goldberg, uma das primeiras pessoas a ver este livro; ajudou-me a moldá-lo ainda no começo e me garantiu que de fato era um romance.

Steve Almond, um professor que todos os escritores deviam ter na vida.

Helen Schulman, que sempre me disse para respirar fundo e recomeçar.

Margaret Kearney Hoerster, por 18 anos da melhor amizade.

Mairead McGurrin Garry, Erin Murphy Claydon e Erin Foley Bradley, por me fazerem rir durante a faculdade toda, e até hoje.

Wrigley, o Yorkshire terrier, que ficou sentado no meu colo enquanto eu escrevia grande parte deste livro. Um companheiro de escrita mais leal do que ele não existe.

Megan Angelo e Jessica Liebman, que ofereceram ideias e edições iniciais ao livro e que estiveram tão animadas quanto eu em cada passo do caminho.

Jon Claydon, por me ajudar a entender a vida de uma advogada no primeiro ano de trabalho.

Jacob Lewis, o melhor chefe do mundo, e um grande amigo.

Joanne Lipman, por me contratar na *Portfolio* mesmo que eu tenha dito que queria ser escritora de ficção.

Aos meus amigos no Politics and Prose, que me ensinaram mais sobre venda de livros do que eu jamais pensei que aprenderia.

A todos na Knopf, por terem defendido o meu livro e feito com que se tornasse melhor a cada passo: Sonny Mehta, Chris Gillespie, Pat Johnson,

Paul Bogaards, Ruth Liebmann, Julie Kurland, Abby Weintraub, Molly Erman e Andrea Robinson. Tenho muita sorte por meu livro ter encontrado um lar com vocês.

Minha editora incrível, Jenny Jackson, que entendeu o Meninas imediatamente, deu forma a este livro, e conseguia ver o que eu queria fazer antes que eu me desse conta. Sou muito grata por ter você como editora e amiga!

E, por fim, toda a minha gratidão e amor a Tim Hartz, que me animou e me acalmou nos momentos certos, que me escutou lendo as frases em voz alta com uma quantidade enorme de paciência, e que sempre acreditou. Você é verdadeiramente o meu favorito.

Impresso no Brasil pelo
Sistema Cameron da Divisão Gráfica da
DISTRIBUIDORA RECORD DE SERVIÇOS DE IMPRENSA S.A.
Rua Argentina, 171 – Rio de Janeiro, RJ – 20921-380 – Tel.: (21)2585-2000